탄
실

김별아 장편소설

탄실

최초의 여성 근대 소설가
김명순의 삶 그리고 사랑

해냄

차례

프롤로그 7

탕녀 김연실 13

어머니의 환영 25

기도, 꿈, 탄식 57

타방네의 노래 87

은적(隱跡), 숨겨진 발자취 109

의심의 소녀 139

일곱 개의 얼굴을 가진 새 167

악마의 사랑 197

등 뒤에서 등 뒤로 231

생명의 과실 261

아테네 프란스, 갈 수 없는 나라 287

닭장 속의 천국 319

작가의 말 329   참고 자료 334

그녀에게는 여러 개의 이름이 있었다.

공식 문서에 기록되기로는 명순(明淳)이었다. 밝을 명 맑을 순, 평범하고 수수한 그것은 한국 최초 근대 여성 소설가의 이름으로 문학사에 남았다.

아명은 탄실(彈實), 사랑옵은 딸이 열매처럼 탐스럽게 여물기를 바라며 부모가 지어 불렀던 이름이었다. 사랑으로 충만했던 기억은 그때뿐이었기에 그녀는 이 추억의 이름을 사랑했다. 작가가 된 후에도 필명으로 즐겨 사용했으며 작품 속의 주인공으로 등장하기도 했다.

또 다른 아명은 기정(箕貞), 이복 오빠를 비롯한 남자 형제들에게 쓰인 돌림자가 든 부계 혈족의 이름이었다. 진명학교 보통과 학적부에, 그리고 열아홉에 겪은 불운한 사건을 보도한 신문 기사에 기록된 오욕의 이름이기도 했다.

망양초(望洋草)는 단편소설 「의심의 소녀」로 잡지 《청춘》의 '특별대현상(特別大懸賞)'에 응모해 3등으로 당선될 때의 필명이었다. 멀리 보고 멀리 그리워하면서도 뿌리를 박차고 떠날 수 없는 한 포기 풀과 같은 자아의 현현이었다. 별그림, 일연(一蓮), 망양생(望洋生)이라는 필명 역시 몇 편의 시와 수필을 발표하는 데 쓰였다.

여러 개의 이름 사이로 그녀는 나타났다 숨었다 하였다. 드러내고 싶은 마음과 들키고 싶지 않은 마음이 엇갈려, 이야기는 종종 한탄이 되고 시는 종내 한숨이 되었다. 그리 길지 않은 시간 동안 작가로 활동하며 100편에 가까운 시와 20편에 가까운 소설과 에세이와 신문 칼럼부터 번역물과 희곡까지 고루 남겼지만, 여러 개의 이름만 남았을 뿐 삶은 사라졌다. 젖은 나무로 피운 모닥불처럼 매운 연기로 피어올랐다 가뭇없이 사라졌다. 그토록 미약한 문학이라는 횃불로 음습한 세상에 불을 놓고 떠났다.

이날 저녁에 동숭동 최종일의 산정에서 큰불이 일어났다.
좋은 집이 탄다고 사람들은 서러워하였다. 그러나 그 불더미 속에 소리 들리어 이르되

"사랑하는 이여, 아름다운 말 전부는 너의 이름이다" 하고
"나는 사랑한다!" "나는 사랑한다!" 하더라.*

　도시에는 빵이 없고 집이 없고 동무가 없다**고, 궁지에 몰린 채로 울부짖었다. 유폐가 아니라면 추방될 운명으로, 어느 한때도 지상에 평안히 머무르지 못했다. 그럼에도 아름다운 말 전부를 이름이라 믿으며, 무엇으로 불리느냐보다는 무엇을 쓰느냐에 골몰하며, 저주와 오해와 학대와 비난 속에서도 기어이 사랑하려 했다. 참사랑을 얻어 노래하기 전까지는 그저 밀어(密語)일 뿐***이라며, 끝끝내 문학과 삶을 포기하지 않으려 몸부림쳤다.
　탄실 김명순, 세상이 불타기 전에 그녀가 타버렸다. 짧은 생애는 재가 되어 흩어졌다. 사나운 불더미 속에서 그녀가 외친 단말마의 비명은 명징했다.
　"나는 사랑한다!"
　그녀는 사랑했다. 살아냈다. 사랑으로 살아냈다.

---

* 단편소설 「나는 사랑한다」(《동아일보》 1926년 8월 17일~9월 3일 연재) 중에서.
** 수필 「네 자신(自身)의 위에」(『생명의 과실』, 1925년) 중에서.
*** 수필 「계통(系統) 없는 소식(消息)의 일절(一節)」(『생명의 과실』, 1925년) 중에서.

탕녀 김연실

연실이의 고향은 평양이었다.

1939년 3월, 문예잡지 《문장》 2집에 소설가 김동인의 신작 연재
가 시작되었다.

연실이는 부계(父系)로 보아서 이 집의 맏딸이었다. 그보다 석 달
뒤에 난 그의 오라비동생이 그 집안의 맏상제였다. 이만한 설명이
면 벌써 짐작할 수 있을 것이지만, 연실이는 김영찰의 소실—퇴기(退
妓)—의 소생이었다.

제목은 「김연실전」. 어느 타락한 여자의 이야기였다. 문란한 연애를 선각자의 표식으로 여기고 무절제한 생활로 스스로 파멸하는, 어리석은 여자의 이야기였다.

첫 단락을 읽는 순간 알 만한 독자들은 단번에 눈치챘다. 주인공의 이름과 고향, 진명학교에서 신학문을 배우고 각성하여 떠난 동경 유학길, 불의의 사고로 정조를 빼앗기고 귀국한 뒤에 여류 문사로 활동……. 「김연실전」은 어느 누가 보아도 그녀, 소설가 김명순을 모델로 하여 쓴 소설이었다.

김동인은 김명순과 같은 평양 출신이었다. 거의 20년 전의 일이었지만 《창조》의 동인으로 함께 활동하기도 했다. 낯을 가리는 김명순의 성격 때문에 친하게 지내지는 못했지만 그녀를 모를 리가 없었다. 아니, 오히려 어설프게 알았기 때문에 그런 곡해를 할 수 있었는지 모른다. 김동인은 화가 김찬영과 더불어 고급 기생집을 들락거리는 문인들의 물주였고, 문예지의 출자자였으며, 1920~1930년대 조선 문단의 최고 스타 중 하나였다. 돈과 명예, 그리고 재능까지가 모두 그의 것이었던 만큼 김동인은 빅토르 위고조차 통속 작가라고 깔볼 정도로 오만하고 자신만만했다.

확실히 김동인은 뛰어난 작가였다. 「김연실전」에서도 김동인의 글재주는 광채를 뿜었다. 문장은 유려하고 세련되었으며 묘사는 정밀하고 감각적이었다. 그래서 그 악의가 정확하게 전달되었다. 비열함과 몰인정과 잔인함이 더욱 빛났다.

눈에서 푸른 불길이 이는 것 같은 느낌을 느끼면서 연실이는 홱 돌아서서 어머니를 쳐다보았다. 눈물 한 방울 안 고였다. 단지 서리가 돋칠 듯 매서운 눈이었다.

"요년, 그래 티다보문 어떡할 테가?"

"죽이소 죽에요. 여러 번에 맞아 죽느니 오늘루 죽이라우요."

"못 죽이랴."

또 내리는 주먹 아래서 연실이는 어머니의 치마를 잡고 늘어졌다. 주먹, 발길, 수없이 그의 몸에 내리는 것을 감각하였지만 악이 받친 그는 죽에라 죽에라 소리만 연하여 하며 치맛자락에서 떨어지지 않기만 위주하였다.

눈앞에서 모녀의 싸움을 지켜보는 듯한 생생한 장면 묘사는 「감자」나 「배따라기」 등을 통해 선보인 김동인의 특기였다. 그 기교 덕분에 '독하고 매서운 년'인 연실이와 '화냥질을 해서 나(딸)까지 수모를 받게' 한 기생 출신 어미를 동시에 헐뜯을 수 있었다.

김동인은 「김연실전」에서 진명학교를 '기생학교'라고 불렀다. 진명의 학생들이 거개 '기생의 딸'이라 가정 교육을 받지 못해 부모를 공경할 줄 모르고 성(性)에 일찍 눈을 떴다며 비난했다. 하지만 진명학교는 평양이 아니라 경성에 자리하고 있었다. 고종황제의 후궁이었던 엄 귀비의 재산을 기반으로 설립되었기에 황실학교라 불리던, 기독교계 여학교에 비해 보수적이라 할 만한 학교이

기도 했다. 사실을 몰라서 그리 쓴 게 아니었다. 허구의 방패 뒤에 숨어 사실을 왜곡한 것이었다. 평론가 김기진이 좌측에서 그랬던 것처럼 김동인은 우측에서 정확히 김명순의 약점을 겨냥해 독화살을 쏘았다. 그 약점이란 바로 '나쁜 피', 기생의 딸이라는 그녀로서는 지울 수도 고칠 수도 없는 낙인이었다.

아이러니한 일이 아닐 수 없었다. 실로 기생이라는 '천하고 난잡한 계집들'이야말로 그녀보다 김동인이 훨씬 자주, 훨씬 많이 접했을 터였다. 김동인은 동료 문인들이 경쟁하듯 애정 행각을 벌이는 바람에 《창조》와 그 후신인 《영대》가 폐간되었다고 원망했지만, 그중 자금 누수가 가장 심했던 기생들과의 스캔들에는 둘째가라면 서러운 인물이 그 자신이었다.

김동인은 '연애'를 별로 좋아하지 않았다. 연애는 남녀가 같은 눈높이에서 서로를 바라보아야 가능할진대, 그는 여자를 하등의 존재로 취급했기 때문이었다. 따라서 자유연애를 주장하는 '신여성'을 증오한 반면, 노산홍과 김백옥과 일본 기생 세미마루를 거쳐 한성 권번의 김옥엽과 16세의 동기(童妓) 황경옥을 동시에 상대할 정도로 기생을 혹애했다. 옥엽과 경옥이 라이벌이 되어 서로 경쟁하는 바람에 김동인은 낮밤을 나누어 두 여자의 서방 노릇을 하느라 코피가 터질 정도였다.

그럼에도 불구하고 그의 펜은 거침없었다. '신여성'들의 문란하고 방종한 생활을 묘사하는 펜 끝은 날카롭고 독살스러웠다.

"언니, 참 옛날 여인들은 어떻게 살았겠수?"

"왜?"

"연애두 한 번두 못 해보구……."

명애는 여기서 한 번 크게 웃었다.

"하하하하. 저리드냐? 재리드냐?"

"아찔아찔합디다."

"그것만?"

"오금이 녹아옵디다."

"엑이 망할 기집애."

연실의 선배로 등장해 노골적인 음담을 주고받는 최명애는 한눈으로 보아도 김원주가 모델이었다. 잡지 《신여자》를 창간하고 문필 활동을 했던 김원주는 글래머러스한 몸매 때문에 남자들의 음담에 단골로 출연하곤 했는데, 김동인은 후일 소설가 임노월과 헤어진 김원주가 자기를 찾아왔을 때 짐짓 유혹하는 빛을 보여 불쾌했다고 회고했다. 하지만 치통을 앓아 진통제에 취한 채 벽을 향해 누워서도 '무릎이라도 베어줄 듯' 가까이 다가오는 김원주를 의식한 것은 김동인 자신의 욕망이었다.

김명순과 김원주는 기묘한 사이였다. 소설가 임노월을 두고 이른바 삼각관계로 얽힌 그들의 진실은 오직 하늘과 그들만이 아는 것이었다. 그런데 김동인의 일그러진 적의는 김기진이 그러했던 것처럼 개인적인 악연으로 얽힌 두 여성 작가를 단번에 음탕하고 난잡한 악소패거리로 만들었다. 게다가 김원주는 6년 전 속세의 연을 완전히 끊고 비구니 일엽으로 새로운 삶을 시작한 터였다.

「김연실전」이 쓰인 배경에는 근대 문단에 유행한 '모델 소설'의 열풍이 있었다. 조선 최초의 번역 시집 『오뇌의 무도』를 펴낸 김억은 둘째가라면 서러운 첨단의 멋쟁이였다. 그는 프랑스의 데카당 시인들에게 심취해 그들처럼 술과 멋과 사랑을 좇고자 했다. 좋아하는 술을 마시기 위해 밤 기차로 14시간을 달려 만주 안동까지 가기도 했고, 분홍빛 와이셔츠에 새카만 넥타이에 금 시곗줄을 드리운 채 영국 신사처럼 개화장을 휘두르며 거리를 활보했다. 그러다 보니 조상에게 물려받은 한 해 500섬을 거두던 막대한 토지마저 털어먹고 어느덧 최고급 패시픽 호텔 대신 청진동 뒷골목 여인숙을 전전하게 된 것이었다.

그런 김억을 모델로 하여 염상섭이 「질투와 밥」이라는 소설을 발표하자 김억은 폭발했다. 대부호의 귀동자 출신으로 신경질적인 성격까지 닮았던 김동인을 붙잡고 자기의 사생활을 소설로 써 댄 염상섭에게 복수해 달라고 애소했다. 그 결과 나온 소설이 불임 사실을 숨긴 남편이 아내가 외도해 생긴 아이를 자기 자식으로 받아들이는 희비극을 그린 「발가락이 닮았다」였다. 때마침 염상섭은 늦장가를 가서 낳은 자식이 다른 사람의 아이라는 루머에 휩싸여 있던 터였다.

맞서 싸워야 할 적이 보이지 않거나 적과 맞붙기를 두려워할 때, 사람들은 새로운 적을 만든다. 가까운 곳에서 가장 만만한 상대를 찾는다. '안정기'에 접어든 식민지의 작가들은 그렇게 서로를 물고 뜯었다. 그중에서도 아버지와 남편과 아들이 없고, 돈도 집도 친구도 없는 그녀는 무방비 상태로 가느다란 목덜미를 드러낸 약적(弱敵) 중의 약적이었다.

—아직도, 남았는가? 물어뜯을 곳이, 공격할 것이?!

소설이라기보다 투서이거나 고발장 같은, 악의와 허위로 가득한 글 앞에서 그녀는 멀거니 앉아 있었다. 생각도 느낌도 없었다. 다만 막막하고 먹먹할 뿐이었다.

조선의 신여성으로서 시도 쓰고 소설도 쓰고 도서관 출입도 빈번히 하는 첫 번째 문필가라는 타이틀이 꼬리표처럼 그녀를 쫓아다녔다. 그만한 독서와 그만한 예술 상식이 있는 여자는 처음이라는 말을 들었다. 짐짓 칭찬 같지만 족쇄이기도 했다. 표창이라기보다 형벌이었다. 남류(男流) 시인과 소설가는 없는데 여류(女流) 시인과 소설가는 있었다. 시인이고 소설가이기 이전에 여자, 그것도 별종의 여자이기 때문에 주목한다는 뜻이었다.

당사자가 원하지 않는 관심은 폭력이었다. 그로부터 빚어진 오해, 그릇된 해석, 잘못된 이해가 그녀의 짧은 생애 전부를 집어삼켰다. 은파리가 웽웽거리며 "혼인날 신랑이 세넷씩 달려들까 봐 독신 생활을 하게 된 독신주의자"라고 빈정대는 '김 양'이 그녀라

했다. 『여등(汝等)의 배후(背後)로서』에 등장하는 거의 모든 남성 인물들과 성관계를 맺는 문란하고 방종한 여주인공 권주영이 그녀를 모델로 한 인물이라고 했다. 평론가 김기진은 그녀를 "평안도 사람의 기질인 굳고도 자기방어 하는 성질이 많은 천성에 여성 통유의 애상주의를 가미하여 갖고 그 위에다 연애 문학서 유(類)의 뺑끼칠을 더덕더덕 붙여놓고 의붓자식이라는 환경으로 말미암아 조금은 구부정하게 휘어져가지고 처녀 때에 강제로 남성에게 정벌을 받았다는 이유가 있기 때문에 더 한층 히스테리가 되어가지고 문학 중독으로 말미암아 방분"한 여자라고 공격했다. 거듭해 은파리의 더러운 더듬이가 "남편을 다섯 번째씩 갈고도 처녀 시인"이라고 우기는 여자로 그녀를 호명했다. 그리고 지금, 김동인이 참으로 재미나게 각색된 소설로 오랜 저주의 마침표를 찍었다.

숨이 막혔다. 겁에 질렸다. 말을 잃었다. 넋이 나갔다. 피가 식었다. 머리 위로 불벼락이 쏟아지는데 몸뚱이는 찬 피로 얼어붙었다. 무서운 불면의 밤에 쪽잠에 들었다가도 벌떡벌떡 일어났다. 분노와 억울함을 참을 수 없어 항변의 소설을 써보기도 하고 고소까지 했다. 하지만 소용없었다. 모든 것이 소용없었다.

─하아…….

아득한 우물에 빠진 듯했다. 구해달라고, 살려달라고, 외치고 외치다가 목이 쉬고 넋이 나갔다. 뻥 뚫린 검은 목구멍에서는 모래바람 소리만 새어 나왔다. 비명도 절규도 신음조차도 아닌, 깊고 긴 한숨이었다.

타방타방 타방네야 너 어디를 울며 가니
내 어머니 몸 진 곳에 젖 먹으러 울며 간다

오랫동안 걸어왔다. 꽃길이 아닌 가시밭길을, 문학이라는 목발을 짚고 절룩거리며 헤쳐왔다. 하지만 이제 더는 갈 힘이 없었다. 여기서 주저앉으면 폭설에 파묻혀 얼어 죽거나, 사막의 열기에 타 죽거나, 급류에 휩쓸려 빠져 죽을 걸 알면서도, 당장을 버틸 힘이 없었다.

다만 그리운 이는 어머니, 수다한 공격과 비난과 경멸을 받게 만든 '나쁜 피'의 원천이었다. 타방네처럼, 그녀도 어머니를 미워했다. 원망했다. 복수한답시고 자학하고 자해했다. 하지만 다시 타방네처럼, 마지막 순간에 이르러 처음의 그곳이 간절히 그리웠다. 만신창이 된 몸과 마음으로 상처투성이 발을 질질 끌며 어머니의 무덤을 찾아갈 수밖에 없었다.

명태 줄까 명태 싫다 가지 줄까 가지 싫다
우리 어머니 젖을 다오 우리 어머니 젖을 다오

어머니의 환영

그녀는 그녀를 '산월(山月)'이라 부르기로 한다. 어느 산에나 뜨는 달처럼 서도에서 남도까지 흔한 이름, 옛적부터 지금껏 알려진 이름, 전설처럼 전해지고 소설의 주인공으로도 등장하는, 기생의 이름이었다.

　달같이 둥글고 환한 얼굴에 새벽별같이 빛나는 눈동자, 검은 구름이 피어오른 듯한 머리채 아래 여덟 팔(八) 자 깜찍한 귀밑머리, 앵두 같은 입술 안에는 조개껍데기 같은 서른두 개의 하얀 치아가 들어앉았고, 죽순처럼 고운 열 손가락과 세 치 작은 예쁜 발과 요요한 가는 허리, 단아한 앉음새에 사뿐사뿐 발걸음, 노랫소리는 청아하고 말소리는 쟁쟁하니 은근한 눈길을 돌리면 장부의 숨이 턱 막히고 향기로운 입을 잠깐 열면 호걸이 얼혼을 스르르 놓는……. 그 같은 옛글 속의 황홀한 미태(美態)를 지닌, 아마도 한때 분명 그러했을 여인이었다.

그녀는 산월을, 사람의 탈을 쓴 여우이자 요물이면서 말을 알아듣는 꽃인 해어화(解語花)였던, 매혹인 동시에 혐오의 대상이었던 그녀를 이해하려 애써본다. 아무러한 감정이나 비판의 사고 없이 소설 속의 인물에게 그러하듯 거리를 두고 바라보기로 한다. 그녀가 아는 산월이 서서히 지워진다. 그녀가 모르는 산월이 조금씩 살아난다.

전쟁이라 하였다. 평양 아니면 전라 감영이라, 탐관오리들의 젯밥이기엔 비등비등한데 농민들에 대한 수탈이 더욱 가혹한 남도에서 역란이 일어났다고 했다. 소문은 흉흉했다. 동학당이라 불리는 반란군은 신비로운 영약을 먹고 한 번 힐끗 쳐다보는 것만으로 사람을 죽일 수 있다고 했다. 게다가 그들에게는 총탄조차 아무런 효과가 없다는 것이었다. 그런데 이상스럽게도, 농민군의 오색 깃발을 구경조차 하기 전에 북도에는 낯선 이방인들이 들이닥쳤다. 무력한 왕이 구걸해 부른 대국의 군대와 그를 막겠다는 명분으로 바다를 건너온 왜인의 군대였다. 1만 2천 명의 청군과 1만 5천 명의 왜군이 맞부딪친 평양성 전투는 후일 청일 전쟁 혹은 일청 전쟁이라 불린 전쟁의 분수령이었다. 승부는 본디 1만 7천이 주둔해야 하지만 서류 조작으로 5천을 빼먹은 청군의 패배였다.

기실 누가 이기고 졌는가는 중요치 않았다. 외국 군대가 남의 나라 땅을 전쟁터 삼아 살육의 향연을 벌이는 동안 평양은 황폐해졌다. 논밭은 황무지가 되었고 썩어가는 시체의 악취가 코를 찔렀다. 포악한 시절에 살아남기 위해 사람들은 그악해졌다. 누군가의 손해가 누군가의 이익이 되었다. 누군가의 눈물이 누군가의 기쁨이 되었다. 잃어버린 것을 벌충하기 위해, 더 갖기 위해, 빼앗기지 않기 위해, 사람들은 악다구니 쳤다.

"사내가 있어야지, 집안에 사내가!"

어린 산월이 귀에 싹이 나도록 듣는 말을, 그녀도 듣는다.

"사내가 있어야 돈벌이를 하지. 하루바삐 돈벌이를 해서 무너진 집안을 일으키지……."

그리고 긴 한숨, 너무도 무거워 몸과 마음이 굴길로 곤두박질하는 듯한 한숨이 이어진다. 산월은 밭은 숨을 훅 들이마시고, 그녀는 가쁜 숨을 멈춘다.

"오마니! 왜 자꾸 소용도 없는 말을 해요? 그런다고 오라바이가 살아서 돌아와요?"

오빠는 집안의 기둥이었고, 어머니의 의지였고, 터울이 지는 누이들에게 일찍 세상을 떠난 아버지 대신이었다. 하지만 그는 스물을 겨우 넘겨 전쟁 통에 맥없이 죽었다. 어린 나이였지만 산월은 죽은 사람이 다시 살아날 수 없다는 사실만은 분명히 알았다.

"저런 이리 같은 에미나이! 지금 그게 늙은 어미에게 할 말이냐?"

도끼눈을 뜬 어머니가 머리채를 잡아 휘두르기 전에 산월은 집을 빠져나와 달음질친다. 산월의 목울대로 뜨겁고 짠 눈물이 꿀렁꿀렁 넘어간다. 그녀의 목젖도 쓰라리다.

어머니가 무슨 꿍꿍이로 한탄과 신세타령을 반복하는지, 산월은 안다. 옴팡눈을 가진 노파가 벌써 몇 번이나 집을 다녀갔다. 노파가 두 번째로 집에 들렀다 간 날, 어머니는 그녀에게 예전의 이름 대신 산월이라는 새 이름이 생겼다고 했다. 열 살짜리 여동생은 영월이라 부르라고 했다. 둘을 묶어 한꺼번에 보낼 모양이었다.

집을 뛰쳐나와 기껏 간 곳이 멀지도 않은 골목 끝 담벼락이다. 별안간, 그녀의 머리끝이 쭈뼛하다. 차가운 벽에 등을 기대고 훌쩍훌쩍 울고 있는 산월에게 검은 그림자가 성큼 다가온다.

"어이, 꼬마 아가씨! 여기서 뭘 해?"

무겁고, 뜨겁다. 검은 그림자가 육중하고 더운 욕망으로 비틀거린다. 작은 암컷은 머리가 아니라 온몸으로 위험을 느낀다. 개기름이 흐르는 얼굴에 느끼한 미소, 훅 끼쳐오는 술내는 본능이 아주 틀리지 않았다는 증거다.

"왜 울어? 나랑 같이 가자. 아저씨가 재밌는 거 보여줄게."

그림자의 퉁퉁한 손가락이 산월의 뺨을 스치는 순간 그녀의 등줄기에도 와사삭 소름이 돋는다. 산월이 비치적비치적 뒷걸음질한다. 가만히 앉아서 당할 수는 없다고 했지만 도망쳐 나와도 갈곳이 없다. 가난한 계집아이 앞에 펼쳐진 세상에는 음흉하고 교활한 사냥꾼들이 파놓은 허방다리투성이였다.

전쟁은 살아남은 사람들을 짐승으로 만들었다. 염치도 없고 동정도 없었다. 남편이나 아들이 죽어 여자들만 남은 집은 청년 과부와 소년 과부가 시르죽은 낯을 맞대고 하루하루를 연명하기에 긍긍한 지경이었지만, 용케 남자들이 살아남은 집안은 하루아침에 부자가 되는 일도 흔했다. 떡고물만은 혼란 속에 더욱 풍성해 누군가의 횡액이 누군가의 횡재가 되었다.

"오마니……!"

지독하게 미운 어머니, 그러나 어쩔 수 없는 연민으로 쓰라린 어머니를 부르며, 산월은 눈물을 삼킨다. 잔인한 운명을 와락 부둥켜안는다.

돈을 번 남자들은 권력이 되었다. 전쟁의 승자인 일본의 언어를 배워 통역과 사업을 하게 되면서 예전에 남쪽 출신들의 전유물이었던 벼슬자리를 북쪽 출신들도 넘볼 기회가 생겼다. 상투 위에 모자를 쓰고 형편없는 몸맨두리에 군복을 걸친 채 거들먹거렸다. 권세를 가진 자들이 누리는 최초이자 최고의 영화는 다름 아닌 난봉이었다. 때아닌 복고로 기생 수청이 창궐했다. 얼굴이 반반하다 싶으면 처녀는 물론 유부녀까지 가리지 않고 빼앗아 첩을 삼았다. 가장 저주하고 가장 원망했던 지배자들의 바로 그 방식으로, 낡은 권력을 빼쏜 새로운 권력이 위세를 떨쳤다.

산월은 동생 영월과 함께 교방에 들어간다. 무지하고 무력한 과부 어머니가 원하는 대로 의지가지없는 집안의 밥벌이탁이 되려 한다. 가사와 시조와 잡가를 배우고 악기 타는 법과 춤추기를 익힌다. 서예와 그림도 약간은 배우고, 무엇보다 중요한 돈 많은 사내를 홀려내는 교태와 아양을 연습한다.

"네가 산월이냐? 평양 성내에 떠들썩한 게 헛소문이 아니었구나! 어디 나비처럼 훨훨 춤춰보아라!"

"귀여운 것! 노래 한 자락 뽑아봐라. 은 쟁반에 옥 굴리는 소리라는 그것 한번 들어보자!"

산월은 예쁘다. 산월도 자기가 예쁘다는 사실을 안다. 거울을 보고 아는 것보다 자기를 바라보는 사내들의 눈과 입을 보고 더 정확하게 안다. 눈이 휘둥그레지고 입이 헤벌어져 침이라도 주르륵 흘릴 듯 추잡한 꼬락서니를 보면서 사내들을 무장 해제시키는 제 능력을 확인한다. 젊은 놈이나 늙은 놈이나 잘난 놈이나 못난 놈이나 홀려 거꾸러지는 모양은 거기서 거기다. 너무 일찍 그 바닥을 보았기에 산월은 사람이 시시해진다. 무엇도 놀랍지 않고 새롭지 않으니 심드렁함이 넘쳐 오만불손해진다.

"어디서 이런 별간장이 굴러 왔나? 춤추기 싫고 노래하기 싫으면 왜 기생이 되었누? 에이, 재수 없다! 퉤퉤!"

그녀는 그때 산월의 눈빛과 몸짓이 얼마나 야멸찬지 알고 있다. 그것은 잃을 것이 없을뿐더러 원하는 것조차 없는 사람의 오연한 태도다. 기생 어미가 쌍욕을 해도, 친어미가 머리채를 잡아도, 산월은 흔들리지 않는다. 부르고 싶지 않은 노래는 부르지 않는다. 추고 싶지 않은 춤은 추지 않는다. 살고 싶지 않은 방식으로 살고 있지만 춤과 노래만은 제 마음이 내킬 때 하고 싶다. 억지로 추는 춤이 춤인가? 억지로 부르는 노래가 노래인가?

아주 가끔 흥에 겹거나 설움에 겨울 때, 산월은 날렵한 몸을 한들한들 흔들며 춤을 추었다. 옥을 굴리는 듯 자랑자랑 맑은 목소리로 노래 불렀다. 제가 좋아 춤추고 노래할 때 산월의 얼굴은 보름달처럼 환해지고 눈매는 한층 시원해졌다. 그 재롱스런 모습을 보고 싶어서 사내들은 기생을 부르는 게 아니라 응석받이 상전을 모시듯 비위를 맞추고 시중을 들었다.

열다섯 살에 이미 열여덟 살처럼 조숙했다는 산월을 그리는 상상의 붓이 스르륵 매끄럽게 미끄러진다. 열다섯의 얼굴에 열여덟의 몸, 사내들을 환장하게 만드는 얄미운 조화다. 명나라 기방의 풍속으로는 열세 살의 기생을 시화(試花)라 부른다니 이른바 맛보기 꽃이요, 열네 살의 기생은 활짝 핀 꽃이라 개화(開花), 그리고 열다섯 살의 기생은 적화(摘花), 즉 따낸 꽃이라 하였다. 모든 사내가 그 꽃을 따내어보려고 환장할 때에 몸값을 최대로 높이는 것이 생존의 셈속이었다.

화무십일홍(花無十日紅)이라, 꽃이 피었다 지기는 잠깐이라고 하지만 산월의 미모는 타고난 것이어서 세월마저 비껴갔다. 훗날 여덟 명이나 되는 아이를 낳고도 산월은 후더침을 앓거나 부기에 고생한 적이 한 번도 없었다. 몸맵시는 더욱 풍만해지고 얼굴에는 윤이 흘러 갓 시집온 홍색짜리로 착각하는 자마저 있었다. 하지만 엄연한 세월을 눈가림하는 것이 과연 축복이었을지, 늙어도 늙지 않는 산월을 기억하며 그녀는 아리송하다.

열다섯에 산월은 이미 아이가 아니다. 몸만큼이나 마음도 일찍 익었다. 허나 성숙할 수 없고 성숙할 필요도 없는 기생의 처지려니, 한층 심드렁하고 더욱 오만불손할 뿐이다. 소문을 들은 관찰사가 수청을 들이려고 부른다. 높은 코와 모난 입과 별 같은 눈동자와 누에 같은 긴 눈썹의 헌헌장부까지는 바라지 않아도 어지간히 늙고 못생긴 가죽 주머니다.

"이리 좀 다가와 앉아라. 거참, 소문으로 듣던 대로구나!"

관찰사가 손을 끌고 몸을 당겨 엉덩이에 엉덩이를 허벅지에 허벅지를 붙이려 용쓴다. 돈의 유혹이 아니면 관부의 명령, 이대로라면 여느 기생의 팔자와 다를 바 없이 관아의 내아에서 머리를 얹을 참이다. 그런데 관찰사의 푸둥푸둥한 손에 이끌려 품에 들이안길 찰나, 문득 싸한 기운이 옆얼굴에 꽂힌다. 저편 창틈으로 사납게 흡뜬 눈알이 쏘아보고 있다가 산월과 눈이 딱 마주친다. 아조 불똥이 뚝뚝 떨어질 듯 새빨갛다. 저게 바로 관찰사의 첩년인 내항이렷다?! 더러운 정도 정이라고 못난 정인의 오입질을 시새움하는 눈빛이 모질다. 산월의 도독한 입술에서 저도 모르게 픽, 웃음이 샌다.

"뒷간에 다녀올게요."

맨송맨송한 얼굴로 관찰사에게 술 한잔을 치고 나서 산월은 소피가 마렵다며 술자리를 빠져나온다. 그리고 그 참에 버선발로 영문을 빠져나가 본가인 구골까지 달음질친다. 무서운 것도 없고 아쉬운 것도 없다. 다잡아 쫑쫑 땋은 데서 빠져나온 다팔머리 몇 가닥이 바람에 펄럭인다. 간질간질하다. 뺨만이 아니라 배 속 어딘가가 재채기라도 할 듯 간지럽다.

"그때부터 평양 성내에 '고집쟁이 기생'이라는 별명이 짜해졌다나? 예나 제나 별스럽고 유난하기론 당할 종자가 없어!"

산월의 과거를 미주알고주알 주워섬기던 이는 그녀의 친조모였다. 첩며느리인 산월에 대한 친조모의 태도는 미묘하고도 복잡했는데, 때로는 본집 며느리의 편을 들어 미워하며 흠뜯는가 하면 때로는 아들의 편에서 애틋한 듯 감싸려 했다. 그러다 맏며느리에겐 봉양을 받고 첩며느리에겐 아첨을 받는 양다리 눈치꾼 노릇에 지쳤는지, 종내는 가려야 할 말과 대거리할 상대를 헷갈리기에 이르렀다. 어린 손녀를 앞에 두고 그 어미의 숨은 과거를 떠벌려대기 시작한 것이었다.

"이리 같은 년! 꼬리가 아흔아홉 개 달린 여우 같은 년!"

그녀가 처음 산월의 정체를 눈치챈 것은 친조모가 사는 '큰집'에 놀러 갔다가 '적모'라는 이름의 여인을 만나면서부터였다.

"그년이 죽으면 어디로 갈꼬? 다음 세상엔 무엇으로 날꼬? 아니, 죽고 나서 지옥 불에 지져지면 뭣하나? 살아서 호의호식하며 저리 떵떵거리는 것을!"

다른 눈들이 없는 곳에서 그녀와 마주치면 적모는 입버릇처럼 쌍욕을 했다. 시앗을 보면 길가의 돌부처도 돌아앉는다는 속담은 나중에야 알게 되었지만, 그 말맛이 땡고추처럼 맵고 독한 비난을 듣노라면 뜻도 모른 채 몸이 부들부들 떨렸다.

"내 눈으로 그년 죽는 꼴을 보았으면! 벼락을 맞아 새카맣게 타고 뒈지는 꼴을!"

적모의 성미가 워낙에 모질었던 건 아니었다. 바깥으로 나도는 남편의 발길을 잡아보려는 안간힘이었다고는 하지만, 첩 자식이 자기 집에 드나들고 머무르기를 허락했다는 것은 어지간히 무던했다는 증거일 테다. 하지만 시시때때로 터지는 울화통은 이성의 소관이 아니었다. 지옥을 말하는 적모의 얼굴은 지옥 불을 뚫고 나온 듯 검붉게 일그러져 있었다.

이미 그때부터 그녀는 이야기를 좋아했다. 본능적으로 세상의 모든 이야기에 끌렸다. 비록 지옥의 이야기일지라도 이야기의 굴길을 파고 들어가고픈 충동을 멈출 수 없었다. 그녀는 친조모의 말과 적모의 욕을 통해 살금살금 산월의 과거를 그려보았다. 시간과 일상에 흩어져 있는 존재의 실체가 이야기 속에서 선명하게 떠올랐다.

산월은 기왕에 망한 이번 생을 제멋대로 살아볼 작정이다. 고집쟁이 기생이라는 별명으로 유명해진 산월이 어느 날 갑자기 평양의 연회에서 모습을 감춘다. 성읍에서 30리 떨어진 시골에 사는 부자의 첩으로 들어앉은 것이었다. 부자는 어린 기생첩을 금이야 옥이야 애지중지한다. 하지만 오로지 돈을 보고 돈을 택한 산월에게 돈이 많다지만 쓸 줄 모르는 시골 부자가 만족스러울 리 없다. 창졸간의 집살이도 갑갑해 죽겠는데 안질에 고춧가루 뿌리는 격으로 부자는 산월을 아예 심부름꾼으로 삼을 모양이다. 생겨먹은 꼴대로 좀스럽게 재물과 금전을 여기저기에 묻어두었던 부자는 창궐한 도적을 피한답시고 어느 하루 그걸 모두 캐겠다며 나선다.

기가 막히다. 애첩이랍시고 들어앉아서도 맘껏 써본 적이 없는 재물을 치마폭에 싸 들고 온종일 늙은 서방 꽁무니를 따라다닌다. 발도 아프고 팔도 아프다.

"파묻어놓았다가 캤다가, 싹도 트지 않는 씨앗을 뭣하러 심어대누?!"

갑자기 불뚝성이 치밀어올라 산월은 치마폭에 쌌던 돈을 마당에 털어버린다. 탈탈 터니 훨훨 쏟아져나와 댕그랑댕그랑 잘도 구른다.

"아니, 대체 왜 나를 이런 일에 부려먹어요? 큰마누라는 아랫목에 고이 모셔두고 뭣에 쓰려고? 내가 가만히 엎더져 있으니까 가마니로 보이오?"

어린 첩의 앙탈에 부자는 화를 내려다가 어처구니없어 허허 웃어버린다.

"산월아, 애야! 낸들 네가 미워서 괴롭히려고 이러겠니? 큰마누라는 시키고 싶어도 시킬 수가 없단다. 그 여편네 주변엔 빈한한 친정 떨거지들이 드글거리니 한 푼이라도 믿고 맡길 수가 있어야 말이지. 그러니 내가 가장 믿는 네가 도와줘야지 않겠냐?"

마당을 구르는 돈을 주섬주섬 주워 챙기며 부자는 볼이 붓고 입이 잔뜩 튀어나온 철없는 애첩을 달랜다. 하지만 산월은 좀처럼 분기가 가시지 않는다.

"난 친정으로 갈라요! 이래저래 재미가 하나도 없소!"

부자가 다시는 그러지 않겠노라 약속하고 타이르고 빌었지만 산월은 과연 소문난 고집쟁이답다. 다급해진 부자가 신발과 옷을 몽땅 감췄는데도 어느 틈에 친정어미가 새살림으로 만들어준 이불을 둘둘 말아 이고 나섰다.

"행랑어멈! 그 짚신 좀 벗어줘. 맨발로 삼십 리 길을 걸어갈 수는 없잖아?"

산월은 행랑어멈의 짚신을 얻어 신고 자기 집으로 도망쳐 온다. 운명으로부터는 도망칠 수 없을지라도 불편으로부터는 언제든지

도망친다. 그리고 얼마 지나지 않아 다시 대동강 변에서 무역상을 하는 김희경의 소실로 첩살림을 차린다. 김가는 이전의 좀팽이와 달리 잘 버는 만큼 잘 쓰는 호남자라 산월은 원하던 대로 헤아리지 않고 돈을 써댄다. 더 이상은 어디로도 도망칠 필요가 없다.

돈은 많은 문제를 해결한다. 그리고 많은 문제를 덮는다. 산월의 아이들은 자신의 핏줄이 어디에서 흘러나왔는지도 모르는 채 천진난만하게 자란다. 그중에서도 첫딸은 손에 쥐면 터질세라 바람 불면 날아갈세라 아끼어 기르는 귀동녀였다. 적모의 아들인 이복 오빠와 겸상을 하며 닭의 간과 똥집을 서로 먹겠노라 다투고, 새파란 초록 저고리를 풀싹처럼 지어 입고 도령의 복건을 시새움하기도 했다. 당돌하고 암팡진 계집애였다.

"학교에 넣어줘요! 나도 학교에 다니고 싶어요!"

학교라는 곳이 있다는 걸 어떻게 알았을까? 아무것도 모른다는 사실조차 배워야 아는 것이지만, 아무것도 모르면서도 그녀는 배우고 싶었다.

"바느질은 싫어요! 골무도 끼기 싫어요! 손톱이 아프단 말이야!"

그녀가 여섯 살이 되자 산월은 침자질을 가르치기 시작했는데, 그것이 노래와 춤을 제외하고 산월이 아는 계집아이에게 가르칠 항목의 전부였다.

산월은 자기와 전혀 다른, 알 수 없는 계집아이를 한참 동안 물끄러미 바라보았다.

"아기야……."

산월은 그녀를 탄실이라는 아명으로 부르지만 때때로 아기, 우리 아기라고 부른다. 여섯 살이었던 그때도, 아마 가능했다면 스무 살이 훌쩍 넘어서까지도 그렇게 부르기를 멈추지 않았을 것이다.

순희의 모친은 이십이 넘은 그 딸에게, 지금껏 '아기'라고 부른다. 무엇인지 순희의 모친은 모든 정신을 순희에게만 들이고 사는 듯싶도록, 그가 말 두 마디만 해도 반드시 그 말끝에는 '우리 아기'를 넣는다. 그 모양이 며느리들 눈에 가시가 나도록 미워 보이지만, 그 모친은 일향 돌아보지도 않고, 너희들도 아기를 위해서 살아야 한다는 듯이 "아기야 잘난 사람이지. 그렇게 아무 소리도 없이 누웠지만 세상 경륜이 그 속에 다 들었어" 하고 귀동(순희의 어릴 때 이름)이를 내세운다.*

그녀를 볼 때마다 산월은 서글픈 안도감을 느꼈다. 그녀는 산월을 닮고도 닮지 않았다. 산월은 그녀의 흰 피부가 돋보이도록 화려한 비단옷을 지어 입히고, 가느다란 손가락에 어울리는 새뜻한 반지를 끼워주고, 안방의 시렁 위에 그녀가 좋아하는 군입질거리

* 소설 「외로운 사람들」(《조선일보》 1924년 4월 20일~5월 31일 연재) 중에서.

를 항시 마련해 두었다. 어린 그녀는 비단옷과 반지와 달콤한 과자를 무람없이 즐겼다. 누군가 자기보다 더 좋은 옷을 입은 걸 보면 강샘을 부리기도 했다. 앙탈쟁이에 애교꾸러기인 그 계집애는 교방에 들어가 어린 시절을 잃어버린 산월의 또 다른 모습이었다.

하지만 학교에 넣어달라, 바느질을 배우기 싫다고 우겨대는 그녀는 산월이 모르는, 감히 기대하거나 예상치 못했던 존재였다. 그녀는 누가 가르쳐준 적도 없는 전혀 다른 세상을 꿈꾸고 있었다. 다르다는 것 자체가 불길했다.

"안 돼! 일없다!"

이유를 설명하지도 않고 산월은 무조건 그녀의 요구를 내쳤다. 열 번 청하면 열 번 뿌리쳤다. 산월과 달리 김희경은 그녀를 학교에 보내는 것을 반대하지 않았다. 김희경 또한 자기 방식으로 그녀를 끔찍이 귀애했다. 그리고 내심 장사꾼다운 셈속으로 높은 공부를 시켜 세상에 이름을 떨치는 여류 문사로 만들어보고 싶은 욕심이 있었다.

산월과 김희경 사이에 싸움이 났다. 무려 사흘 동안 벌어진 큰 싸움이었다. 산월과 김희경이 싸우는 동안 그녀는 밥도 먹지 않고 머리를 풀어 헤친 채 얼굴이 퉁퉁 붓도록 울었다.

"이런 에미나이를 보간! 초상이라도 났느냐? 예쁜 얼굴이 그게 뭐냐?"

그리 지청구를 했지만, 결국엔 산월이 졌다. 천지간에 고집쟁이로 뜨르르하게 소문났던 산월도 그녀의 고집을 꺾지 못했다. 언제나 더 사랑하는 사람이 질 수밖에 없으므로.

시간이 한참 지난 후에야 그녀는 비로소 산월의 두려움과 불안을 이해한다. 무지의 온실에서 나서자마자 가혹하게 몰아칠 진실의 삭풍을, 산월은 예감하고 있었던 게다. 부잣집 옥동녀로 사랑과 관심을 담뿍 받았던 천진난만한 시절은 끝났다. 그녀는 산월이 제아무리 안간힘 써도 막을 수 없는 세상의 파랑 앞에 스스로 섰다. 산월의 딸, 김희경의 서녀, 기생의 딸로서.

패망의 기운이 역력한 나라 사정과 상관없이 김희경의 사업은 날로 번창해서 매일 곳간에 몇천 석의 벼가 나갔다 들어왔다 했다. 재산이 늘어 돈이 돈으로 보이지 않으니 산월의 호사도 넘쳤다. 방 구석구석에 돈 그릇을 놓아두고 아무 때나 아무렇게나 한 움큼씩 집어 썼다. 그럼에도 별스러운 것은, 그토록 흔하게 굴러다니는 돈이 없어졌다고 시시때때로 하인들을 불러 세우고 욕을 퍼부으며 추궁하는 것이었다.

"오늘 안방을 소제한 게 네가 아니냐?"

"제가 한 건 맞지만, 맹세코 돈은 손댄 적이 없습네다! 믿어주세요!"

"내가 너를 어떻게 믿나? 도둑년이 도둑년이라고 이마에 써 붙이고 다니더냐?"

며느리 늙어 시어미 된다더니, 산월은 제가 기생으로 천대를 받았던 기억은 까맣게 잊고 호령을 하며 상전 노릇을 했다. 그녀는 학교에서 돌아올 때마다 벌어지는 난리에 진력이 났다. 하루 동안 보고 듣고 겪은 일을 어미에게 종알종알 고해바치는 대신, 책보만 양실 마루에 던지고 사랑방으로 가서 아비의 주머니에 매달려 배가 고프다고 칭얼댔다.

"안방에 먹을 게 그득하지 않니? 가서 엄마더러 달래라."

"으응……. 싫어요. 엄마 무서워요!"

"에그, 안방 아씨가 또 한바탕 난리굿을 치는 모양이구나?"

고개를 꼬면서 쌩긋쌩긋 웃는 딸의 아양에 김희경은 맥없이 무너져서 주머니를 뒤졌다. 그리고 상노를 불러 산월 모르게 주전부리를 사다가 그녀에게 주라고 명했다.

바삭바삭, 앞니로 과자를 갉아 먹었다. 아드득아드득, 어금니로 사탕을 깨물어 먹었다. 혀가 아리도록 달콤한 맛이 입안에 가득 퍼졌다. 다 먹고 나면 혓바닥이 새빨갛고 새파랗게 물들어 있을 테다. 어미의 눈을 피해 아비 방에 엎드려 단것들을 탐하며 그녀는 죄책감과 통쾌함을 동시에 느꼈다.

산월과 그녀의 관계가 서먹하고 뜨악해진 건 여섯 살에 들어갔던 남산현학교를 나와 사창골 야소교학교로 옮기면서부터였다.

남산현학교에서 그녀는 1년 반 만에 3학년으로 진급할 정도로 공부를 잘해서 선생님의 사랑과 동무들의 칭송을 한 몸에 받았다. 아이들은 시험 때마다 그녀의 시험지를 베꼈고, 그들의 부모는 급전이 필요할 때면 김희경이나 산월을 찾아와 아쉬운 손을 벌렸다. 그녀는 그런 일들이 마냥 재미있고 신나기만 했다.

멀쩡히 다니던 학교에서 사달이 난 것은 엉뚱하게도 성탄절을 맞아 공연하게 된 연극 때문이었다. 그녀가 예수도, 예수의 어머니 마리아도, 아버지 베드로도, 세 명의 동방 박사 중 하나도 아닌 '유대인' 역할을 맡게 되었다는 사실을 알게 된 김희경은 그녀가 울며불며 말려도 소용없을 만큼 노발대발했다.

"어디서 감히 내 딸에게 그따위 배역을 맡겨?!"

교회라고는 문전에도 가보지 않은 김희경이지만 극중 유대인이 악역이라는 사실만은 분명히 알았던 게다.

그렇게 전학한 학교가 야소교학교였다. 교단에서 직접 운영하는 그곳에서 그녀는 비로소 숨겨졌던 비밀을 눈치챘다. 산월의 사치와 방탕에서 불쾌한 냄새를 맡기 시작한 것도 그때부터였다.

기·생·첩·기·생·첩

유혹이면서 경멸인, 구역질이 나도록 다디단 과자 같은 단어들이었다.

"기생이란 악마 같은 것이에요! 큰 용, 옛날의 뱀이 악마이자 사탄으로 세상에 다시 온 것이랍니다!"

믿는 자는 용감했다. 여학교를 졸업하기도 전에 전도 부인으로 골목골목을 누비며 남의 집 대문을 두드려본 적이 있는바, 여선생은 눈곱만큼의 주저함도 없었다. 용과 뱀과 악마와 사탄의 이야기에 새파랗게 질린 아이들의 표정은 아랑곳없이 계시이자 저주 같은 말의 화살을 내쏘았다.

"기생들은 남의 첩 노릇을 하며 손가락에 물 한 방울 묻히지 않고 먹고 놀지요. 그 악마들이 사는 곳이 바로 소돔과 고모라입니다. 소돔과 고모라가 멸망할 때, 주님께서는 당신이 계신 하늘에서 유황과 불을 퍼부으시어, 방탕하고 음란한 것들을 모조리 태워 죽여 심판하셨지요!"

천국보다는 지옥을, 천사보다는 악마를 말할 때 여선생의 얼굴은 더욱 빛났다. 마른버짐이 허옇게 핀 뺨과 눈가에 거뭇거뭇한 기미도 무섭도록 강렬한 광채에 가려 일순 보이지 않았다.

"사람이 왜 악마의 짓을 할까요? 외식하는 서기관들과 바리새인들처럼 겉이 번드르르한 잔과 대접 안에 탐욕과 방탕을 가득 담아 처먹기 때문이에요! 세상의 영화가 쓸데없을진대, 비단옷에 주렁주렁 금은보화를 걸치고 싶어서 자신의 영혼을 파는 것이지요!"

그녀는, 새 옷과 치장을 좋아했던 계집아이는, 불비처럼 쏟아지는 선생의 말에 자라목이 되어 몸을 옹송그렸다. 그러다 여선생의 눈과 그녀의 눈이 허공에서 마주쳤다. 방울눈에 불을 켜고 열변을 토해 내던 여선생이 별안간 딴사람이 된 듯 쌩긋 자애롭게 웃었다. 그녀의 정체를, 아니, 그녀의 어머니의 정체를 분명히 알고 있을 텐데도 학교에서는 여전히 그녀를 왕녀와 같은 위엄으로 대했다. 선생들도 마치 눈 속에 집어넣어도 아프지 않을 듯 그녀를 귀애했다. 왜냐하면 그녀가 입학할 때 김희경이 학교에 50원이라는 큰돈을 기부했기 때문이었다. 여선생은 지극히 자연스럽게, 아무 일도 없다는 듯 그녀의 눈길을 피하고 다시 설교를 이어갔다.

"사도 바오로가 말씀하시길, 악마의 간계에 맞설 수 있도록 하나님의 무기로 완전히 무장하라, 그래야 그들을 물리칠 수 있다고 하셨어요! 진리의 허리띠를 두르고, 의로움의 갑옷을 입고, 평화의 복음을 위한 준비의 신을 신고, 믿음의 방패를 잡고, 구원의 투구를 받아 쓰고, 성령의 칼을 받아 쥐라! 성령의 칼은 바로 하나님의 말씀이도다!"

여선생의 장렬한 부르짖음에 아이들은 놀라서 울고, 무서워 울고, 정체를 알 수 없는 고통스러운 감동에 사로잡혀 울었다. 그녀는 그중에서도 가장 크고 격렬하게 우는 생도였다. 선생의 말을 가장 열심히 듣고 정확하게 이해했기 때문이었다.

여덟 살의 그녀는 산월을 매일매일 조르기 시작한다. 긴 담뱃대를 물고 한가로이 흰 연기를 뿜어 올리는 산월을 보면 달려가 치마꼬리를 잡고 매달린다.

"같이 회당에 다녀요!"

예수교가 일찍 들어온 평안도와 황해도에는 교회당이 흔했다. 배웠거나 신식이거나 신식으로 보이고 싶어 하는 사람들은 유행이나 습관처럼 회당에 다녔다. 어린 마음에 그것이 멋져 보였다. 교회당에 다니는 사람들은 아들딸을 가리지 않고 학교에 보냈다. 교회와 학교, 그곳은 사치와 방탕의 무질서와 혼돈으로부터 가장 먼 곳이다. 적어도 그녀의 눈에는 그렇게 보였다.

"가요! 같이 가요! 어머니도 교회당에 가서 예수님을 만나요!"

야소교학교는 부모가 믿지 않는 어린 생도를 집중적으로 어르고 달래서 그들을 교회당에 끌어오게 했다.

"학교에 보내줬으면 됐지 교회당까지 나가야 한단 말이냐? 일없다! 되도 않는 생떼를 부리지 마라!"

웬만한 부모들은 자식이 울고불고하면 못 이겨 얼굴이라도 한번 들이밀었지만 산월은 유독 완강했다. 하지만 그녀가 잠을 자다가 가위에 눌리고, 자기 방에서 홀로 무릎을 꿇고 기도를 하다가 소리쳐 우는 일이 빈빈해지자 마침내 백기를 들고 말았다. 천지간의 고집쟁이 산월도 어쩔 수 없는 어미였다.

"회개하시오, 회개하시오! 모든 죄를 자복하고 오늘부터 예수를 믿읍시다!"

교회당의 공기는 뜨겁고 습했다. 목사와 전도사의 열띤 설교와 그것에 뇌동한 신자들의 통곡으로 훗훗하고 눅눅했다. 예배가 진

행되는 교회당 안에서는 그늘진 땅의 질감이 느껴지고 썩은 나무의 냄새가 났다. 후일 그녀가 바닥에 철퍼덕 엎어졌다 우르르 일어나던 사람들의 모습을 비 온 뒤에 땅에서 일어나는 버섯 같다고 기억하게 된 것도 그 때문이었다.

"나는 삼 년 전 빨래터에서 싸움이 난 뒤로 옆집 여자를 미워하기 시작했습니다. 그래서 그가 악한 사람이 되라고, 악마가 되어 망해버리라고 기도했습니다!"

예배의 정점은 신도들이 단에 올라 자신의 죄를 자복하는 시간이었다. 항시 솔선수범하여 교회의 궂은일을 도맡아 했던 한 여인이 숨겨왔던 저주의 발원을 고백했다. 평소의 헌신적이고 다감했던 모습을 기억하는 사람들은 내심 놀랐지만 아무렇지도 않은 척 열렬하게 화답했다.

"할렐루야! 할렐루야! 주여, 우리의 죄를 용서해 주소서!"

"나는 지난해 정월 시어머니가 죽기를 바라며 한 달 동안이나 열과 성을 다해 기도했습니다. 그랬더니 과연 그 소원이 들어졌는지, 시어머니가 아무 일도 없이 밥을 자시다가 숟가락을 쥔 채로 갑자기 밥상에 고꾸라져 세상을 떠났습니다!"

온 동네에 효부라고 소문났던 여인이 뜻밖에 품은 무서운 마음을 고백하자 사람들은 경악했다. 하지만 그 충격을 감추려 더욱 열렬하게 기도했다.

"할렐루야! 하나님은 당신을 용서하십니다! 회개한 자를 어여

삐 여기십니다!"

빗장 질렀던 마음의 감옥이 열리자 아무도 몰랐던, 들키지 않으려 전전긍긍했던 비밀들이 굶주린 맹수처럼 쏟아져나왔다. 그때부터는 목사와 전도사가 용기를 주며 끌어 올리지 않아도 신도들이 앞다투어 단상에 올랐다.

"나, 나는 잘생기고 찬송을 부르는 목소리가 멋진 K 목사를 간음하는 마음으로 생각하게 되었습니다! 그래서 K 목사의 부인이 죽어 없어지기를 바라며 기도했습니다! 삼 년이나 그렇게 기도했습니다!"

얌전한 차림새와 조신한 행동거지로 칭송받던 여인이 저고리 앞섶이 뜯겨져나가도록 가슴을 쥐뜯으며 음심을 고백하고,

"나는 나를 못생겼다고 구박하는 남편을 죽이려고 몰래 밥에 양잿물을 탔습니다! 남편은 그것도 모르고 내가 한 밥은 역시 맛있다며 그것을 달게 먹었습니다!"

금슬 좋은 부부로 소문났던 여인이 범죄의 음모를 토설하며 울부짖었다. 원죄의 인간이라더니, 과연 그러했다! 모두가 너나없는 죄인이라는 사실에 신도들은 놀라면서도 안도했다. 그리하여 울며불며 부르짖었다.

"오오, 하나님, 용서하십시오! 주여, 주 아버님이여! 부디 이 죄인들을 굽어살피시옵소서! 이제 회개의 시간이 왔습니다. 하나님의 은총으로 모든 사람을 구원하소서!"

용서의 공동체이기 위해 우선은 죄의 공동체일 수밖에 없으려니, 공범인 그들은 하나님의 옷자락을 붙잡고 매달려 몸부림치며 용서를 구했다. 그렇게 실성한 듯 통곡하며 한바탕 난장을 벌이고 나면 사람들은 이상스럽게 차분하고 편안해졌다. 조금 전에 들었던 무섭고 추악한 죄의 목록을 까맣게 잊은 채 눈물로 말갛게 씻긴 얼굴로 서로를 바라보며 웃었다. 노인들은 한층 젊어 보이고 여자들은 아름다워 보였으며 모두들 새로운 힘을 얻은 듯했다. 애초에 '서양 귀신'이 들렸다며 배척받던 교회가 삽시간에 세력을 뻗치게 된 가장 큰 동력은 바로 단상에서 부끄러움도 두려움도 없이 울부짖던, 그동안 제도와 윤리의 굴레에 갇힌 채 욕망을 통제당했던 다수의 여자들과 약자들이었다.

그녀는 산월도 그렇게 회개하고 용서받기를 바랐다. 그래서 그녀와 함께 천국에 가기를 바랐다.

"회개하고 예수를 믿으십시오! 우리 모두는 죄인입니다! 세상 사람은 누구든지 죄를 가졌습니다! 이 세상에 죄 없는 사람이 어디 있습니까? 지금까지의 죄는 모두 회개하시고, 오늘 저녁부터 예수를 믿으십시오!"

그녀의 강권에 이끌려 교회당에 들어선 산월에게 권사와 전도 부인들이 달려들었다. 육신의 광영보다는 영혼의 구제를 중시한다는 점을 자랑삼는 '믿는 여자'들의 입성은 대체로 꾀죄죄하고 후줄근했다. 하나님은 패션 따윈 아랑곳 않으신다는 굳은 믿음이 있는지 유행에도 턱없이 뒤처져 있었다. 그래서 그들 사이에 우뚝 선 산월은 마치 청염한 여왕 같았다. 하얀 비단 옷자락은 눈부시게 빛났고 죄를 지었다는 얼굴은 보름달처럼 환했다.

"흥,"

산월은 낯선 장소에서 괴이한 분위기에 둘러싸여서도 당황하지 않았다. 일찍이 운명의 쓴잔을 마신 이다운 기묘한 담대함으로 다만 모든 것이 귀찮다는 표정을 짓고 있었다. 산월이 천천히 붉은 입술을 열었다.

"내게는 신명이 돕지 않으셔서 일찍이 아버지가 돌아가셨고, 그나마 한 분 계시던 오라버니는 전쟁 통에 청인에게 맞아 죽었지요."

한없이 처량한 기운을 띤 산월의 음성이 초년의 불행을 담담히 풀어내자 좌중은 물을 끼얹은 듯 조용해졌다.

"형제 중에 내가 제일 위로 남았으나 어린 계집아이의 처지로 편친을 봉양할 길이 없으니 목구멍이 포도청이라 기생이 되고 말았습니다. 그런데 여기 계신 분들이 다 아시다시피 기생이라는 것은 남의 큰마누라가 되는 법이 없지 않습니까? 그래 자연히 나도 남의 첩이 되었습니다."

기·생·첩·기·생·첩

다시금 날카로운 말의 표창이 그녀의 어린 가슴을 관통했다. 사람들이 모두 산월을 바라보았다. 산월을 통해 그녀를 보았다. 그녀는 오갈 데 없는 기생첩의 딸이었다. 하지만 그 지경에도 산월은 불화로를 뒤집어쓴 것처럼 달아오른 그녀의 얼굴은 본체만체하고 예사로이 말을 이어갔다.

"죄라고 하셨나요? 그래요, 그것이 죄악인 줄은 나도 알지요. 그러나 어찌합니까? 더군다나 지금은 내 한 몸도 아니고 어린것들이 주렁주렁 달려 있고 보니 금시로 그 집에서, 아니 죄악의 소굴에서 빠져나올 수도 없지 않습니까? 자백을 하든 안 하든 달라질 것이라곤 없는 일이지요. 그리고 이 세상 사람이 죄다 죄악이 있다고 할 것 같으면, 하나님이실지라도 차라리 그것을 인정하고 헤아리시지 않는 편이 좋지 않을까요?"

배운 거라고는 교방에서 노래하고 춤춘 것밖에 없는 산월이 어느 유창한 웅변가 못잖게 자신의 뜻을 또박또박 밝혔다. 숨기는 것도 과장하는 것도 없이 담담하니 반박할 여지가 없었다. 어쩌면 그녀의 감성뿐 아니라 지성까지도 부계가 아니라 모계에서 유전된 것일지 모를 일이었다.

"아, 그렇지만, 그래도……. 회개를 하고 예수를 믿어야……!"

상황이 이미 종료된 것도 모르고 끈적거리며 달려드는 전도 부인이 있었으나 산월은 가벼운 몸짓으로 미욱한 시도를 단번에 물리쳤다. 그리고 문지기가 지키고 선 회당 문을 힘껏 열어젖히고 울며 엉겨드는 그녀를 붙잡아 앞세워 집으로 발길을 돌렸다.

타달타달, 그때는 들리지 않았던 산월의 발자국 소리가, 시간이 흐른 뒤 이명처럼 들린다. 가볍고도 무거운, 슬프고도 경쾌한, 운명을 꾹꾹 눌러 디디며 걷는 속인의 발걸음.

> "타방타방 타방네야 너 어디를 울며 가니
> 내 어머니 몸 진 곳에 젖 먹으러 울며 간다"
> 이는 내 어머니의 가르치신 장한가(長恨歌)이나
> 물결 이는 말 못 미쳐 이것만 알겠노라*

"하나님이시여, 하나님이시여! 제발 우리 어머니에게 회개하는 마음을 주시어 예수를 믿게 하소서!"

집에 돌아온 그녀는 충격과 비탄에 빠진 채 방 안에 틀어박혀 제대로 먹지도 자지도 않고 밤낮으로 기도를 바쳤다. 문득 졸다가도 퍼뜩 깨어나 잠꼬대처럼 중얼중얼 기도했고, 주려 쓰러지기 직전에 쩌금쩌금 무언가를 주워 먹다가 뱉어내며 기도했다.

"만일, 만일 그렇지 않으면 차라리 저를 천당으로 불러가소서! 내 어머니를 지옥으로 가게 하는 대신 저를 데려가소서!"

사랑하는 어머니가 세상이 손가락질하는 죄인이고 자신이 죄

---

* 시 「옛날의 노래여」《개벽》 제27호 1922년 9월 발표) 2연.

악의 씨앗이라는 것을 알았을 때, 그녀가 빌었던 건 단 하나였다. 삶을 바꿀 수 없다면, 차라리 죽음을! 죽음이 무엇인지 몰랐지만 차라리 죽고 싶었다. 죽고 싶을 만큼 절박했다. 여덟 살짜리 아이가 감당하기엔 너무 큰 슬픔과 고통으로 그녀는 나날이 초췌해져 갔다.

모든 것을 주었다. 맛있는 음식과 화려한 옷, 누릴 수 있는 가장 큰 사치를 주었다. 하지만 산월은 다시금 반복되는 운명 앞에 아찔한 현기증을 느낀다. 그때, 그녀의 나이에 산월은 어머니를 미워했다. 딸을 지켜주지 못하는 무력한 어머니에 대한 증오와 연민으로 눈물을 삼켰다. 이제는 그녀가 산월을 미워한다. 모든 것을 다 주기 위해 줄 수밖에 없었던 상처 때문에.

"탄실아, 정녕 내가 예수를 믿으랴? 그리고 너의 아버지의 첩 노릇도 하지 말랴, 응?"

일렁이는 눈물 속에 산월이 있었다. 희미한 연청빛 실루엣으로 흔들리는 산월의 모습은 가슴이 뻐개지도록 매혹적이었다. 그녀가 그토록 바라던 약속이었다. 하지만 막상 질문을 받자 덜컥 겁이 났다. 겁이 나서 대답을 할 수 없었다.

"그러면 나와 너는 떨어지게 된단다. 영원히 헤어져 다시는 만나지 못하게 된단다……"

그녀를 바라보는 산월의 눈이 이상스럽게 번쩍거렸다. 사랑보다는 연민, 환희보다는 슬픔에 더 가까운 모성의 빛이었다.

"응? 알겠니, 아기야? 예수를 믿는 사람은 남의 첩 노릇을 하지 않는 법이란다. 내가 정녕 그렇게 하랴? 그래서 네 곁을 떠나주랴?"

모순(矛盾), 어떤 방패로도 막지 못하는 창과 어떤 창으로도 뚫지 못하는 방패의 이야기는 아직 몰랐지만, 그녀는 자기의 마음이 얼마나 모순적인가를 알았다. 말문이 막혔다. 이해하지 못해서가 아니라 모든 것이 한꺼번에 이해되어서였다. 어머니를 바꿀 수 없을지언정 어머니를 잃을 수는 없었다. 그녀는 사랑했다. 세상이 모두 더럽고 천하다고 손가락질하는 여자를, 지옥의 불구덩이에 떨어져야 마땅할 여자를, 기·생·첩을. 그 여자가 단 하나뿐인 어머니였으므로.

"우리 어머니가 부디 회개하고 예수를 믿게 하소서!"

그리하여 그녀는 다시 그렇게 기도하지 않았다. 아니, 못 했다. 타인의 운명을 용서하거나 비난할 자격을 가진 사람은 아무도 없다. 설령 그가 부모이거나 자식이라도, 세상의 어느 누구라도.

다만 어린 날의 가슴이 터질 듯 부끄러운 아픔과 어렴풋한 의심은 내내 그녀를 따라다녔다. 그림자처럼, 꼬리표처럼, 발목을 홈켜쥔 차꼬처럼.

기도, 꿈, 탄식

만인을 위한 축제는 없다. 벚꽃이 난분분한 한봄에 치명적인 자살이 시도된다. 완전해 보이는 세계의 보이지 않으나 분명히 존재하는 균열을 감지케 하는 건, 외로움이다. 외로운 사람만이 삶의 표층 아래 균열된 실금을 본다. 삽시에 모든 것이 오싹 부서질지도 모른다는 두려움으로 홀로이 전율한다. 두려움에 사로잡힌 외로운 사람들은 무감한 세계로부터 겁쟁이로 취급된다. 그리하여 더욱 외로워진다.

그녀는 외로웠다. 외로움의 조건은 안팎으로 마련되어 있었다.

* '기도, 꿈, 탄식'은 《신여성》 제1권 제2호(1923년 10월)에 발표한 시 제목.

애초에 다른 이들보다 더 빠르고 깊게 그것을 느끼도록 태어났다. 늘 환절기를 앓았다. 사물의 모서리, 삶의 경계에 민감했다. 어디서도 깊게 잠들지 못했다. 그녀의 잠은 꿈과 불면과 가수면 사이 어디쯤에 있었다. 신경이 바늘 끝처럼 예민해서 몸과 마음이 자주 아팠다. 누구와도 나눌 수 없는 고통으로 고립되었다. 내적인 기질은 외적인 환경으로 인해 강화되었다. 그녀가 태어난 지 삼칠일이 겨우 지나, 어머니는 다시 동생을 배었다.

"콩볶은이하고 기생첩은 옆에 두고는 못 견딘다더니!"

산후 조리 중에 관계를 가질 만큼 강렬한 색정이 호사가들에 의해 볶은 콩처럼 씹힌 것과 별개로, 그녀는 졸지에 어머니에게서 떨어져서 유모에게 맡겨진 신세가 되었다. 먹어도 먹지 않아도 배가 고팠다. 생존의 젖줄이 아니라 성애의 대상물이었던 어머니의 가슴은 그녀를 영영 허기지게 했다.

외로운 아이는 비밀스럽게 숙성했다. 그녀는 어느 한순간, 너무 일찍, 누구도 가르쳐주지 않은 세상의 비밀을 눈치챘다. 자신을 둘러싼 평범치 않은 환경 속에서 사람들이 맺는 관계의 허상을 깨달은 것이다. 간절히 사랑하고 사랑받길 기도했지만 그건 헛된 꿈이었다. 그녀의 노래가 행복의 송가가 아닌 애상의 탄식이 되어버리는 것은 당연했다.

사람들은 자기의 필요에 의해서만 사랑했다. 필요란 요구되는 바가 충족되면 사라지는 것이니 변덕스럽고 한시적일 수밖에 없었다. 할머니와 적모에게 그녀는 아버지의 마음을 유인하는 볼모로써 필요했다. 하지만 아버지가 큰집에 돌아오는 대신 잠시 잠깐 그녀를 보기 위해 들르기만 하자 그녀를 귀찮아하기 시작했다. 그나마 그녀를 안쓰러워하며 귀애하던 친조모는 이복 오빠가 혼인해 아이를 낳자 그쪽으로 관심과 사랑을 몽땅 돌렸다.

"화류 사랑처럼 덧없는 게 어디 있누? 그건 거짓 사랑일 뿐이야. 가짜란 말이지!"

산월과 김희경의 애정을 비웃던 그들이 하루아침에 낯빛을 바꾸고 그녀를 냉대했다. 거짓 사랑이긴 그들도 마찬가지였다. 어린 아이가 감당하기에는 너무 벅찬 어른들의 기만이었다. 그녀는 사나운 인정에 속았음을 깨닫고 서러워서 울었다.

"너, 우는 거니? 참 이상키도 하구나. 누가 너를 때렸니? 욕했니? 울긴 왜 울어?"

필요가 사라진 그녀는 한낱 구박덩이에 불과했다.

아버지 김희경에게 그녀는 애완의 대상으로써 필요했다. 그때 김희경은 평양성 안에서 나는 새라도 떨어뜨릴 듯 권세가 대단했다. 손대는 사업마다 속속 성공하니 화수분이 따로 없었다. 돈이 장사이고 제갈량이고 양반이었다. 사람들은 모두 김희경의 돈 앞에 머리를 조아리고 손을 비볐다. 그러다 보니 어느덧 김희경은 돈과 자신의 위력을 혼동하기에 이르렀다. 그곳이 바로 금력과 권력이 교차하는 황홀한 착각의 지점이었다.

"아이고, 나리! 나리 같은 분이 관찰사가 되지 않으시면 누가 된단 말입니까요?"

"관찰사? 에이, 나 같은 장사꾼이 무슨……."

"겸양이 지나치십니다! 지금 저잣거리엔 나리가 곧 황해도 관찰사가 되실 거라는 소문이 짝자그르합니다요!"

"저런! 누가 그따위 헛소문을 퍼뜨리고 다닌단 말인가?"

"세상이 바뀌었습니다! 사농공상이야 옛말이지, 바야흐로 신분이 아니라 능력이 중요한 시절이 아닙니까? 나리처럼 능력 있는 분이 정사를 보셔야 저희 같은 무지렁이들이 부른 배를 두드리며 살지 않겠습니까?"

돈의 욕망은 차라리 순진했다. 권력의 욕망에 어섯눈을 뜬 김희경의 곁에는 아첨꾼과 사기꾼, 그리고 그 둘을 겸하는 모리배들이 득실거렸다. 불붙은 듯 돈을 벌었지만 써버리기는 물과 같았다. 어른들끼리 수군거리는 말로는 6만 원이라는 엄청난 돈이 관찰사 운동비랍시고 누군가의 주머니로 흘러 들어갔다고 했다. 쌀 한 가마가 10원 남짓하던 시절이었으니 6천 가마의 쌀을 쑤셔 넣을 정도로 퍽이나 큰 주머니였던 모양이다. 게다가 벼슬을 산답시고 한 달에 열 번 이상씩 경성을 드나드는 동안 길바닥과 기생집에 뿌린 돈 또한 헤아리기 어려웠다.

불은 물로 끌 수 있지만 물은 무엇으로도 막을 수 없다. 일신의 사치와 방탕과 호사에 썼다면 평생을 써도 못다 쓸 재물이었다.

먹어 없애기 전에 배가 터졌을 테고 색정으로 탕진하기 전에 해골이 되어 쓰러졌을 테다. 하지만 그같이 눈에 보이는 욕망이 아니라 화수분조차 마르게 하는 세 가지 보이지 않는 욕망 중 하나에 홀렸으니 어쩔 수 없었다. 도박, 마약, 그리고 권력에 대한 탐욕은 지상의 모든 것을 싹쓸이하는 큰물과 같았다.

김희경은 더 이상 그녀를 보기 위해 큰집에 찾아오거나 인력거를 보내지 않았다. 주머니에 넣고 다니고 싶다 할 정도로 귀애하던 딸 대신 관찰사의 감투라는 탐닉의 대상이 욕망의 주머니를 채웠기 때문이었다. 삽시간에 아버지의 사랑을 잃은 어린 딸은 당황했다. 그는 그녀를 아끼고 귀여워할뿐더러 학업을 지지하고 미래를 기대하는 후원자였다. 그러하기에 분노할 겨를도 없이 공포에 사로잡혔다. 언젠가 친구에게, 남자에게, 세상에게 버림받을까봐 쩔쩔매며 그토록 값싼 인정과 사랑에조차 매달리던 그녀는 그때의 어린아이에서 한 치도 자라나지 못한 것인지도 모른다.

그리고 산월, 어머니는 어쩌면 작은집일망정 살림다운 살림을 하고 있다는 증거로 그녀가 필요했던 것인지 모른다. 아득바득 집안을 단속하며 가구와 그릇을 모으고 그녀를 치장하던 산월은 김희경의 욕망이 다른 곳으로 흘러가자 같이 맥을 놓아버렸다. 자식 여덟을 낳고도 여전히 탱탱하고 쌩쌩한 산월은 동백기름을 발라 머리를 넘기고 뽀얗게 분을 바른 젊은 여자들과 어울려 놀러 다니기에 바빴다.

"탄실아, 이것 먹어라!"

어둠이 내려서야 집에 돌아온 산월이 향내 물씬한 손수건을 그녀에게 던졌다. 손수건에는 치가 떨리도록 다디단, 하지만 멈출 수 없는 중독의 단맛을 내는 과자가 들어 있었다. 그녀가 그것을 제일 좋아한다는 사실을 산월은 잘 알고 있었다.

아니라고 머리는 흔들어도
저녁이 되면은…….
눈물이 나도록 그리울 때
뜻하지 않았던 슬픔을 안다.*

외로움은 그리움, 그리고 슬픔의 다른 이름이었다. 텅 빈 집에서 그녀는 아무에게도 필요하지 않은 채로 홀로 외로웠다. 각각 유모들에게 맡겨 기르는 동생들은 한자리에 모여 놀 줄 몰랐다. 주인 없는 집은 나른하고 적막했다. 그녀는 이울어가는 햇볕이 드는 마루에 누워 멍하니 하늘을 바라보곤 했다. 까닭 없는 눈물 한 줄기가 눈가에서 흘러내려 시리게 귀를 파고들었다.

* 시 「외로움」(《조선일보》 1924년 7월 13일 발표) 전문.

차가운 기둥에 이마를 기댄 채, 그녀는 입술을 짓씹으며 생각했다.

―동물과 같다!

절로 두 눈에서 눈물이 흘러넘쳤다. 차갑고 습한 상실의 물기였다.

"얘, 너 지금 우는 거니?"

문득 팔짱을 끼고 스쳐 가던 계집아이들이 알은체를 하며 다가왔다.

"아, 아니야."

그녀는 얼른 젖은 뺨을 닦았다.

"어머, 얘 정말 우는 모양이다."

동정까지야 기대하지 않았지만 모른 척 지나가주는 예의 정도는 바랐다. 하지만 계집아이들은, 무리를 지어 세(勢)를 형성하고 그 바깥에 있는 약자들을 따돌리기에 재미가 들린 어린 암컷들은, 집요하고 잔인했다.

"별일이네. 왜 혼자 숨어서 청승을 부려? 누가 보면 진명에서 큰 불행이라도 얻은 줄 알겠다!"

툭툭, 던지는 말에 가슴이 쿵쿵, 내려앉았다. 곁을 지나던 다른 계집아이들이 무슨 일인가 싶어 흘깃거리더니 빨갛게 달아오른 그녀의 얼굴을 가리키며 쿡쿡, 웃었다. 그 웃음소리와 눈빛 전부가 날카로운 화살이 되어 가슴에 박혔다.

"아아, 나는……. 나는, 그냥……."

무어라 항변해 보려 했지만 입에서 새어 나오는 건 분명치 않은 더덜거림뿐이었다. 이제는 머릿속의 생각마저 조리 있게 풀어내지 못하는 말더듬이가 되려나 보다. 당황한 그녀는 둘러싼 아이들을 밀치고 양손으로 얼굴을 가린 채 내달렸다. 어디에도 갈 곳은 없지만 어디로든 가야 했다.

─동물처럼 괴로움을 받고, 동물처럼 우리에 갇혀 있다!

고종의 후궁이자 영친왕의 생모인 엄 귀비가 세운 여성 교육의 전당, '부덕을 쌓고 학업을 닦아서, 나의 빛으로 겨레와 온 누리를 밝게 비추어 전진한다'는 진덕계명(進德啓明)을 모토로 삼은 진명학교는 조선에서 버금가라면 서러운 명문 여학교였다. 남편과 자녀들을 잘 보필하고 가정을 알차게 꾸려나가는 여성들이 배출된다는 평판 때문에 진명 출신을 최고의 신붓감으로 꼽는 이들도 많았다. 그래서 김희경은 맏딸을 경성으로 유학 보내며 망설임 없이 진명학교를 선택했다.

하지만 모두가 훌륭한 학교라고 칭송하는 그곳에서 그녀는 좌절하고 상처받아야 했다. 동급생들에게 따돌림을 당하고 학교 전체에서 외톨이가 되어버린 것이었다. 팔도에서 모인 귀공녀들답게

64

욕을 하거나 때리거나 육체적인 상해를 가하지는 않았다. 하지만 세련된 교활함과 우아한 잔인함은 몸에 맺히는 푸른 멍보다 깊은 상흔을 남겼다. 차가운 눈빛과 비틀린 입매, 짧은 코웃음과 낮은 수군거림에 그녀의 영혼은 자디잘게 부서졌다.

누군가가 싫어하는 마음을 노골적으로 드러내는 것만으로도 상처일진대, 그들이 자신을 알지도 못하면서 무조건 그런다는 건 상처를 넘어선 충격이었다. 선배들이 손가락질했다. 후배들이 비웃었다. 같이 수업을 듣기는커녕 단 한 번 이야기를 주고받아 본 적이 없는 아이들까지 그랬다. 희생양으로 맹수에게 내던져진 잔짐승처럼, 무리를 이탈하는 순간 모두가 그녀에게서 등을 돌렸다.

—어디서부터, 무엇이 잘못된 걸까?

그녀의 어깨는 점점 더 낮아졌다. 앞을 똑바로 보지 못하고 땅만 보고 걸었다. 사나운 눈길들을 피해 어두운 구석에 숨어 들어가 스스로에게 묻고 또 물었다. 홀로 그들과 맞설 힘이 없었기에 가장 약하고 만만한 자신을 채근했다. 집요하게 다그치노라니 없던 죄도 만들어졌다. 그녀가 기어이 찾아낸 그녀의 죄는 두 가지였다.

"어쩜 좋아? 완전히 망쳤네! 어제 공부한다고 책상에 앉았다가 깜박 잠이 들어버려서……. 큰일이다. 이 성적표가 고향 집에 가면 아주 난리가 날 텐데!"

"계집애, 무슨 엄살이 그리 심하니? 시험지를 받아 들자마자 아주 코를 박고 줄줄 써 내려가더니만!"

"그게 문제를 푸는 걸로 보이더냐? 자신 있게 쓴 건 내 이름 석 자뿐이란다. 한 시간 내내 연필을 굴리고 지우개를 던지느라 아주 바빠 죽을 뻔했네!"

'엘리-뜨 여성'을 기른다는 명목으로 진명학교는 성적 관리에 엄격했다. 경쟁적인 분위기 탓에 시험 때마다 학교에는 긴장이 감돌았고 아이들은 부쩍 예민해졌다. 보통과 2학년으로 학업을 시작한 그녀는 첫해에 성적이 그리 나쁘진 않았지만 두각을 나타낼 정도로 대단치도 않았다. 체조와 창가는 만점에 가까웠지만 국어는 60점, 지리와 역사는 57점에 불과했다. 야소교학교와 과목이 다르고 진도도 달랐기에 어쩔 수 없는 결과였지만 평양에서 언제나 1등을 놓치지 않았던 그녀는 크게 실망하고 분심마저 품었다.

그녀는 그 감정들을 총칭해 '명예심'이라고 불렀다. 그것은 이미 오래된 것이었다.

명예심 많은 탄실은 어릴 때부터 생각하기를, 누구든지 퍽 빈곤한 집에 태어났을지라도 공부만 잘하고, 점잖기만 하면 좋을 줄 알았다. 이 아이는 무엇인지 점잖지 못한 것을 몹시 꺼렸다. 그는 동무들끼리 놀다가도 누가 무슨 일을 잘못 청하게 할 것 같으면 낯빛을 붉혔다가 아주 예사로운 빛을 보이려 하면서도 여의치 못한 듯이 몹시 괴로워했다. 그런 성질은 그가 자라감에 따라서 일층 더 선명하여 갔다. 그는 절대로 비열한 행동에 대해서는 용서성을 갖지 못하였었다.*

'명예심' 때문에, 그녀는 어머니를 부정했다. 그녀가 꾸리고자 하는 삶은 어머니와 전혀 다른 것이었다. 기생첩의 딸이라는 멍에에서 벗어나기 위해 윤리적이고 도덕적이고자 했다. 친구들과의 사소한 일, 악동들의 시시풍덩한 장난에도 얼굴색을 바꾸고 정색하기 일쑤였다. 옳지 못한 일, 틀린 일에 대한 그녀의 거부감은 너무도 대단해서 가까운 친구들조차 끝내는 질려버리고 말았다. 그들은 친구를 사귀고자 했지 훈육 선생을 모시고자 하지 않았기 때문이다.

나는 남만 못한 처지에서 나서 기생의 딸이니 첩년의 딸이니 하고 많은 업심을 받았다. 그리고 내가 생장하는 나라는 약하고 무식하므로 역사적으로 남에게 이겨본 때가 별로 없었고, 늘 강한 나라의 업심을 받았다. 그러나 나는 이 경우에서 벗어나야 하겠다, 벗어나야 하겠다. 남의 나라 처녀가 다섯 자를 배우고 노는 동안에 나는 놀지 않고 열두 자를 배우고 생각하지 않으면 안 된다. 남이 겉으로 명예를 찾을 때 나는 속으로 실력을 기르지 않으면 안 되겠다. 지금의 한

---

* 소설 「탄실이와 주영이」(《조선일보》 1924년 6월 29일 발표) 중에서.

마디 욕, 한 치의 미움이 장차 내 영광이 되도록 나는 내 모든 정력으로 배우고 생각해서 무엇보다도 듣기 싫은 '첩'이란 이름을 듣지 않을, 정숙한 여자가 되어야 하겠다. 그러려면 나는 다른 집 처녀가 가지고 있는 정숙한 부인의 딸이란 팔자가 아니니 그 대신 공부만을 잘해서 그 결점을 감추지 않으면 안 되겠다.*

'명예심'에 대한 강박은 그녀를 공부와 성적에 집착하게 했다. 2학년 성적에 만족하지 못한 그녀는 3학년이 되면서 더욱 이를 악물고 공부에 매진했고, 4학년이 되어서는 평균 99점으로 전 과목에서 큰 성취를 거두었다. 하지만 진명학교를 전교 3등으로 졸업하기까지 그녀는 얻은 것만큼 잃은 것이 많았다.

"아유, 왜 이러지? 나는 왜 이렇게 얼굴이 달아오를까?"

시험이 끝난 오후, 그녀는 기숙사 마루 끝에 앉아 새빨갛게 상기된 얼굴을 감싸 쥐고 쩔쩔매고 있었다. 며칠 동안 시험공부를 하느라 잠을 못 잔 데다 실수를 하지 않기 위해 신경을 집중한 탓에 열기가 치받친 게다. 그 모습을 물끄러미 바라보던 같은 반 아이가 불쑥 퉁명스럽게 내뱉었다.

"왜긴 왜겠어? 너무 공부를 잘하면 그런 법이야!"

엉뚱한 대꾸에 당황해서 그녀는 멍하니 아이를 바라보았다. 아

---

* 소설 「탄실이와 주영이」(《조선일보》 1924년 7월 8일 발표) 중에서.

이는 눈썹 하나 까딱 않고 말도 되지 않는 말을 이어갔다.

"설령 얼굴이 시도 때도 없이 붉어지는 병에 걸렸다고 해도 염려할 게 뭐 있어? 세상 살아가는 최고의 목표가 공부인 사람한테는 시험을 잘 봐서 일등만 하면 그만 아니겠어? 그까짓 게 무슨 걱정거리라고 호들갑이야?"

적의가 가득한 빈정거림에 그녀가 대답할 말을 찾지 못한 사이, 옆에 앉았던 다른 아이가 냉큼 말을 보탰다.

"그러게 말이야. 이번 학기만 따지면 쟤가 아마 영숙이를 이길걸?"

"그럼, 천하의 현명이도 밥도 안 먹고 잠도 안 자고 공부만 들이파지는 못하지."

그들이 말하는 허영숙과 김현명은 입학 때부터 진명에서 수재로 손꼽혀온 인물들이었다. 당시 여학생들 간에는 우정과 연정이 뒤섞인 야릇한 성격의 '동성연애'가 유행했는데, 허영숙과 김현명은 공부를 잘할뿐더러 인기가 좋아 S 동생들을 몰고 다녔다. 행여 허영숙과 김현명을 좋아하지 않았던 아이들도 그녀를 공격하는 데는 빠지지 않았다. 굴러온 돌이 박힌 돌을 빼는 꼴은 보지 못하겠다는 것이었다.

인기도 없고 친구도 없고 S 언니나 동생도 없는 그녀가 지질한 패배자가 되지 않는 유일한 길은 열심히 공부하는 것뿐이었다. 2학년과 3학년 때의 성적까지 합하면 김현명과 허영숙에게 밀릴 수밖에 없겠지만, 최소한 4학년 때만큼은 그들을 뛰어넘고 싶었다. 그래서 더 기를 쓰고 공부했다. 그 모습이 다른 친구들에게는 꼴사나워 보인 모양이었다.

"저런 독종을 누가 이길 수 있겠어? 얘, 자전아, 너는 참 좋겠다. 독해서 좋겠다!"

자전(字典)이란 무슨 글자든 그녀에게 물으면 다 알아낸다고 하여 붙여진 별명이었다. 모르는 것을 물어볼 일이 생기면 친한 척 다가와서 알랑거리던 그들이 바로 그것을 흠뜯으며 놀리고 있었다. 그녀의 얼굴이 불쾌감으로 한층 붉어졌다.

"얼굴의 열기가 가시지 않는 걸 걱정한 것뿐인데, 왜 그러니? 너희들 정말 너무하구나! 그게 무슨 잘못이라고 같은 반 급우를 놀려대는 거니?"

참다못해 관계가 불편해질 걸 각오하고 화를 냈다. 하지만 그녀가 성을 낼수록 아이들은 재미있어 했다. 미안해하거나 조심할 리 없다는 걸 알면서도 그녀는 값없는 몸부림을 쳤다. 아이들이 재미로 던진 돌팔매에 맞아 죽는 개구리처럼 무력하게, 그러나 필사적으로 팔짝팔짝 뒤치었다.

그러나 우등생이 되고자 하는 악바리 짓은 그저 가벼운 질투의 대상에 불과했을 테다. 아이들이 진짜로 그녀를 경원시하며 따돌렸던 데는 다른 연유가 있었다.

"저 애 이모가 면회 왔던데, 봤니?"

기숙사에서 아이들이 저희들끼리, 하지만 그녀의 귀에 분명히 들리도록 쑥덕거렸다.

"응, 봤어! 참 예쁘더라. 옷이며 화장이며……. 근데 아무래도 여염 사람 같지 않아. 너무 화려하고 야하잖아?!"

"부럽디? 부러우면 너도 기생이 되어보렴. 비단옷 떨쳐입고 분칠하면 너도 그만큼 예뻐질지 어떻게 알아?"

"나쁜 계집애! 아주 악담을 해라, 악담을!"

하하, 바늘처럼 날아와 꽂히는 웃음소리, 호호, 상처에 소금을 뿌리는 잔인한 웃음소리. 아이들이 웃고 있었다. 새카만 눈동자와 새하얀 치아를 빛내면서, 향기로운 분홍빛 뺨에 머리채를 다팔거리며 천진하게 웃고 있었다.

영월, 언니 산월과 함께 교방에 들어갔던 이모가 면회를 왔다. 조선 왕조의 몰락과 함께 관기 제도가 폐지되면서 지방 기생들이 경성으로 모여들 때 평양을 떠나온 영월은, 조카가 진명학교로 유학 왔다는 소식을 듣고 언제 한번 만나보려나 기다리던 터였다. 하지만 몇 달이 지나도 외출은커녕 소식조차 없으니 걱정 반 보고픈 마음 반으로 직접 학교에 찾아온 것이었다.

온갖 꽃들이 만개한 늦봄의 교정은 아름다웠다. 아름다워서 더욱 잔인했다. 그녀는 면회를 통해 영월 이모를 만나고서야 그동안 자기에게만 외출이 허락되지 않고 소포도 하나 오지 않았던 까닭을 알았다. 영월이 학감에게서 듣고 전한 말인즉 이러하였다.

"저 애는 우리 형님이 소실에게서 얻은 서자이외다. 그런데 경성에 산다는 외가라는 일족이 죄다 기생 찌꺼기들뿐이니 만나봤자 좋은 영향을 받을 게 없소이다. 그러니 기숙사에서 아예 외출 자체를 허락하지 말아주시오. 그리고 의복도 지금껏 지나치게 사치하게 누려왔으니 만약 집에서나 어디서나 그런 걸 보내오면 일절 전달하지 말고 돌려보내도록 해주시오."

입학 수속을 밟으며 학감에게 다짐을 받았다는 이는 아버지를 대신해 후견인 노릇을 하던 숙부 김희선이었다. 그녀의 삶에 큰 상처를 남긴 열아홉 살의 사고에도 김희선의 그림자가 드리워져 있으려니와, 일본 육군사관학교 출신으로 일로 전쟁 이후 귀국한 그는 수수께끼의 인물이었다. 한편으로는 조카를 몹시 사랑하는 삼촌인 척하면서, 다른 한편으로 김희경을 들쑤셔 권력의 헛바람을 넣고 지폐 뭉치를 얻어 유흥에 탕진했다.

그럼에도 배움이 짧은 김희경은 일본에서 사관학교까지 나온 아우를 몹시 신뢰하여 그녀의 학업에 후견인으로 삼았다. 그런데 그가 조카를 학교에 입학시키는 마당에 굳이 밝힐 필요 없는 외가의 내력을 들먹이며 외출 금지와 우편물 수령 금지를 요청했다는 것이었다. 그녀는 아무래도 숙부의 행태를 이해할 수 없었다. 김희선은 평시에도 이따금 생면부지의 사람들 앞에서 산월을 흉질하며 웃음거리로 만들곤 했다. 그 자신이 나랏일을 도모한다는 핑계로 연회를 차리고 누구보다 열렬하게 기생방을 드나들면서 말이다.

"모든 걸 금한 건 심하긴 하다만, 숙부야 네가 걱정이 되어 그런 거겠지. 방학이 얼마 남지 않았으니 답답하더라도 조금만 참아라. 네가 잘되면 다 옛말하며 웃을 일 아니겠니?"

영월은 애써 미소 지으며 충격을 받아 새하얗게 질린 조카를 달랬다. 어쨌거나 영월은 그녀의 운명이 산월이나 자기와 다르길 바랐다. 많이 배워 높은 학식을 쌓아 기생의 딸, 첩의 딸이라는 꼬리표를 떼어내길 소원했다. 하지만 암만 열심히 공부하고 좋은 성적을 얻어도 굴레에서 벗어나기는 쉽지 않았다.

"네가 일러바쳤지?"

"뭘 말이야?"

"흥, 앙큼하게 시치미를 떼시네그려? 네가 일러바치지 않았다면 왜 선생이 시험 감독을 하면서 네 옆에서만 빙빙 돌아?"

"그건……. 나도 몰라. 하지만 난 아무 말도 하지 않았어. 정말 이야."

"거짓말하지 마! 네 옆에서 멀찍이 떼어내 앉히기까지 하던걸. 네가 일러바치지 않았다면 선생이 어떻게 알고 그러겠어?"

시험이 끝나자마자 달려온 아이가 독 오른 얼굴을 되똑 쳐들고 그녀에게 삿대질했다. 희고 둥근 그녀의 얼굴에 비기어 아이의 검고 모난 얼굴은 사납고 살기등등해 보였다. 그 아이는 숙부 김희선의 친구의 딸이었다. 자기 아버지에게서 무슨 이야기를 들었는지 처음 만났을 때부터 그녀를 업신여기며 따돌림에 앞장섰다. 그렇게 그녀를 괴롭히던 아이가 조금은 친절해지는 잠시 잠깐이 바로 시험 기간이었는데, 감독하는 선생의 눈을 피해 아예 그녀의 답안을 대놓고 베꼈다.

선생들이 바보가 아닌 이상 수업 시간에 딴청을 피우고 먼 산만 보는 아이가 그만큼이나 높은 점수를 받는 게 불가능하다는 것쯤은 알았을 것이다. 그녀가 일러바치지 않아도 충분히 예상할 수 있는 일이었다. 그럼에도 아이는 답안을 베끼는 걸 저지당한 게 분해서 그녀에게 화풀이하고 있었다. 적반하장이라는 말이 딱 들어맞았다.

"난 정말 아니야. 맹세할 수 있어!"

억울해서 눈물이 왈칵 쏟아질 것 같았지만 꾹 참고 다시 한 번 말했다. 간곡히, 강짜에 불과한 아이의 오해가 풀리길 빌며 맹세를 바쳤다. 아무 잘못도 없으면서 저자세를 취하는 자신이 비굴하다는 생각이 들긴 했지만, 패거리를 이루어 그녀를 돌려내는 아이의 비위를 거스르고 싶지 않았다.

하지만 소용없었다. 아무것도 소용없었다. 항변을 해도, 빌어도, 아양을 떨어도, 미련하게 참아도, 뼛속까지 박힌 미운털을 뽑을 방도는 없었다. 아이가 입아귀를 실그러뜨리며 마지막 한 방을 날렸다.

"맹세? 흥! 웃기고 있네! 기생의 딸년 주제에!"

순간, 무대에서 암전이 되듯 사방이 캄캄해졌다. 번쩍, 바들바들 떨고 있는 그녀의 가녀린 몸 위로 강렬한 조명 불빛이 쏟아져 내렸다.

　기생의 딸년!
　첩년의 딸!
　기생의 딸년!
　첩년의 딸!

어둠 속에서 목소리들이 킬킬거리며 손가락질했다. 그녀는 그만 털썩 쓰러지듯 주저앉았다. 다시는 일어날 수 없을 것 같았다. 열셋, 열넷, 열다섯, 그 여리고 예쁜 나이에, 그녀는 이미 탈출이 불가능한 감옥에 갇힌 무기수였다.

　그리운 페-터 씨, 나는 지금 나의 출생지인 평양에 돌아와 이곳의 아름다운 황혼을 즐기고 있습니다.
　오, 페-터 씨, 요전까지 연회색 빛이던 모란봉 일대의 마른 나뭇가지들은 금향색으로 불그레한 빛을 띠어가나이다. 부벽루 위에 서서 능라도 근처를 굽어보노라면 인공으로는 본도 뜨지 못한 자연의 조화를 그 아름다운 그림 속에 찾았었나이다. 맑고 깨끗이 흐르기로 유명한 강물 밑에 마름들이야말로 말할 수 없이 아름다웁더이다. 마치 유록색의 조화라 할지요! 마탄(馬灘)의 물소리도 의구히 은은한 듯합니다.*

평양은 그녀에게 태어나 자란 고향이자 고향 이상이었다. 그곳에는 세상모르는 천둥벌거숭이 탄실이가 있었고, 탄실이의 행복한 꿈이 있었기 때문이었다.

"얘, 어디를 가니? 학교? 네가 학생이라고? 아직 얼뚱아기 같은데 몇 살이나 먹었니?"

그 길, 마차와 달구지가 지날 때마다 빨간 흙먼지가 돋아 오르던 대로가 아찔한 현기증과 함께 떠오르곤 했다. 책보를 쌀 때마다 괴로운 설렘, 어지러운 긴장감을 느꼈다. 오늘은 또 누가 알은체를 하며 희떠운 소리로 말을 건네올까?

"아이고야, 뉘 집 아기씨가 이리도 곱나?"

희고 검은 무명 치마저고리를 입고 다니는 보통의 아이들과 달리 그녀는 오순도순 웃는 듯한 분홍 치마에 안개가 일어나는 듯한 노랑 저고리를 입고 학교에 갔다. 분홍 치마는 그녀가 가장 좋아하는 옷이었고 노랑 저고리나 연두 저고리를 받쳐 입으면 어느

---

* 단편소설 「해 저문 때」(《동아일보》 1938년 1월 15일 ~ 18일 연재) 중에서.

계절에도 봄처럼 화사했다. 등굣길에는 작은네라 부르던 어린 계집 하인이 책보를 들고 뒤따랐다. 화려하고 환했다. 평양 남문 거리를 지나는 사람들이라면 모조리 침을 삼키며 쳐다보았다.

"너, 내가 침 발라놓았다!"

"내가 장래 색싯감으로 점찍어놓았으니, 그리 알아라!"

열서너 살쯤 먹은 짓궂은 사내아이들이 낄낄거리며 놀려대기도 했다. 그러면 어쩔 줄 몰라 쩔쩔매다가 그만 울음을 터뜨린 적도 있었다. 그때는 사람들의 별스런 관심이 마냥 귀찮았다. 예쁘다는 소리조차 듣기 싫었다. 젊은 날엔 젊음을, 아름다울 때는 아름다움을 모르는 것이 어리석은 인간의 속성이기에.

사람들의 눈길을 잡아 끌도록 그녀를 꾸민 이는 산월이었다. 색(色)의 세상에 살았던 산월은 사물의 색감에 특별히 민감했다. 저고리의 길이와 고름의 모양을 변형시켜 세련미를 낼 줄 알았고, 댕기와 머리장식 따위의 장신구를 활용해 모양을 부릴 줄 알았다. 멋은 삼대(三代)로 이어지는 것이라 했던가. 먹고 입는 것에 대한 그녀의 까다로운 취향은 산월에게서 물림한 것이었다.

"살빛이 희고 목이 길어서 어느 색이나 잘 어울리지만 아무래도 쨍한 빛깔이 제일이지! 옷을 해 입히는 보람이 난다. 엄마는 집을 팔고 땅을 팔아서도 네게 어울리는 옷을 입히고 싶고 네 입맛에 맞는 음식을 먹이고 싶구나!"

새로 지어 입힌 옷이 마음에 들면 산월은 그녀를 앞뒤로 돌려보다가 꼭 껴안고 좋아서 어쩔 줄 몰랐다. 산월의 품에서는 젖내보다 분내와 향내가 풍겼지만, 그녀는 숨이 막히도록 깊은 그 포옹을 즐겼다. 그녀는 산월의 작은 인형이었다. 산월의 잃어버린 유년에 대한 보상이었다. 산월이 그녀의 입성에 집착하다시피 했던 것은 여염집 아낙들과 달리 노란색과 다홍색 옷을 입지 못하도록 금지되었던 기생의 복색에 대한 한풀이이기도 했다.

하지만 다종다양한 사랑의 빛깔을 헤아릴 수 없었던 어린 그녀는, 그저 어머니의 사랑과 관심을 담뿍 받고 있다는 기쁨으로 행복에 젖었다. 어쩌면 세계와 삶의 비밀을 모를수록 사람은 무지의 무한한 행복을 누릴 수 있는지도 모른다.

평양을 생각하면 한없이 맑고 높은 하늘부터 떠올랐다. 평양성을 나서면 사방으로 푸르른 채소밭이 펼쳐져 있었고, 장대현 언덕바지에는 오래전에 지어진 천주당 교회 건물이 고즈넉했다. 언덕 아래로는 큰 기와집들이 즐비했고 강변에는 나지막한 집들이 줄지어 있었다. 강물 위에는 바람을 안은 돛배들이 유유히 떠가고 강변에서 빨래를 하는 아낙네들의 웃음소리가 높았다. 평양은 물산이 풍부한 도시라 대동강 변의 집들은 여름철마다 수해를 입긴 했지만 선창세 따위의 흥정거리가 많아서 다들 알부자로 소문나 있었다. 자연과 위순하게 조화를 이룬 모란대의 풍광과 평양 시가에 드리우던 저녁 그림자는 한 편의 수묵화처럼 우아했다. 평양 사람들은 함부로 길가에 쓰레기를 버리지 않아서 한길은 넓고 깨끗했다. 대제국 고구려의 도읍지이자 3천 년 고도라는 자부심과 자존심이 팽팽하게 살아 있었다.

방학을 하자마자 그녀는 고향으로 달려갔다. 그리고 죄 없는 죄인으로 감옥 같은 학교에 갇혔던 것을 보상이라도 받으려는 듯 두 달 동안 평양성 안팎을 실컷 쏘다녔다. 즐거울 때의 시간과 괴로울 때의 시간은 길이가 사뭇 다른 듯했다. 방학이 하루하루 지나고 있다는 생각을 하면 초조했고 흐르는 시간이 원망스러웠다. 하지만 한 번 떠난 고향은 이미 예전의 고향일 수 없었다. 고향이 변하기 전에 고향을 떠난 이가 더 빨리, 더 많이 변했다.

그녀는 외로운 유학 생활을 두려워하면서도 다음 학기 공부를 예습하고 있었다. 예전부터 눈여겨봤다는 집안에서 혼담이 들어왔지만 극력으로 반대해 물리쳤다. 하늘의 구름은 매일처럼 흘러가지만 오늘 머리 위에서 흐르는 구름이 어제의 그 구름일 수 없었다. 그녀는 이제 꿈속의 고향은 사라졌다는 사실을 쓸쓸하게 깨달았다.

그랬던 그녀가, 방학도 아닌 학기 중에 평양행 기차에 올라 있었다. 손아귀에 어른의 반값인 1원 55전짜리 연소자 차표를 꼭 움켜쥐고 하염없이 눈물을 흘리고 있었다.

"탄실아, 평양에서 전보가 왔다!"

전보를 들고 기숙사 안으로 뛰어 들어온 학감의 얼굴이 딱딱하게 굳어 있었다. 불길한 예감으로 심장이 세차게 뛰기 시작했다.

"너희 아버지가…… 세상을 떠나셨단다."

그 말을 듣는 순간 머리가 아뜩했다.

"아이구!"

외마디 소리와 함께 그녀는 제자리에 나가쓰러졌다. 눈과 코와 입, 바깥을 향해 열린 구멍 전부로 뜨거운 바람이 밀려 들어와 머릿속을 휘저었다. 문득 끈끈한 무엇이 그녀로부터 빠져나갔다. 검고 붉은 덩어리, 덩어리, 코피였다.

무슨 일인가 벌어질 전조는 분명했다. 그해 여름, 힘없이 위태롭던 나라는 마침내 일본에 강제 합병되었다. 그리고 함께해서는 안 되는 두 나라가 하나로 덩이지듯 함께할 수 없는 두 집안이 하나의 대문을 쓰게 되었다. 애국지사들의 운동이 그랬던 것처럼 김희경의 관찰사 운동도 물거품처럼 사라져버렸고, 2년 동안의 외유에 대한 후유로 김희경은 빚더미에 올라앉았다. 그 많던 집 문권과 밭 문권이 10분의 1도 안 되는 헐값으로 평양의 경제를 장악해 가던 일본인들에게 깡그리 넘어갔다. 더 이상 호사를 부리며 두 집 살림을 할 여력이 없었다.

여름 방학이 끝나고 경성으로 돌아올 무렵, 그녀가 집 안에서 마지막으로 본 장면은 적모와 산월이 서로 죽일 듯이 도끼눈을 뜨고 노려보는 모습이었다. 적모와 이복 오빠 기창은 집안이 파산하는 마당에 산월이 자기 돈을 따로 감추고 내놓지 않는다고 믿었다. 산월은 산월대로 김희경에게서 빼돌린 돈이라곤 전혀 없으며, 얼마 남은 자기 돈으로는 줄줄이 딸린 어린 자식들의 입에 풀칠하기조차 어려우리라고 한탄했다. 기숙사에 하루라도 먼저 입소하는 일은 끔찍했지만 그런 집안 꼴이 보기 싫어서 예정보다 일찍 평양을 떠났다.

빚잔치에서 겨우 건진 몇 벌의 옷 중에 제일 좋은 양복을 떨쳐입고 평양 역 플랫폼에 배웅 나온 김희경에게서는 아무런 생기도 느껴지지 않았다. 그는 더 이상 부자도 아니었고 관찰사를 꿈꾸는 정치 지망생도 아니었다. 여전히 양복의 물색은 고급스럽고 머리의 페도라와 짚고 선 우드 스틱은 짱짱했지만 남의 옷을 빌려 입은 듯 어울리지 않았다.

"공부 열심히 해라. 진명을 좋은 성적으로 졸업하면 일본으로든 서양으로든 유학을 보내주마!"

마지막 인사는 마지막 허세였다. 그때 이미 김희경은 환자였다. 돈과 권력이 사라지면서 그 빛만큼 어두운 분노와 고통에 갇혔다. 그렇게 화병으로 시름시름 앓던 김희경이 끝내 시상판 위에 누운 채 그녀를 기다리고 있었다. 경성으로 유학 간 장남을 기다리느라 입관하기 전에 시체를 얹어놓는 널인 시상판에 그냥 두었다고 했다. 큰집과 작은집, 본처와 첩, 그리고 이복형제들이 죽음 앞에서야 비로소 하나가 되어 곡을 했다.

"아버지가 너희에게 남긴 유언이 있는데……."

아버지의 임종을 지키지 못한 조카들에게 숙부 김희선이 대신 유언을 전했다.

"아무쪼록 공부 잘해서 돈을 모으라는 말씀이었다."

공부를 잘해서, 돈을 모으라니. 그 인과 관계가 괴이하긴 하였다. 공부를 잘하면 돈이 따라온다고 믿었던 걸까, 돈이 될 만한 공부를 하라는 뜻이었을까?

어쨌거나 그녀는 아버지를 잃었다는 슬픔에 몸부림치며 울었다. 게다가 의식이 끊겨나가며 김희경이 읊조린 마지막 말이, "탄실아, 탄실아!" 두어 마디였다는 이야기를 전해 들으니 망극지통을 배기기 어려웠다.

하지만 장례가 끝난 후, 갑작스런 아버지의 죽음보다 더 충격적인 일이 기다리고 있었다. 김희경은 평소 자기가 불입하는 생명 보험의 수령자를 자식 중에 특별히 귀애하던 그녀로 지정해 놓았다고 말하곤 했다. 유사시에도 그녀가 학업을 중단하거나 혼수를 준비하는 데 곤란을 겪는 일은 없으리라고 말이다. 세심한 배려에 산월은 크게 감격했고 그녀 또한 아버지의 기대에 부응하기 위해 더욱 노력하리라고 다짐했다. 그런데, 정은 정이고 돈은 돈인가? 왜 김희경은 결국에 들통날 수밖에 없는 거짓말을 물색없이 했을까? 죽으면 다 그만이라고, 거짓도 진실도 저승까지 따라오지는 못할 거라고 생각했던가?

생명 보험의 수령자는 그녀가 아니라 이복 오빠 기창이었다. 얼마라도 남은 재산 또한 모조리 기창의 몫이었고, 그녀의 몫이라던 것들은 남김없이 전당포에 저당 잡힌 상태였다. 그녀는 그동안 남들이 부러워하거나 시기 질투한 대로 거액의 유산을 상속받기는커녕 열네 살의 나이에 빚쟁이가 되어 있었다.

헐벗은 진실 앞에 선 산월의 표정은 참으로 기기묘묘했다. 그녀는 돈의 의미를 알기에 너무 어린 나이였다. 그래서 어리병병한 가운데 생전에 자기를 편애하다시피 했던 아버지의 모순된 행동에 배신감을 느꼈을 뿐이었다. 하지만 산월은 자신의 삶 전부에 배신당한 모습이었다. 산월은 고장 난 녹음기처럼 우는 듯 웃으며 한동안 같은 말만 반복했다.

"흐흐……. 그렇구나! 그랬구나!"

그녀에게 지워진 빚은 김희경의 은행 빚 이자를 막기 위해 산월이 여기저기서 급하게 꾸어다 댄 것이었다. 게다가 한 지붕 아래 두 집이 살게 된 후로는 거의 산월이 융통한 돈으로 살림을 꾸렸다. 그 사실을 번연히 알면서도 적모와 기창은 시치미를 떼고 모른 척했다. 김희경이 죽은 마당에 산월과 그의 자식들을 위해 상속 재산을 헐고픈 마음은 눈곱만큼도 없었던 것이다. 속사정을 모르는 남들에게는 산월이 김희경 몰래 많은 재산을 숨겨둔 것처럼 말을 흘렸다. 사람들은 사치스럽기로 유명했던 기생첩보다는 본처의 말을 믿었다. 믿고자 했다. 시시비비를 따지기 전에 도덕적으로 패배한 산월은 남보다도 못한 그들과 한 지붕 아래서 살 수 없었다.

평양에서 경성까지 550리 길은 특급 열차 융희호로 꼬박 7시간 45분이 걸렸다. 기차를 처음 타보는 어린 동생들은 드높은 기적 소리와 차창 밖으로 빠르게 달리는 풍광에 넋이 나갔다. 하지만 그녀의 맞은편 자리에 앉은 산월은 기차가 움직일 때부터 감은 눈을 뜨지 않았다. 껍데기뿐이다. 그녀는 알짬이 쏙 빠져버린 산월의 적나라한 생을 보았다. 상중임을 고려하더라도 화장도 거의 하지 않고 옷도 대충 걸쳐 입은 산월의 모습은 낯설기 그지없었다. 산월을 젊음의 빛으로 눈부시게 했던 건 사랑, 그리고 돈이었다. 김희경은 그 모든 빛을 한꺼번에 꺼뜨리고 저승으로 떠나버렸다. 사랑에 속고 돈까지 잃은 산월은 한순간에 백 년쯤 늙어 보였다.

몸살이 나려는지, 그녀는 달아오르는 얼굴을 찬 손으로 비볐다. 열기와 냉기가 동시에 몸 안에서 소용돌이쳤다. 설렘과 두려움이 마음속에서 엎치락뒤치락하였다. 김희경이 죽은 후 산월은 경성으로 이사하기로 결정했고, 그것은 그녀가 더 이상 기숙사에서 살 필요가 없다는 사실과 함께 맏딸로서 편친을 봉양할 의무를 갖게 되었다는 사실을 뜻했다.

그녀가 사랑했던 고향이, 행복한 기억만큼 쓰라린 배신감을 안겨준 유년이 바야흐로 끝났다. 그것은 신기루이자 백일몽이었다. 그래서 그토록 세상없이 아름다웠나 보다. 오직 세상에 없는 것만이 변치 않고 영원히 아름다울 수 있으리니.

타방네의 노래

어머니는 어느 날 갑자기 죽었다. 예감도 전조도 없었다. 아침 나절에 평시보다 일찍 일어나 갈증이 난다고 냉수 한 사발을 들이켜더니, 이윽고 쓰러졌다. 그리고 거짓말처럼, 의사를 부르기도 전에 숨이 끊겼다. 영원히 살 것만 같은 욕망과 아직 스러지지 않은 젊음을 싸안고 홀연히 세상을 떠났다. 그녀는 마침내, 고아가 되었다.

"탄실아, 내가 죽으면 땅에 묻지 마라. 땅속은 어둡고 답답해서 싫다."

"그럼 어떻게 해요?"

"스님들처럼 화장하면 되지. 뼈를 빻아서 가루로 만들고, 그 가루를 바람 속에 뿌려다오. 그러면 어디로든 갈 수 있을 것 아니냐? 산도 넘고 바다도 건너고, 어디로든 자유롭게."

"난 그 청을 못 들어드리겠네요."

"뭐? 왜 못 들어준단 말이냐?"

"묘가 있어야 나도 동생들도 보고 싶으면 한 번씩 찾아가지요. 타방네도 그랬잖아요? 소박맞고 정신이 나가서도 어머니 무덤까지 찾아가서 죽었잖아요?"

철없는 어머니를 둔 아이는 태어날 때부터 어른일 운명이었다. 짐짓 어기대는 그녀의 말에 산월은 특유의 묘한 표정을 지으며 고개를 갸웃거렸다. 어머니가 그리워 바람 속에 떠나보낼 수 없다는 자식의 말에 기쁜 듯도 하고, 해달라는 대로 고분고분하지 않은 게 못마땅한 듯도 하였다.

생전에 못 들어주겠다고 뻗대었던 소원을 죽어서 들어드렸다. 산월은 작은 암자의 뒤뜰에서 화장되었다. 살아서 제 몸뚱이 하나 마음대로 할 수 없었던 산월을 죽어서까지 산 사람들의 마음대로 처분한다는 건 몹쓸 일이라고 생각했거니와, 기실 묻히려도 묻으려도 산월을 위한 땅은 없었다. 평양의 선산에 묻힌 김희경의 옆자리는 엄연히 적모의 것이었을뿐더러, 15년 동안 재산을 함께 일구고 살며 자식을 여덟이나 낳았는데도 첩이라는 이유로 빈털터리로 내쫓은 그 집안에 대고 아쉬운 소리를 하기 싫었다.

"아이고, 언니! 언니야! 토끼 새끼 같은 자식들을 놔두고 어디로 가나?"

영월 이모가 다비의 불무더기 속으로 뛰어들 듯 몸부림치며 쓰러졌다.

"아이고, 어머니!"

"엄마!"

"엄마!"

기동, 화순, 기명, 영순, 기성, 기원, 그리고 기만……. 이모의 말대로 토끼 새끼처럼 올망졸망한 동생들이 불가에 주저앉아 엉엉 울었다.

회색 하늘로 빨간 불티가 어지러이 날아올랐다. 금방이라도 비를 퍼부을 듯 하늘이 무거웠다. 타오르는 불무더기를 망연히 바라보았다. 멍멍하고 얼얼했다. 아버지의 장례 때처럼 눈물이 펑펑 솟구치지도 않았다. 얼마 되지 않는 여윳돈을 쪼개어 비싼 땔나무를 산 게 다행이라는 생각뿐이었다. 비싼 땔감이니 잘 탈 것이다. 빠르게 육신을 불살라 재로 만들 것이다. 산월의 흔적은 감쪽같이 지상에서 사라질 것이다. 비가 오기 전에, 비가 내리기 전에.

눈물은 나지 않는데 끅끅, 헛구역질 같기도 하고 신음 소리 같기도 한 것이 목구멍 너머로부터 치올랐다. 단백질이 탈 때 배출되는 누린내 때문이리라. 이과(理科) 시간에 배운 이치를 떠올리려 애썼다. 하지만 죽음이 단순히 한 개체의 생명이 없어지는 현상일 수만은 없었다. 그가 살았던 세상, 그가 맺었던 관계, 그의 기억 전부가 사라졌다. 끅끅, 추억이 치밀었다. 끅끅, 상실감과 죄책감과 후회와 원망과 그 모두가 뒤엉킨 고통의 소리가 새어 나왔다.

그녀는 사랑했다. 어머니를, 자신을 세상에 데려온 사람이면서 세상에 태어나 만난 첫 번째 사람을, 본능과 운명의 결합으로 사랑할 수밖에 없었다. 하지만 그녀는 언제부터인가 어머니를 어머니라고 부르지 않았다. 우물우물 호칭 없이 대화를 했고 어머니라고 불러야 할 상황을 아예 피했다. 산월을 어머니라고 부르면 자신은 첩의 딸, 기생의 딸이 될 수밖에 없기 때문이었다. 어머니를 어머니로 인정하지 않았다. 자신의 뜻을 넘어 정해진 피의 인연조차 기어이 부정하려 몸부림쳤다. 그런 딸을 바라보며 산월은 어떤 기분이었을까? 무슨 생각을 했을까?

김희경이 죽은 후 평양 생활을 정리하고 경성으로 이주한 산월의 전 재산은 8천 원이 될까 말까 하였다. 그것으로 영월의 집과 멀지 않은 계동에 작은 집을 사고 기숙사에서 나온 그녀까지 여덟 자식을 건사했다. 평양에서는 이따금 약속지 않은 손님이 찾아왔다. 행여나 산월에게 뜯어낼 게 조금이라도 있을까 하여 찾아온 김희경의 빚쟁이들이었다.

"그리도 형편이 어렵다면 탄실이를 기생으로나 부치지, 학교는 다 뭐요?"

그들은 도저히 갚을 형편이 되지 않는다는 산월에게 충고인 듯

야유인 듯 한마디씩을 던졌다.

"저 인물에 저 재주에 여학생이었던 내력까지 합치면 황토 마루 네거리에 제일 잘나가는 명월관에서도 담빡 명기라는 소리를 듣게 되리다. 쟤네 이모가 서도 출신 기생들하고 조합까지 결성했다면서요? 그리 좋은 연줄도 있는데 왜 애를 기생에 넣지 않고 팡팡 놀려요?"

빚쟁이들은 산월의 감정을 자극해서 돈을 털어놓게 하려고 그녀를 앞에 둔 채로 거침없이 지껄였다.

"뭐라고요? 지금 뭐라고 하셨소?"

아무리 어리고 힘이 없어도 면전에서 함부로 망발을 지껄이는 것을 참을 수는 없었다. 그녀는 불같이 화를 내며 평양에서 온 손님, 아니 빚쟁이들에게 달려들었다.

"당신네 딸들이나 기생을 시키려거든 시키지, 왜 남에게 기생이 돼라 마라 훈수요? 암만 빚을 받으러 왔다지만 돈 몇 푼 때문에 이렇게 사람을 멸시하고 모욕을 줘도 된다고 생각하오? 당신들이 어른이오? 같은 고향 사람이오? 인간이오?"

그녀는 예전의 부끄럼 많고 순종적인 계집아이가 아니었다. 따돌림을 당하면서도 한마디 제대로 대꾸하지 못한 채 실없는 웃음으로 낙종했던 반편이가 아니었다. 도리어 그것들이 원한이 되어 복수심으로 가득 차 있었다. 눈에는 눈, 이에는 이로! 한때 십자가 앞에 무릎을 꿇고 희생과 사랑의 정신으로 살겠노라 맹세했던 아이는 세상의 수많은 원수들에 둘러싸여 살기를 뿜어내는 악바리가 되어 있었다.

"아이고, 얘가 왜 이러지? 탄실아, 어른들에게 그게 무슨 말버릇이니? 암만 속이 상한대도 그래서야 쓰겠니?"

고고하고 도도하고, 한때 평양을 들었다 놨다 했다는 산월이 몸 둘 바를 모르고 쩔쩔맸다. 그 꼴이 끔찍이도 보기 싫었다. 돈의 맛과 돈의 힘을 알고 있는 산월은 돈을 잃은 순간부터 딴사람이 되어버렸다. 산월은 어색한 웃음을 지으며 그녀의 패악에 놀라 얼떨떨해 있는 빚쟁이를 달래었다.

"먼 길을 헛걸음하신 게 속상하대도 저 애한테는 그러지 마오. 어린것이 무슨 죄가 있겠소? 죄가 있다면 빚을 남기고 죽은 아비나 이 꼴로 살아 있는 어미에게 있지, 아비 어미의 죄를 어찌 저 아이에게 묻겠소?"

빚쟁이에게 비굴하게 사정하며 문득 그녀를 돌아다보던 산월의 눈, 그 슬픈 눈을 떠올리면 심장이 쥐어뜯기는 것만 같았다.

"대체 나를 왜 낳았어? 왜? 왜?!"

언젠가 악에 받쳐 퍼붓던 말들이 부메랑이 되어 돌아왔다. 전설 속의 타방네가 그러했듯 그녀도 어머니를 미워하고 또 미워했다. 어머니를 괴롭히기 위해서 한껏 까탈을 부리고 있는 대로 패악을 떨었다. 타방네의 어머니는 무당, 그녀의 어머니는 기생, 세상의 천대와 뭇사람의 손가락질을 받는 신분이었다. 하지만 그것이 정녕 그녀들의 죄인가? 그녀들에게 죄가 있다면 운명 앞에 아무것도 스스로 선택할 수 없었던 것뿐이었다.

산월을, 그토록 저주했던 인연과 운명의 끈을 놓치고서야 알았다. 어쨌거나 산월은 그녀를 끝까지 지키려 했다. 자신과 다르게 살기를 진심으로 바랐다. 진명학교를 3등으로 졸업했다는 소식을 듣고 꿈인가 생시인가 볼을 꼬집으며 기뻐하던 산월, 보통과를 졸업했으니 소학교에서 여선생 노릇을 하며 평범하고 소박하게 살수 있으리라 믿으며 행복해하던 산월, 취직 대신 중학과에 입학하겠노라는 선언 앞에서 가계에 보탬이 되리라는 기대가 깨어진 실망감을 애써 감추던 산월, 중학과를 7개월 만에 중퇴하고 방황할 때에도 스스로 새로운 결정을 내리길 기다려주던 산월……. 산월은 그녀에게 실타래처럼 얽히고설킨 애증과 회한의 상대였다.

"잘 가요!"

손가락 사이사이로 산월이 미끄러져 빠져나갔다. 그것은 어린 날 고사리손으로 더듬어 잡았던 손과, 그러잡았던 비단 치맛자락과, 몰래 뚜껑을 열고 찍어 발라본 가루분의 촉감과 닮았다. 부드럽고 가늘고 미미한 따뜻함이 바람결에 분분히 흩어졌다. 그녀는 끝내 물기 없는 통곡으로 마지막 인사를 고했다. 지금 여기가 아니라면 다시는 불러볼 수 없는 이름을 목 놓아 외쳤다.

잘 가요, 어……머……니!

차가운 물에 손을 씻고 책상 앞에 앉았다. 잠기운이 깨끗이 가신 머리는 바람으로 헹군 듯 상쾌했다. 조도가 낮은 등불 아래 정갈하게 펼쳐진 책과 노트가 눈부셨다. 넘어가는 종이의 가벼운 팔랑거림이 좋았다. 사각사각 연필로 글씨를 써 내려가는 소리가 좋았다. 한참 동안 웅크리고 앉아 있다가 찌뿌등한 몸을 기지개 켜면 긴장했던 온몸의 세포들이 일제히 환희의 만세를 불렀다. 살짝 배가 고팠다. 창밖으로 새벽빛이 궁싯거리고 있었다. 푸르른 공복, 빛나는 정적. 그녀는 홀로이 깨어 있는 새벽을 사랑했다.

'명예심'이라는 강박적인 감정 때문이기도 했지만, 진명학교에서 동무들의 시새움을 무릅쓰고 공부에 매달리는 동안 그녀는 점차 공부의 재미에 눈을 떴다. 배울수록 세상은 넓어지고 생각은 깊어졌다. 바닷물을 들이켜는 것처럼 공부를 하면 할수록 지식에 대한 목마름은 커졌다. 차라리 무지하고 무식한 채로 자기가 무엇을 모르는지조차 모르는 것이 갈증을 멈추는 유일한 방도일 테다. 그러나 앎에 대한 갈증이야말로 인간으로서 살아 있다는 증거였다. 지성과 이성의 힘으로 야만과 미신을 넘어서겠다는 근대인다운 포부의 발현이었다. 아이답지 않게 무수한 근심과 자잘한 감정에 시달렸던 그녀이지만 정신을 집중해 공부할 때만은 아무 생각도 들지 않았다. 그토록 그녀를 괴롭히던 남들의 시선과 수군거림도 오롯이 책과 마주한 순간에만은 티끌처럼 하찮게 느껴졌다.

공부하고 싶었다. 더 넓은 세상에서 새로운 것들을 배우고 싶었다. 하지만 일본이 조선을 강제 합병한 후 학제가 변경되면서 배우려도 배울 것이 없는 기묘한 상황에 놓이고 말았다. 중학과에 입학했다가 1년을 못 채우고 중퇴하게 된 것도 1학년에서 3학년으로 월반까지 했지만 도무지 학업 수준이 맞지 않았기 때문이었다.

"도대체 이게 뭐야? 보통과에서 배웠던 걸 중학과에서 또 배워야 해? 그럼 뭣하러 학교를 다니는 거지?"

"딱 하나 다른 건 조선말이 아니라 일본 말로 배운다는 것뿐이네! 게다가 원수같이 귀찮은 과목들은 왜 이리 많은 거야? 침공이니 자수니 츠마미(수예세공의 하나) 따위를 배우려고 중학과까지 다닌단 말이야?"

"조선 학생들을 다 바보로 만들려는 게야! 이까짓 것들을 뭣에 쓰라고?!"

이전까지 나름대로 밀도 있는 교육을 받았던 학생들은 변경된 학제에 불평을 터뜨렸다. 모두가 자주권을 잃고 남의 나라 식민지가 된 탓이었다.

허탈했다. 아무런 흥미도 의미도 찾을 수 없는 공부를 하는 건 배를 채우려고 맛없는 음식을 입안으로 꾸역꾸역 밀어 넣는 일과 같았다. 살기 위해선 어쩔 수 없이 먹어야 한다고 할 수도 있겠지만, 그녀는 이미 지식의 산해진미를 쩌금쩌금 맛보아 미식가가 되어버린 터였다. 억지로 삼킨 악식은 더부룩한 헛배만 불렀다. 반항심 반 무기력감 반으로 바느질이며 수예 따위엔 신경도 쓰지 않고 보고 싶은 책들만 뒤적거렸다. 그러다 보니 걸어 다니는 사전 같다고 하여 놀림조로 불렸던 자전(字典)이라는 별명이 어느덧 '게으른 학생'으로 바뀌어 있었다.

7개월을 겨우 버티다가 휴학을 하고 1년 남짓 쉬었다. 학적부에 기록되기로는 병기위하향(病氣爲下鄕), 지병 때문에 고향으로 돌아간다고 사유를 밝혔지만 실제로는 막막한 현실로부터의 무조건적 도피였다. 하루 종일 방 안에서 뒹굴며 책을 읽거나 몇 시간씩 지치지도 않고 피아노를 쳤다. 평양에서 기어이 끌고 온 독일제 피아노는 건반이 변색되고 해질 정도의 골동품이었지만 그녀의 보물 제1호였다. 언제나 먼지 한 톨 없이 깔끔하게 소제하고 유리병에 흰 창포나 붉은 개양귀비를 꽂아 올려두었다. 꽃병 옆에는 그녀가 사랑해 마지않는 베토벤과 쇼팽의 사진을 깔끔히 진열했다. 그녀는 여전히 자기 방을 '음악당'이고 '도서실'이라고 불렀다. 평양에서 살았던 집과는 비교도 할 수 없이 좁고 낡았지만 그 방에서만은 여전히 '예술 나라의 여왕'으로 꿈꿀 수 있었으므로.

그조차 산월이 살아 있었기에 가능한 일이었다. 빚쟁이의 말대로 기생이 되는 건 말도 안 되는 일이었지만 집안 형편을 생각하면 응석받이 딸로 한없이 허송세월할 수는 없다는 걸 알고 있었다. 그럼에도 그녀의 성실성과 명민함을 높게 산 보통과 시절 담임 선생이 찾아와 모교의 교원으로 일하라고 몇 번이나 청했지만 끝까지 승낙하지 않았다. 그녀는 여전히 지식욕에 번민하고 있었다. 그것은 보이지 않는 산처럼 그녀의 작은 가슴속에 우뚝했다.

어쨌거나 중학과는 마쳐보자고 복학했지만 상황은 달라지지 않았다. 아니, 더 나빠졌다. 학교에서 배울 게 없다는 사실에 실망한 학생들이 하나둘 휴학하거나 자퇴하기 시작했다. 그리고 일본이나 중국, 좀 더 여유 있는 집안의 자식들은 미국으로 유학을 떠났다. 그녀보다 성적이 훨씬 나쁘고 학문에 대한 열정도 그리 있어 보이지 않는 친구가 유학을 간다는 소식을 들으면 새삼스러운 질투심과 열패감으로 밤잠을 이룰 수 없었다.

"돈이 있으면 오십 원만 주세요. 꼭 쓸 데가 있어서 그래요."

방 안 여기저기에 접시를 늘어놓고 손에 잡히는 대로 한 움큼씩 가져다 쓰던 일은 까마득한 옛날이야기였다. 돈이라는 단어를 듣자마자 산월의 미간이 찡그러졌다.

"뭣하려고?"

"내 구두 봤어요?"

"네 구두? 구두가 어때서?"

"얼마 전부터 아슬아슬하더니 밑창이 뜯어져 찔거덕거려요."

"구두장이한테 갖다 맡기려무나. 아쉬운 대로 고쳐 써야지."

"수선을 받아서 해결될 문제가 아니에요. 여태 말은 안 했지만, 요즘 서울 안에 여학생이라는 여학생은 다 흰 구두를 신고 다녀요. 그런데 나만 검은 구두를 신고 버텼어요. 겨울과 봄가을, 한여름까지도. 이제 이렇게 낡은 검은 구두를 신고는 도무지 외출을 못 하겠어요!"

뜯어진 밑창이 떨어져나갈까 봐 발을 질질 끌며 걸었다. 창성동에서 계동까지 지척의 길이 유달리 멀게 느껴졌다. 경복궁 앞에서 광화문 통으로 이어지는 큰길을 지날 때에는 사람들의 눈을 피해 발끝만 보고 걸었다. 그날따라 오가는 사람들이 자기 구두만 뚫어져라 바라보는 것 같았다. 등줄기로 진땀이 흐르고 종아리가 팍팍했다.

그런데 가까스로 큰길을 지나 운현궁 맞은편 골목으로 접어들었을 때, 하교하던 휘문의숙 남학생 무리와 마주치고 말았다. 숨겨두고 가려두어도 피어나는 꽃처럼 존재만으로 덩두렷한 소년 소녀의 시절이었다. 그들의 시선이 고스란히 그녀에게 닿았다. 이성을 의식하며 선연해진 자의식이 그녀의 얼굴을 붉게 물들였다. 어서 자리를 벗어나야 했다. 남학생들의 열기 어린 눈길로부터 자기를 숨기려면, 소녀의 자존심을 지키려면.

하지만 발걸음을 재촉할 수가 없었다. 빠르게 움직이면 구두의 밑창이 떨어졌다는 사실을 들킬 수밖에 없을 터였다. 그녀는 눈을 질끈 감은 채 발을 질질 끌었다. 웬일인지 다리가 자꾸만 절룩거렸다. 기우뚱기우뚱 세상이 흔들렸다. 마음의 속도를 따라 쫓지 못하는 낡은 구두가 길디긴 흔적을 남기며 그녀를 따라왔다. 하루의 불행은 맞지 않는 구두를 신는 것만으로 충분하다는 서양 속담이 머릿속에서 맴돌았다.

50원을 청한 지 사흘이 지나서였다. 새 구두를 포기하다시피 한 그녀에게 산월이 수원 화성의 화홍문이 그려진 1원권 50장을 내밀었다. 정갈하게 갈무리되어 있긴 했지만 5원권이나 10원권이 아니라 1원짜리 묶음인 것이 서글펐다. 평양에 살 때 산월은 그 정도의 잔돈은 돈으로 여기지도 않았다.

"사람 일은 정말 알 수가 없네요……."

그녀는 한세상을 고단하게 살아낸 노파처럼 중얼거렸다. 중얼거림 끝에 흑흑 서러운 흐느낌이 묻어났다. 하지만 그때까지도 가난은 낯설고 알 수 없는 무엇이었다. 돈 때문에 겪는 설움에는 사치스럽고 낭만적인 감상이 배어 있었다.

산월이 세상을 떠난 후 모호했던 모든 것이 또렷해졌다. 더 이상 부자 아버지와 재바른 어머니를 갖지 못한 그녀는 더하고 뺄 것이 없는 빈털터리 고아였다. 그럼에도 불구하고 그녀는 오랫동안 고민하고 계획했던 일을 감행하기로 결심했다. 달라진 상황 때문에 포기하고 주저앉지 않기로 했다. 산월이 생전에 얼핏 눈치를 챘으면서도 차마 말리지 못했던 일, 일본 유학이었다.

"당연히 쉽지는 않을 거야. 하지만 탄실이 네가 공부를 하겠다는 마음이 그토록 강하다면 아주 불가능한 일도 아니지."

그녀가 털어놓은 고민을 말없이 듣던 김희선이 마침내 입을 열었다. 무럭무럭 담배 연기가 특유의 야지랑스러운 말투와 함께 피어올랐다. 김희선은 흔히 '칼표'라고 부르는, 담뱃갑에 칼을 들고 선 해적의 그림이 그려져 있는 영국제 '파이어트(Pirate)' 궐련을 피우고 있었다. 한때 대한제국의 군인이었던 몸으로 총독부에 협조할 수 없다며 애국지사 행세를 하고 다니는 그가 제대로 된 직업도 없는 형편에 어떻게 값비싼 담배를 피우는지는 알 수 없었다. 김희선은 여전히 오리무중에 수수께끼의 인물이었다. 하지만 그녀에게는 아버지를 대신할 수 있는 유일한 혈육이자 간절히 원하는 일본 유학의 선배였기에 무조건 매달릴 수밖에 없었다.

"정말 그럴까요? 어떻게 하면 될까요? 일본까지 가는 여비야 어찌어찌 마련할 수 있겠지만 거기서 먹고 자고 학비를 내고……. 결국 돈이 문제지요."

"일본은 아시아에서 제일로 개화한 나라라 각국에서 모여든 유학생들도 많고 그들 중에 고학생들도 많아. 고학까지 감수하겠다는 각오가 선다면 못 해낼 까닭이 없지."

"아, 숙부! 고맙습니다. 저는 할 거예요. 해낼 수 있을 거예요!"

그녀는 스스로에게 다짐하듯 힘주어 말했다. 날품팔이, 인력거 꾼, 식당 배달원, 공장 직공, 야경꾼, 신문 배달, 점원, 인삼 행상, 엿장수……. 일본에는 그처럼 다양한 직업을 가지고 주경야독하는 고학생들이 무수히 많다고 했다.

—그들이 한다면 나라고 못 할쏘냐?! 젊고, 건강하고, 누구보다 학구열에 불타고 있지 않은가?!

그녀는 신문 뭉치를 옆구리에 끼고 도시의 골목골목을 누비는 자신의 모습을 상상해 보았다. 숨이 찼다. 가슴이 벅찼다.

당시의 조선 학생들에게 동경은 독일에서 가장 오래된 대학이 있는 '하이델벨히'와 같은 꿈의 동산이었다. "라인 강변에서 결투도 하고 연애도 하고 맥주도 들이켜는" "프러시아 청년들의 기상과 생활"이야말로 식민지 조선의 청년들이 가장 부러워하는 이상적인 삶이었다. 그런 이상향에 도달하기 위해서라면 육신의 고생쯤이야 능히 견뎌낼 수 있으리라 생각했다. 실로 이상을 향해 돌진하는 그 마음이 가장 이상적이었다.

"그렇다고 평양성을 쥐락펴락했던 김희경의 딸이 온갖 밑바닥 일을 전전해야 쓰겠나? 내가 알 만한 사람들을 몇 소개해 줄 테니 그들에게서 정보를 얻고 도움도 받도록 해. 혹시 알아? 운 좋게 인연이 닿으면 전도양양한 조선 학생을 돕겠다는 후원자를 만날 수 있을지!"

김희선은 껄껄 호탕하게 웃었다. 그녀는 산월의 걱정을 뒤로하고 숙부를 찾아오길 잘했다고 생각했다. 김희경이 죽은 뒤 김희선은 적모와 장남 기창의 편에서 산월을 몰아내는 데 한몫을 했다. 형님의 관찰사 운동을 돕는다며 가져다 쓴 돈에는 모르쇠를 잡고 오직 산월의 사치스러움이 몰락의 원인이라고 호도했다. 안면을 몰수한 뻔뻔스러움에 질린 산월은 경성으로 이사하면서 김희선과 왕래를 끊고 절교하다시피 하였다. 그래도 그녀가 김희선을 만나러 다니는 것까지 막지는 않았다. 피는 물보다 진하다는 말마따나 김희선은 조카에게만은 노골적으로 미워하는 빛을 드러내지 않았고 짐짓 아버지를 일찍 여읜 것을 동정하는 듯했기 때문이었다.

아이러니하게도, 산월이 갑자기 죽지 않았다면 그녀의 일본 유학은 좀 더 늦춰지거나 이러저러한 곡절을 겪었을지 모른다. 양친을 잃고 고아가 되어버린 그녀는 원하든 원치 않든 삶의 고삐를 스스로 잡을 수밖에 없었다. 그토록 간절히 바랐던 일이지만 막상 닥치니 마냥 즐겁고 행복할 수는 없었다. 무엇을 선택하든 그에 대한 책임까지도 온전히 자신이 져야 하기 때문이었다.

초가을 한낮의 남대문 역, 아직은 내리쬐는 볕이 따가웠다. 여름 방학이 끝나가면서 북선(北鮮)의 고향으로 떠났던 학생들이 일제히 경성으로 돌아오느라 기차역은 북새통이었다. 하지만 그녀는 귀성 학생들이 내리는 플랫폼 반대편에서 경부선 기차를 향해 달음질하고 있었다.

"탄실아! 같이 좀 가자. 그렇게 날 버리고 혼자 달아나면 어쩌니? 일본에 가서도 그럴 거니?"

작달막한 키에 검푸른 얼굴을 한 친구 하나가 키 큰 그녀의 보폭을 따라잡지 못해 볼멘소리를 했다.

"희순아, 넌 기차를 타본 적이 없니?"

"그래, 나로서야 이번이 처음이다."

"미안하지만 삼등실은 원래 이래. 먼저 가서 자리를 잡아놓지 않으면 경성에서 부산까지 옴팡 서서 가게 될지도 몰라."

"에구머니, 넌 어쩜 그리 꾀가 많니? 난 그런 줄도 모르고 속없이 널 원망했다. 난 걸음이 느리니 신경 쓰지 말고 너 먼저 가렴."

"그래, 내가 가서 자리를 맡아놓을 테니 짐 잘 챙겨서 따라와!"

1913년 9월, 그녀는 첫 번째 동경 유학길에 올랐다. 경성에서 부산까지 기차를 타고, 부산에서 시모노세키까지 부관연락선을 타고 가는 멀고 고단한 길이었다. 떠나는 이유는 하나, 오직 공부하고 싶다는 것이었다. 떠나지 말아야 할 이유는 그보다 훨씬 많았다. 집안에 어른이 없고, 어린 동생들이 있고, 돈은 없고, 유학을 다녀온대도 보장된 미래는 없었지만, 그녀는 떠났다. 그녀는 그것을 '탈출'이라고 불렀다.

내가 어머니 안 계신 가정을 탈출한 것은 청춘을 무위히 망송(望送)치 않고 고학일망정 계속하려는 의식적 활동이었다. 말하자면 몰이해한 사회 환경과 악독한 주위 사정에의 반항에 지나지 못한다.*

조선은 그 폐쇄성 때문에 외세의 침탈에 무력하게 무릎을 꿇은 지경에도 여전히 구습에 사로잡혀 있었다. 일본이라는 막강한 적을 코앞에 둔 채로 조선인들끼리 신분과 성별을 트집 잡아 차별하며 제 살 깎아먹기를 계속했다. 두 가지 트집거리를 모두 갖춘 그녀로서는 조선에서 공부하고 일하며 버텨내기 어려웠다. 그래서 일반적인 조선 여성들의 해외 유학이 1915년 이후부터 활발해져 1919년 3·1운동 이후 망명 생활로 이어진 데 비해 일찍 첫걸음을 떼게 된 것인지 모른다. 1915년 이후에는 진명, 숙명, 이화 등에서 교비로 일본이나 미국에 유학을 보내는 사례가 생겼지만, 그들보다 한 발자국 앞서 나갔던 그녀는 장학 혜택을 전혀 받지 못했다. 그럼에도 불구하고, 그녀는 모험을 감행했다. 이대로 아무 이룬 것도 없이 청춘을 흘려보낼 바에야 따지고 셈하지 않고 저질러 보기로 했다. 공부에 대한 그녀의 열망은 너무도 커서 그 기세가 마치 이리 새끼나 호랑이 새끼처럼 사나웠다. 공부야말로 불행한 운명의 탯줄을 끊는 유일한 길이거니와 유학은 그녀의 경쟁심과

* 수필 「생활의 기억」(《매일신보》 1936년 11월 19일~21일 연재) 중에서.

명예욕을 자극하는 새로운 도전이었다. 일본에 가서 일본의 여학생들과 실력을 겨뤄보고 싶었다. 못난 나라의 못난 백성으로서가 아니라 동등한 경쟁자로서 당당하게 그들을 이겨 서러움을 앙갚음하고 싶었다.

딱 하나 마음에 걸리는 건 어린 동생들이었지만 연년생 동생인 기동이 장남으로서 제법 든든했다. 그리고 같은 동네에 이모 영월이 살아 하루건너 서로 오가며 물 샐 틈 없이 단란히 지내왔으니, 얼마 남지 않았으나마 산월의 유산을 단속해 어린 동생들을 건사해 주리라 믿었다.

─미안해할 필요 없어. 아무 생각도 하지 마. 오로지 너 자신만 생각하고 몰두해. 열심히 공부해서 피아니스트가 되든 교수가 되든 또 다른 무엇이 되든, 원하는 걸 성취하면 모든 빚을 한꺼번에 갚을 수 있을 거야!

창밖으로 애처로운 조선의 땅과 조선의 바다가 획획 스쳐 지났다. 유리창에 얼비친 그녀는 '끊어질 듯한 허리에 오동통한 뺨과 극히 둥글고 맑은 눈동자'를 가진 열일곱의 소녀였다. 천진하여 용감하고, 무구하여 위태로운.

은적(隱跡), 숨겨진 발자취

1915년 7월 30일 자《매일신보》를 펼쳐든 사람들은 갖가지 사건 사고를 모아놓은 지면에서 괴상하고도 흥미로운 기사 한 꼭지를 읽었다. 기사의 제목은 「동경에 유학하는 여학생의 은적(隱跡)」이었다.

　　평안남도 평양 사는 김의형의 딸 기정은 목하 동경에서 미국인이 경영하는 파푸데스트 교회 여자 학교에서 기숙 중인바, 지난 이십사일 아침에 외출한 뒤로 행위 불명이 되어 동학교 사감이 경찰서에 보호 수색을 청원하였으나 아직 종적을 알지 못하였더라.

순사에게 쫓기다 잡힌 도둑과, 사기를 치고 도망갔다 체포된 협잡꾼에 대한 기사 사이에서 '여학생'이라는 단어는 단연 돋보였다. 이전의 세상에는 없던 이름이었다. 배우는 여자, 젊은 여자, 집 밖으로 나온 여자, 낯선 여자. 선망과 동경의 이름인 동시에 질시와 의혹의 이름이기도 했다.

더욱 눈이 번쩍 뜨이는 대목은 여학생에게 남자가 있었다는 것이었다. 이름을 밝히지 않은 제보자의 말로는 기정이란 여학생이 마포 연대부의 리(李) 모라는 소위와 서로 오매불망하는 사이라, 그를 그리워하다 몰래 기숙사를 빠져나간 것이 아닌가 짐작한다고 하였다. 기자는 기정의 연년생 아우 기동이 누이를 사방으로 찾아다니는 모습이 가련하다며 동정하는 체하는데, 기껏 추측성 기사를 멋대로 갈겨놓고 고양이가 쥐 걱정해 주는 형국이었다.

'은적 여학생'은 엿새가 지나 8월 5일 자 같은 신문에 다시 등장했다. 지난 기사를 읽은 독자들의 호기심을 성실하게 사후 관리해 주는 이른바 '후문(後聞)'이었다.

마포 연대부 보병 소위 리응준은 기정과 결혼하기를 수삼 차 청구한 일이 있었으나 기정의 집에서는 불응하였더니, 종시 리 모와 같이 결혼할 마음이 있어 이런 일을 행한 듯하며……

달걀과 여자는 굴리면 깨진다는 말이 여전히 사람들의 의식과 무의식에 구렁이처럼 똬리를 틀고 있었다. 여학생이 다시 기숙사로 돌아왔다는 소식이 고향에 전해지자 그동안 결혼을 반대하던 집에서 결국 허락하고 말리라는 짐작이야말로 무자비하고 집요한 관심이 어디에서 비롯되는가를 명백히 보여주었다.

그런데 다시 여드레가 지나 8월 13일 자 기사로 실린 사건의 결말은 뜻밖이었다. 「혼인 청구는 불위(不爲)」라는 제목에서 혼인을 청구한 것은 종래의 육군 소위 리응준이 아니었다.

기정이가 홀연 여관에서 나와 일시 종적을 감추었다가 다시 돌아왔다 함은 본보에 이미 고한바 추후 들은즉 리 소위는 별로 기정을 사모하야 그 부친에게 결혼 승낙을 청구한 일이 없다 하더라.

'동경 통신'은 거기서 끝났다. 온 세상이 여학생의 '숨겨진 발자취'를 알게 된 마당에 리응준은 기정을 좋아한 적도 없고 결혼을 청한 일도 없다고 하였다. 외설스런 상상과 잔인한 소문은 그로부터 시작되었다. 여학생은 자유연애를 하다가 집안의 반대에 부딪치자 사랑의 도피 행각을 했지만, 정작 가족들에게서 허락을 받자마자 연인에게 배반당했다. 은적, 그 발자취가 숨겨진 엿새 동안 무슨 일이 있었는가에 사람들의 야릇하고 짓궂은 호기심이 집중되었다. 결론은 간단했다. 여학생은 몸을 더럽히고, 버림받은 것이다!

지극히 개인적일뿐더러 어림짐작과 편견으로 가득한 이야기가 버젓이 신문 기사가 되어 3회 연속 게재되었다. 누군가에겐 흥미로웠을 것이다. 누군가는 재미있었을 것이다. 그 흥미와 재미가 누군가를 영원한 고통의 굴길로 등 떠밀었다는 사실은 까맣게 모르거나, 모르는 척 무시한 채.

✳

소설에서 '우연'이 얼마나 위험한 장치인지, 그녀는 안다. 원인 없이 빚어지는 결과가 남발되면 소설은 유치하고 누추해진다. 소설은 지어낸 이야기, 만든 이야기, 꾸며낸 이야기지만 그 엄연한 거짓을 독자에게 들켜서는 안 된다. 우연은 소설의 치명적인 결함이라 일컬어지는 작위성을 극대화한다. 그런데, 때로 삶이 소설을 넘어버린다. 아니, 언제나 그런지도 모른다. 소설보다 더 소설 같은, 잘못 쓰인, 실패한 소설 같은 우연의 발발.

열일곱의 풋내기로서, 조선이라는 우물 안에 갇혀 자란 개구리로서, 어쩔 수 없는 낭만적 환상을 품고 일본의 수도 동경에 도착한 그녀에게 '우연'이 일어났다.

"탄실 상! 응접실에 손님이 찾아왔습니다."

"네? 저한테요? 누구……. 찾아올 사람이 없는데?"

장차 대학에 진학하기 위한 전(前) 단계로 토키와다이[常盤台]

근처에 있는 파푸데스트(Baptist) 여학교에 입학한 그녀에게 누군가 면회를 왔다고 했다. 여학교 기숙사에 들어온 지 일주일 만에 맞이하는 첫 휴일인 데다 동경에 도착한 지 보름이 채 되지 않은 상황에서 그녀가 면회객을 예상치 못한 건 당연한 일이었다.

"손님이 명함을 주셨습니다."

사환에게서 명함을 받아 든 손이 바르르 떨렸다.

'생도 리·응·준'

지난여름 김희선의 집에 들렀다가 우연히 낯선 청년과 마주쳤다. 평남 안주가 고향이라는 청년은 일본 육군사관학교의 예비 과정에 해당하는 동경 중앙유년학교에 재학 중인데, 그해 말이면 정식으로 사관학교에 입학해 김희선의 후배가 되리라 하였다.

"마침 잘되었구나! 내가 탄실이 네게 써준 소개 편지에 학력은 우등, 품행은 방정하다고 썼던 일등 학생 리 모가 바로 이 친구다! 서로 인사해라."

김희선의 설레발에 두 사람은 어색하게 인사를 나누었다.

"안녕하십니까?"

"네에……. 안녕하세요?"

첫인상은 그리 인상적이지 않았다. 작은 키에 나부대대한 얼굴이 미남이라기보다 추남에 가까웠고 평상복을 입어서인지 군인 특유의 절도도 느껴지지 않았다. 평양과 경성의 멋쟁이들을 많이 봤던 그녀의 눈에는 '관청 안에 들어온 촌닭'같이만 보였다. 청년은 다른 약속이 있다며 일찍 자리를 떴다. 별다른 관심이나 흥미가 없었기에 그녀는 곧 그의 존재를 잊었다.

그런데 숙부의 의중은 단순히 동경에서 도움을 줄 선배 유학생을 소개시키는 게 아니었던 모양이었다.

"그 친구 어떻더냐?"

"네? 누구 말씀이세요?"

"리 군 말이다, 지난번에 우리집에서 만나지 않았더냐?"

"뭐, 저한테 특별한 말거리가 있겠어요? 그냥 짧게 스쳐 보았을 뿐인데……."

"네가 아직 사람 보는 눈이 없어서 그렇지. 보기엔 수수한 시골 청년 같아도 그 친구가 보통내기가 아니다!"

김희선이 입에 침이 마르도록 칭찬하는 리응준은 전해 듣는 말만으로는 가히 대단한 인물이었다. 그녀보다 여섯 살이 많은 그는 17세에 고향을 떠나 당시 조선군 훈련원장이었던 노백린 정령을 찾아갔다. 노백린은 무조건 군인이 되겠다고 매달리는 당돌한 소년을 내치지 못하고 자기 집에 머무르게 했는데, 그때 우연히 노백린의 후배로 일본 육사를 졸업하고 귀국해 대한제국 육군 참령으로 일하던 이갑의 눈에 들었다고 했다.

"어린 친구가 대단하기도 하지! 얼마나 명민하고 엽렵했으면 주인의 후원을 받아 일본으로 유학까지 가게 되었겠나?"

노백린과 동기이자 이갑의 선배인 김희선은 그들에게서 들은 이야기를 허풍스럽게 떠벌렸다. 그 말을 듣고 그녀에게 얼핏 든 생각은 리웅준의 행적이 오다 노부나가의 가신(家臣)으로 겨울날 주인의 신발을 따뜻하게 품어 내놓아 인정을 받게 되었다는 도요토미 히데요시와 비슷하다는 것이었다. 하지만 김희선이 하도 리웅준을 칭찬해 대니 생각을 차마 도요토미 히데요시의 이후 행적에서 드러난 야망과 야욕으로까지 연결시키지는 못했다.

"저야 그쪽 세계를 잘 모르지만……. 확실히 남다른 데가 있긴 있나 보네요."

"난 네가 꽤나 똑똑하다고 생각했는데 이제 보니 순 헛똑똑이구나! 그저 남다른 정도라면 그렇게 혼인하자는 집안이 줄을 서겠어?"

뜨뜻미지근한 그녀의 반응이 못마땅했던지 김희선이 혀를 차며 말했다.

"그 군인 학생한테 혼인하자는 곳이 그렇게 많다고요?"

"아무렴! 모아 쌓으면 산더미라도 되리만치 많지! 어떤 부자의 딸과 혼담이 있었고, 어떤 대신이 사윗감으로 점찍었다는 이야기도 있으니, 확실히 탐나는 일등 신랑감인 게지!"

어린 그녀의 약점이자 맹점 중 하나는 경쟁을 좋아한다는 것이었다. 별로 대단해 보이지 않는 청년이 의외로 인기 있는 신랑감이라는 소리를 들으니 공연스레 마음이 흔들렸다. 이 또한 열등감에서 비롯된 '명예심'의 작동일 터였다.

─많은 후보자들 가운데 어떤 처녀가 그의 피앙세가 될까? 누가 될지는 모르지만 분명히 보통 사람보다 우월한 여성이겠지?

한편으로 경쟁심에서 촉발된 호기심과 욕심이 일었다. 애초에 김희선은 그들을 인사시키면서 청춘 남녀의 중신을 드는 양하였다. 이제 막 이성(異性)에 눈을 뜨고 춘정(春情)을 느끼기 시작한 소녀에게는 생각만 해도 가슴이 떨리는 일이 아닐 수 없었다.

─숙부는 왜 내게 그를 소개한 거지? 그렇게 쟁쟁한 경쟁자들이 있는 사람을?!

다른 한편으로는 오르지 못할 나무는 쳐다보지도 말라는 속담이 떠올라 우울한 마음이 깃들었다. 그녀는 마음의 가장 위험한 상태, 자기 마음을 알지 못하는 지경에 놓여 있었다.

그런데 잠시 잠깐 숙부의 집에서 일별했던 리응준이 그녀가 동경에 왔다는 소식을 듣고 학교까지 찾아온 것이었다. 응접실 문 앞에서 한참을 망설였다. 반가운 마음에 얼른 문을 열고 들어가고픈 생각이 드는 반면 이대로 도망쳐 가 숨어버리고픈 기분이 들기도 했다. 그래도 일부러 찾아온 사람을 내치는 건 예의가 아니고, 나중에 숙부가 알기라도 하면 한바탕 꾸지람을 들을 일이기에 용기를 한껏 자아내 문을 열었다.

그 가운데는 키 작고 얼굴이 납다대한 작은 군인이 서 있었다. 탄실은 그 작은 군인을 보았을 때 지금까지 경험해 보지 못한 무서운 생각으로 그 몸이 지진같이 떨렸다. 무엇인지 아주 남이라고는 말할 수 없는 듯한 친함을 주면서 도수장에 짐승을 이끌고 가는 백정도 저렇진 않을까 하는 의심을 일으켰다. 그 남자의 세포 하나하나가 전부 쇠나 돌로 되어 있지 않나 하는 의심을 일으켰다. 가늘고 작은 그 눈은 넘치는 듯한 정력을 모으고 또 모아서 빨갛고 검게 꼭 찔러놓은 듯하였다. 얼굴은 24, 5세 남자의 것으로는 극히 왜소하였으나 머리통은 오지동의같이 위가 퍼진 것이 지극히 컸다. 탄실은 이 어린 듯하고도 자기보다 10년이나 위 되는, 작은 남자의 머리와 눈이 맹수의 그것과 같이 무서우면서 경멸할 수 없어 보였다.[*]

경성에서 처음 만났을 때와 동경에서 다시 보았을 때, 리응준의 인상은 매우 달랐다. 예전엔 우습게 보였다면 지금은 무섭게 보였다. 조선과 일본이라는 공간의 차이인지, 1년의 시간이 흘러 그녀가 고아가 되고 리응준이 정식 육사 생도가 되었다는 조건의 문제인지, 아니면 또 다른 어떤 원인 때문인지는 확실치 않았다. 분명한 것은 그녀가 리응준에게 압도당했다는 사실이었다.

"오랜만이오. 잘 지내셨소?"

"아아……. 누구신가 했더니, 깜짝 놀랐습니다. 어떻게 여기를 찾아오셨나요?"

---

[*] 「탄실이와 주영이」(《조선일보》 1924년 7월 13일 발표) 중에서.

"숙부님한테서 편지가 왔기에 계신 곳을 알고 찾아왔지요."

평상복이 아닌 군복을 갖춰 입은 리응준은 완전히 다른 사람 같았다. 태도는 지극히 침착하고 냉정했으며 군인다운 절도가 있었다.

"아, 숙부께서 연락처를 알려드렸군요. 그렇다고 수고롭게 찾아오실 것까지는 없는데……."

그녀가 설핏 어려워하는 태도를 보이자 리응준은 얼른 말을 돌렸다.

"경성에서는 언제 떠나셨소?"

"8월 25일에 남대문 역에서 기차를 탔어요."

"아, 8월 25일이요? 그럼 나보다 하루 뒤져서 오신 게로군. 미리 알았다면 기차 시간을 맞춰볼걸 그랬소!"

뜻밖에 리응준이 크게 아쉬워하며 무릎을 쳤다. 남자를 전혀 모르는 그녀로서야 리응준의 변덕스러운 태도에 당황할 수밖에 없었다. 그녀가 조심스럽게 한 발 물러났다.

"알았대도 같이 오긴 어려웠을 거예요. 동행이 있었는걸요."

"동행? 그 사람은 지금 어디 있는데요?"

리응준의 작고 가는 눈이 날카롭게 빛났다.

"정희순이라는 그 친구는 상업학교에 들었어요. 그런데 학교가 멀어서 만나기가 쉽지 않네요."

희순이라는 이름을 듣고서야 리응준은 안도하는 표정을 지었다. 어쩌면 그는 엉뚱하게도 그녀의 동행이 남자일지 모른다고 의심했는지 모른다. 왜, 무슨 권리로 의심을 할까? 하지만 그때는 그녀의 생각이 거기까지 미치지 못했다.

"동행이 있다곤 해도 여자들끼리 먼 길을 떠나오기 무섭지 않으셨소? 탄실 씨는 보기와 영 다른 데가 있으시군요. 웬만한 남자도 내기 어려운 용기를 내셨습니다그려."

리응준은 냉정한 듯하면서도 이따금 한마디씩 친밀감을 드러내는 말로 대화를 이끌어가는 재주가 있었다. 덧붙여 말끝에 슬쩍 물결치는 눈웃음.

"숙부님께 탄실 씨를 돌아보라고 부탁받았소. 혹시 무슨 일이 생기면 주저하지 말고 육군사관학교로 편지하시오."

어떤 말은 명령조라서 무례하게 들리기도 했다. 차가운 말투와 는질는질한 눈웃음은 어울리지 않는 듯 기묘하게 어우러졌다. 그녀는 고개를 끄덕이며 대답했다.

"그렇게 할게요. 고맙습니다."

마음이 헝클어졌다. 리응준이 다녀간 후 그녀는 좀처럼 침착성을 회복할 수 없었다. 까닭 모를 혼란스러움이기에 당황스러웠다. 리응준의 인상은 너무나 복잡했다. 차가운 듯 다정했고, 특별한 감정을 내비치면서도 냉정하게 선을 그었다. 좋은 사람인지 나쁜 사람인지 헷갈리게 만든다는 점에서 이미 충분히 나쁜 남자였지만, 어수룩한 그녀는 어떤 판단도 내릴 수 없었다.

아무러한 우연이라도 사람의 일이라면 마음의 개입에 따라 위험이 되기도 하고 설렘이 되기도 한다. 하지만 아무런 마음도 껴들지 않는다면, 우연은 그대로 해프닝이 되어버린다. 희순의 오라버니 철순과의 일이 그러했다.

"오라버니! 저 왔어요!"

기차와 배와 다시 기차를 갈아타는 고단한 여정에 지쳐 말수까지 줄어들었던 희순이 동경 신바시[新橋] 역에 내리자 갑자기 생기를 되찾고 손을 흔들어댔다. 대합실에는 희순의 오라버니인 철순이 마중 나와 기다리고 있었다.

"희순아! 무사히 잘 왔구나. 경성에서 떠났다는 소식을 들었을 때부터 얼마나 걱정했는지 몰라. 다행이다, 다행이야!"

굳이 소개하지 않는다면 웬만한 사람은 희순과 철순이 남매라는 사실을 감쪽같이 모를 테다. 작은 키에 검푸른 낯빛을 한 희순 옆에서 철순의 훤칠한 키와 뽀얀 얼굴이 한층 도드라졌다.

"오라버니는 내가 언제까지나 어린애인 줄 아시나 봐. 이래 봬도 겐카이[玄海, 현해탄]를 가뜬히 건너온 유학생인걸요!"

"그래, 그래. 몰라 봐서 미안하다. 우리 막둥이가 정말 대단하구나!"

즐거운 오누이의 정담이 한동안 오가더니 희순이 화들짝 놀라며 잠시 잊고 있던 그녀를 소개했다.

"오라버니, 얘도 순이에요. 김명순. 집에서나 친구들은 탄실이라고 부르니까, 오빠도 탄실이라고 부르면 될 거예요."

"아, 오랜만에 동생을 만나 들뜬 마음에 친구분께 무례를 저질렀네요. 탄실 씨, 동경까지 오느라고 고생 많았어요."

올해 스물다섯 살이라는 철순은 행동거지며 말투가 매우 부드럽고 정중했다. 그는 대학에서 공학을 전공하고 있는데, 언젠가 제철소의 기사가 되어 조선의 공업을 일으킬 쇠를 만들겠다는 포부를 가지고 있다고 했다. 철순은 담박했다. 좋은 사람인지 나쁜 사람인지 헷갈릴 것이 전혀 없이 있는 그대로 좋은 남자였다. 하지만 그 사실이 어리고 어리석은 그녀를 흔들지는 못했다.

"또 오셨어요?"

희순이 다니는 상업학교보다 철순이 다니는 공업대학이 거리상 가깝다고는 하지만 그녀의 친구는 엄연히 희순인데 철순을 더 자주 보았다. 그는 아예 하루건너 혹은 이틀 건너 기숙사에 찾아와 면회를 청했다.

"오라버니도 학업에 바쁘실 텐데 저 때문에 아까운 시간을 빼앗기시면 어떡해요?"

그녀가 난처한 기색을 보이자 철순은 마치 큰오라버니가 어린 누이를 달래듯이 말했다.

"하도, 외로울 터이니까. 또 울지나 않나 하고 찾아온 거요."

철순의 말에 거짓은 없을 테다. 그는 자신의 말에 그 이상의 뜻이나 감정을 더하거나 빼거나 숨기거나 치장할 줄 모르는 사람이니까. 하지만 그녀는 왠지 그 단순함에 짜증이 났다. 자신을 지나치게 어린애 취급하는 것도 마음에 들지 않았다.

"선생님들이나 동무들이 모두 친절해서 불편한 일은 조금도 없어요. 그러니 오라버니는 제 걱정 마시고 희순이나 돌봐주세요."

완곡하나 분명히 의사 표시를 했는데도 철순은 좀처럼 그녀의 말뜻을 알아듣지 못했다.

"곧 추워질 테니 감기에 걸리지 않게 옷을 잘 챙겨 입어요. 따뜻한 차도 자주 마시고요. 여긴 조선과 달라서 온돌방이 아니고 다다미방이라……."

그러면서 옷을 입는 것부터 머리 빗는 것까지 한참 동안이나 충고를 했다. 그녀는 금세 따분해져서 일본에서 새로 사귄 사람들로 화제를 돌려보려 했다. 그러자 철순은 다시 일본 사람을 대할 때의 태도에 대해 일장 연설을 했다.

철순이 얼마나 좋은 남자인지는 충분히 알고 있었다. 모두가 그녀를 생각해서, 철순의 말대로라면 동생 희순이나 다름없이 아껴서 하는 잔소리일 테다. 하지만 감정의 일방통행은 구속일 뿐이었다. 대화의 일방통행은 설교일 뿐이었다. 그녀는 언젠가 그토록 착하고 성실하고 한결같은 남자를 놓쳐버린, 아니 놓아버린 것에 대해 후회할지도 모른다는 것을 어렴풋이 느꼈다. 하지만 끝내 철순에게 마음을 열 수 없었다.

고질이 도졌다. 낯선 환경과 새로운 상황 때문에 잠시 잊고 지냈던 외로움이라는 불치병이 다시금 급습했다.

孤·兒·ㄱ·ㅗ·ㅇ·ㅏ·o·r·p·h·a·n

고아라는 말은 낱낱의 생김새조차 아프다. 뿌리가 통째로 뽑혀나간 듯 허황하다. 아버지가 없고 어머니도 없다. 이해해 줄 사람이 없고 감싸줄 사람도 없다. 서러운 아이들이 엉엉 운다. 배고픈 아이, 길 잃은 아이, 비 오는 날 우산 없이 걷는 아이, 눈밭을 맨발로 헤매는 아이, 어둠 속에서 길 떠나는 아이, 아이, 외로운 아이들이 그녀의 가슴속에서 울고 있었다.

일본에서 만난 사람들은 뜻밖에도 매우 친절했다. 행여 생활에 불편한 점이 있을세라 자그마한 일에도 발 벗고 나서서 도와주었다. 휴일이면 동경 구경을 시켜준다며 여기저기 데리고 다니기도 했다. 조선에서 본 일본인들은 조선인들이 무어라 뜻을 전하려는 말을 '하따라 마따라' 하는 욕설로 듣고 상투를 잡고 뺨을 치기 일쑤였다. 하지만 파푸테스트 여학교에서 만난 일본인들은 그들과 전혀 다른 인종인 듯 예의 발랐으며 명석하고 재주 많은 유학생에게 호감을 보였다. 한때 '자전'이었다가 '게으른 학생'이 되었던 그녀의 별명이 어느덧 '귀여운 아이', '아름다운 아이'로 바뀌어 있었다.

진명에서 괴롭힘과 따돌림을 당했던 기억마저 잊을 만했다. 원하던 대로 선진적인 학문을 배우기 위해 유학을 왔고 수업도 만족스러웠다. 그럼에도 불구하고 일본인들과 맺는 관계의 한계는 엄연했다.

"탄실 상은 조선인 같지 않아요!"

일본인들은 '조선인'과 그녀를 분리시키려 들었다. 호의에서 비롯된 칭찬이랍시고 하는 말일 테다. 하지만 그녀는 그런 소리에 기뻐하며 동조하지 않았다. 설령 그가 자신을 도와주는 은인일지언정 정색을 하고 반항했다.

"조선 사람은 못난이가 아닙니다. 그들이 못났다면 당신들이 합방을 시킨 후로 연해 생활력이 쇠침해지는 탓입니다. 그 원인이 어디 있는지는 당신들이 잘 아실 것입니다!"

그녀는 외로운 나그네였다. 어쩔 수 없는 이방인이었다. 낮에는 귀엽고 아름다운 아이 노릇을 하기 위해 어깨를 펴고 활짝 웃었다. 밤에는 기숙사 차가운 침대 위에서 이불을 뒤집어쓰고 소리죽여 울었다. 외로움은 두려움의 쌍생아였다. 홀로 우물 속에 빠져 있는 것 같았다. 울다 잠들면 꿈속에서 깊은 늪에 빠진 채 허우적거렸다. 아무도 어둠 속에 갇힌 그녀를 눈치채지 못했다.

"아무래도 탄실 상이 향수병에 걸린 것 같네요."

김희선이 소개해 준 길 참령이라는 군인의 아내는 빼어난 일본 미인이었다. '옥상'이라 불리는 그녀는 남들이 조선인과 사는 계집이라고 손가락질하든 말든 아랑곳없었다. 버드나무처럼 낭창낭창한 몸매에 반듯한 이목구비, 한마디도 허투루 뱉지 않는 민첩한 말솜씨로 직접 만난 사람이라면 누구든 굴복시켰다. 그녀는 옥상을 닮고 싶었다. 자기가 원하는 것을 정확하게 알고, 그것을 지키기 위해 거침없이 당당한 여자로 살고 싶었다.

"옥상, 그걸 어떻게 아셔요?"

"아까도 경성의 비원(秘苑)이 얼마나 아름다운가를 이야기하다가 주르륵 눈물을 흘리지 않았어요? 고향이 그리워서 그런 거 아닙니까?"

하지만 그녀는 아직 세상이 두려운 작은 계집아이에 불과했다. 옥상의 말을 듣노라니 다시 목울대까지 울음이 차올랐다. 황금빛으로 넘치던 그 길이 눈앞에 삼삼했다. 조용히 찾아오는 봄, 쨍하게 더운 여름, 높디높은 하늘 아래 펼쳐지는 가을과 엄정한 침묵의 겨울까지……. 한시도 아름답지 않은 날이 없었다. 게다가 그곳에는 그녀가 사랑했던 사람들의 추억이 있었다. 선잠에서 깨어나 투정을 부리면 부드럽게 품어주던 어머니, 먹고 싶은 걸 마음껏 고르라며 과자 가게로 손목을 끌던 아버지, 이복동생이나마 때로 말없이 업어주던 오빠, 조카들을 위한 먹을거리를 챙겨 와서 보따리 보따리 풀어놓던 이모…….

"어린 시절을 떠올리면 꿀에 잰 밀감 껍질처럼 달콤하고 따뜻해요. 슬픈 일이나 아픈 일은 기억나지 않고 좋은 일만 있었던 것처럼 그리워요."

그 모두가 사라진 것이기에 아름다운가? 다시 돌이킬 수 없기에!

그것이 전부는 아니었다. 기실 외로움이 우울증으로 악화된 데는 향수병보다 심각한 원인이 있었다. 고학이라도 하겠다고 각오하고 떠나왔지만 돈벌이와 학교생활을 동시에 하는 건 마음만 먹어서 되는 일이 아니었다. 이모 영월이 매삭 내는 월사금을 보내주고 김희선이 식비를 보태주어 최소한의 생계는 해결했지만 용돈까지 청할 염치는 없었다. 틈틈이 이런저런 잡일을 하여 푼돈을 벌어도 궁핍한 형편을 벗어날 수 없었다. 오랫동안 용돈을 갖지 못한 채 지냈다. 친구들이 군것질을 하러 가자면 먹은 게 체했다고 피했다. 친구들이 영화를 보러 가자면 숙제를 핑계 대며 피했다. 궁색한 변명으로 사람을 피하다 보니 예전 같은 외톨이 신세가 되었다.

외로워서, 그리웠다. 개구리밥처럼 부유하는 마음을 붙일 무언가가 간절했다. 차가운 다다미방에 홀로 누워 외알박이 전등이 그네 타는 모습을 바라보노라면 생명 없는 그 물건에마저 눈물겨운 애착이 갔다.

외그림자조차 놀라운

외로운 여인의 방에는

전등조차 외로워함 같아

내 뒤를 다시 돌아다본다

외로운 전등 외로운 나

그도 말 없고 나도 말 없어

사랑하는 이들의 침묵 같으나

몹쓸 의심을 할 만도 못하다.*

　외로울 때 만나는 사람은 배고플 때 먹는 음식과 같다. 허기를 채우기에 급급해 맛을 가늠할 겨를이 없다. 단맛도 쓴맛도 맵거나 신맛도 모르는 채 허겁지겁 쓸어 넣는다. 개중에 영양가 있는 식보의 음식이 있다면 행운이다. 하필이면 독이 되는 악식이었대도 다만 불운일 뿐이다. 외로움은 우연을 가파르게 부추긴다.

　외로움을 앓아 병약해진 마음이 휘청거렸다. 금방이라도 고꾸라질 듯 비틀거렸다. 그때 마침 그곳에 우연히, 리응준이라는 돌이거나 쇠처럼 단단한 사내가 있었다.

　"보고 싶은 탄실아, 네가 일본으로 떠난 지도 벌써 일 년이 지났구나! 우리는 모두 잘 지낸단다. 타지에서 혼자 지내느라 얼마

* 소설 「탄실이와 주영이」 중에 삽입된 시 「신시(新詩)」 전문.

나 힘들겠느냐? 그래도 기왕 그 먼 데까지 간 바에야 마음을 굳세게 먹고 오로지 공부에 매진하여라. 열심히 공부해서 성공해 가지고 돌아오는 것만이 네가 할 일이다."

공부, 그리고 성공. 정해진 단어들이 반복되는 이모의 편지는 '공부 잘해서 돈을 모으라'는 아버지의 유언과 같은 의미였다. 괴이하고도 선명한 부담감. 그렇지만 마음의 짐이 무거워질수록 공부는 잘되지 않았다. 그녀는 조선에서처럼 입술을 깨물고 공부하는 대신 심란한 몽상에 빠지기 일쑤였다. 한 치 앞을 알 수 없는 불안감과 무어라도 해야 할 듯한 초조함으로 제대로 공부도 못하면서 책상 앞에서 밤을 새웠다. 그러다 보면 창백한 불면의 유령들이 옷깃을 펄럭이는 한밤의 고요 속으로 슬그머니 밀고 들어오는 상념이 있었다.

"리 군과는 어떻게 지내느냐? 틈나는 대로 자주 찾아보겠다고 나와 약속을 했는데, 허투루 말할 사람이 아니니 반드시 지키고 있겠지? 여자 혼자 험악한 타지에서 살려면 믿고 의지할 사람이 꼭 필요하다. 요즘 자작인가 남작인가 하는 집안의 딸과 혼인 말이 오간다는 소문이 있던데, 리 군의 의중이 어떤지는 알 수 없으니 모쪼록 좋은 관계를 유지하도록 하여라."

김희선이 보내온 편지에는 항상 리응준에 대한 이야기가 빠지지 않았다. 숙부는 리응준을 조카사윗감으로 점찍어두고 눈여겨보는 게 분명했다. 당시 여자 나이로 열예닐곱이면 혼기가 찼다고 말하기에 충분했다. 고향 친구들은 물론 여학교 동창 중에도 몇몇은 벌써 혼인해 아이 엄마가 되어 있었다. 새로운 삶을 꿈꾸는 여학생들은 조혼의 구습을 비판하며 세상에 맞섰지만 고립과 좌절을 겪을 때마다 전의가 상실되는 건 어쩔 수 없었다.

그런데 아이러니하게도, 그녀의 연애관은 다른 여학생 혹은 '신여자'들과 얼마간 달랐다. 그녀 또한 봉건적인 조혼과 강제 결혼을 반대했다. 동시에 자유연애라는 미명으로 도덕이나 도리에 벗어난 사련(邪戀)에 휩쓸려 들고 싶지 않았다. 기생 출신인 어머니를 부정하며 자란 그녀는 남녀 관계에 지극히 보수적인 편이었다.

―만약에 혼인을 할 것 같으면 여러 곳에 이르지도 말고 꼭 마음에 맞는 한곳에 이르렀다가 되면 하고, 되지 않으면 평생을 독신으로 지내야지! 이곳저곳을 기웃거리다가는 기생의 딸로서 난봉이 났다는 소리를 피할 수 없으리라!

공상 속에서 그녀가 그려내는 자신의 모습은 두 가지였다. 여전한 지식욕과 학구열로 공부에 매진해서 보란 듯이 성공하는 모습이 하나였다면, 그 댕돌같은 군인의 아내가 되어 정숙하게 내조하는 모습이 다른 하나였다. 평양 부호의 옥동녀로 자라면서는 전혀 몰랐던 사실이지만, 실로 공부는 '좀 여유 있는 연극'일 수밖에 없었다. 당장에 먹고사는 문제가 해결되지 않고서야 미래니 꿈이니 하는 고귀한 말조차 허영이고 허상이었다. 그렇다면 어차피 공부로 성공하지 못할 바에야 뭇사람들에게 촉망받는 전도양양한 청년을 꽉 붙드는 편이 낫지 않을까? 두 가지 욕망이 그녀의 어린 가슴속에서 소용돌이치며 엎치락뒤치락하였다.

그러는 사이 리응준에 대한 경계심은 감쪽같이 사라졌다. 모두가 칭찬하는 사람, 탐내는 사람, 강렬한 욕망과 의지의 인간을 맹목적으로 신뢰하게 되었다. 지금까지 경험해 보지 못한 무서운 생각으로 지진같이 떨리던 몸, 의심과 두려움으로 얼어붙었던 직감의 경고를 잊었다.

"탄실 상, 면회입니다."

사환이 방문을 두드리는 순간 가슴이 세차게 뛰기 시작했다. 서둘러 옷매무새를 가다듬고 거울을 들여다보았다. 풍성한 머리채를 발뒤축까지 세 묶음으로 묶어서 늘어뜨린 아름다운 소녀가 부끄럼과 설렘으로 방긋 웃고 있었다.

"오셨군요."

"지난주에 오려 했는데 훈련 때문에 못 왔습니다. 잘 지내셨나요?"

"저야……. 약간의 고민이 아니라면 견딜 만해요."

"고민이라면, 무슨?"

리응준이 커다란 머리를 그녀 쪽으로 기울이며 다가앉았다. 그 모습이 자기를 걱정해 주는 것 같아서 그녀는 살짝 흥분했다.

"학생에게 다른 고민이 있겠어요? 공부 때문이지요."

"공부요? 탄실 씨가 공부 걱정을 하다니 뜻밖입니다. 학문 탐구에 관한 한 탄실 씨만큼 열렬한 여성을 본 적이 없는데!"

리응준이 자신을 명석한 학구파로 봐주는 건 나쁘지 않았다. 하지만 문득, 그녀는 여자이고 싶었다. 그래서 늘어뜨렸던 풍성한 머리채를 겨드랑이 아래로 끌어다 쓰다듬으며 말했다.

"칭찬해 주셔서 고맙지만, 저는 아마 끝까지 공부에 매진하진 못할 것 같아요. 타락함 때문인지 전같이 공부가 되지를 않아요."

그즈음 그녀는 '내가 게을러졌다. 내가 타락하여 간다'는 말을 입버릇처럼 중얼거리곤 했다. 책을 펴도 좀처럼 공부에 집중하지 못하고 리응준이 했던 말과 행동을 곱씹거나 공상에 빠져들곤 했던 것이다. 그녀가 쓰는 '타락'이라는 새 문자는 그 정도의 뜻을 담은 반성과 자책의 단어였다. 까마득히 몰랐다. 같은 말이라도 받아들이는 사람에 따라 전혀 다른 뜻으로 해석될 수 있다는 것까지는 생각지 못했다.

"도쿄가……. 넓기는 넓어."

리응준의 얼굴이 이상스럽게 붉었다.

"이런 곳에, 이런 조선 것이 있을 줄 누가 알까?"

혼잣말인 듯 웅얼거리는 말투도 이상스러웠다. 리응준은 그녀의 얼굴을 뚫어져라 들여다보았다. 칼자국처럼 가늘고 길게 찢어진 눈구멍에서 충혈된 눈알이 번들거렸다.

"왜 그러세요?"

"뭐 하나만 물어보지요."

"……?"

"요새도 상업학교에 다니는 동무의 오라비라는 그 불도그같이 생긴 것이 찾아오오오?"

이상한 질문이었다. 질문하는 태도도 예사롭지 않았다. '불도그 같이 생긴 사람'도 아니고 '생긴 것'이라니, 아무리 없는 데서 하는 말이지만 그 무례함이 도를 넘었다. 하지만 그녀 또한 이상스러운 충동에 사로잡혀서 툭, 경솔하게 대답했다.

"아이, 와요. 어떤 날엔 밤 든 때에 와서 기숙 사감의 눈치를 보아요."

아·이·와·요……밤·든·때·에……눈·치·를·보·아·요…….

그로부터 10년이 지나고 20년이 지나서까지도, 그녀는 그 말이 어떻게 '타락'의 증거가 되었는가를 끊임없이 곱씹고 되새김질했다. 어쩌면 말끝에 교태가 묻어 있었을지 모른다. 방종의 흔적이 얼비쳤는지 모른다. 여하튼 그때 그녀는 리응준에게 폐쇄적인 구여성과 다른 매혹적인 신여자로 보이고 싶었으니까. 하지만 희순의 오라비 철순의 방문을 단 한 번이라도 심각하고 진지하게 생각했다면 그런 말은 절대 하지 않았을 것이다. 그저 리응준이 정철순을 질투하는 기미를 보이자 우쭐하는 마음에 내뱉었던 것뿐이다.

분명 실수였다. 그러나 죄는 아니었다. 그럼에도 벌을 받아야 한다고 했다. 타락한 여자에게는 그에 어울리는 대접을 해줘야 한다고 했다. 탕녀를 숙녀처럼 취급해서는 곤란하다고, 역시 더러운 피는 속이려야 속일 수 없다고.

*

숨이 막혔다. 겁에 질렸다. 말을 잃었다. 넋이 나갔다. 얼결에 끌려 들어간 굴길에서 길을 잃었다. 어둠이 사방에서 사납게 옥죄었다. 길고 가는 몸이 한껏 오그라들었다.

"왜 이래요?"

어둠은 도사린 채 대답하지 않았다.

"대체 왜 이러시는 거예요?"

어둠이 씨근덕씨근덕 더운 숨을 뿜으며 다가왔다.

─조용히 해!

그제야 어둠이 대꾸했다. 어둠의 목소리는 낮고 음산했다.

"이, 이러지 마세요!"

등줄기에 와르르 소름이 돋고 온몸의 잔털이 까스스 일어났다. 어둠의 목소리만큼이나 자신의 목소리가 낯설었다. 또렷이 뜻을 밝히고 주관을 내세우던 목소리는 온데간데없고 무력한 잔짐승의 신음 소리만이 새어 나왔다.

―입 닥쳐!

위험의 정체가 점차 선명해졌다. 어둠은 그녀를 겁박하고 있었다. 상처까지 가려줄 수 있으리라 기대했던, 그리하여 기대고 싶었던 어둠이 사나운 이빨을 드러내고 으르렁거리고 있었다.

뜨거운 공기로 가득 찬 듯 달뜬 머리에서 영혼이 스르르 빠져나가 동실 허공으로 떠올랐다. 어린 날부터 때때로 연습하곤 했다. 두려울 때, 슬플 때, 그리고 외로울 때, 그녀는 하나일 수밖에 없는 육신과 영혼을 둘로 분리시켰다. 차갑고 투명한 영혼의 눈으로 지쳐 비틀거리는 육신을 바라보노라면, 두려움과 슬픔과 외로움 또한 내 것이되 내 것이 아닌 양 거리를 둘 수 있었다. 그러면 조금은 덜 두렵고 덜 슬프고 덜 외로웠다.

"아, 안 돼요!"

그녀는 뒷걸음질했다. 절망과 공포로 온몸이 얼어붙었지만 그대로 주저앉을 수 없어 비척거렸다. 그녀의 무력한 몸짓을 바라보며 어둠이 씨익, 잔인하게 웃었다. 왁살스런 검은 손이 뻗쳐왔다. 그녀는 거미줄에 걸린 나방처럼 손사랫짓하며 파닥거렸다. 피식, 어둠이 같잖다는 듯 비웃으며 순식간에 손목을 낚아챘다. 뼈가 바수어지는 듯 날카로운 통증과 함께 그녀의 몸이 휘청댔다. 눈높이가 엇비슷할 정도로 작은 키에 호릿한 체구 때문에 잠시 방심을 했는지도 모른다. 하지만 격식과 범절로 포장했던 위선의 껍데기를 벗어던지자 사납고 잔인한 본성이 일시에 드러났다. 조선

인도 고향 사람도 육군 소위도 아닌, 그는 그저 한 마리의 발정
난 수컷이었다.

우두둑, 앞섶 단추가 뜯겨나갔다. 부드득, 치마 솔기가 터졌다.
미친 여자처럼 마구발방하며 할퀴고 물어뜯고 몸부림쳤다. 그는
성가시다는 듯 쩟, 짧게 혀를 찼다. 동시에 턱에 한 방, 아랫배에
한 방 돌주먹이 내리꽂혔다. 껵껵, 숨조차 제대로 쉴 수 없었다. 질
질, 벌어진 입으로 묽은 침이 흘러내렸다.

─죽기 싫으면 가만히 있어!

협박조로 을러대는 말이 예사롭지 않았다. 한때 그를 경계하지
않고 무람없이 말을 주고받다가 군인이 되기 위해 학교에서 무엇
을 배우냐고 물은 적이 있었다. 그는 눈 하나 깜짝하지 않고, 너
무 진지해서 마치 농담처럼 느껴지는 대답을 했다.

─사람을 죽이는 방법을 배우지.

쥐도 새도 몰랐다. 그를 제외하곤 그녀가 이 낯선 동네의 작은
여관에 묵고 있다는 사실을 아는 사람은 아무도 없었다. 눈물조
차 나지 않았다. 눈앞이 캄캄했다. 어둠에 무참히 유린당하는 동
안 그녀의 육신은 아무것도 보고 듣지 못했다. 나락에 떨어져서
도 깨어 있는 영혼만이 밝은 눈을 홉뜨고 모든 것을 낱낱이 지켜
보았다.

무언가 알 수 없는 것이, 낯설고도 익숙한 것이, 내 것이되 내
것이 아닌 것 같은 것이 뜯겨나가고, 부서지고, 갈기갈기 찢겨나

가고 있었다. 얼얼하고, 먹먹하고, 쓰디쓴 독물이 몸의 가장 밑바닥으로부터 역류했다. 하지만 그녀의 육신이 만신창이가 되어갈수록 영혼은 청청해졌다. 한순간도 놓칠 수 없었다. 비참하고 끔찍해도 직시해야만 했다. 언젠가 그녀는 영혼의 기억을 쓸 것이다. 내게 일어난 일이되 내 일이 아닌 양, 두려움을 잊고 슬픔도 억누른 채 지옥에서 일어났던 일을 증언할 것이다. 마지막 숨이 떨어질 때까지 용서치 못할 괴물을 그려낼 것이다.

참혹한 강간의 피해자이면서도 손가락질을 받아야 했던, 아무도 처벌하지 않는 강간범 대신 세상의 비난을 들쓰게 된, 그녀가할 수 있는 유일한 공격이자 방어는 그것이었다. 그녀는 철저히홀로 싸울 운명이었다. 그 싸움은 속옷에 묻은 허망한 파과의 흔적처럼 쓰라린 붉은빛이었다.

의심의 소녀

나는 별들의 다도해를 보았네! 그리고 섬들
열광하는 하늘이 항해자에게 열려 있는 것을
―그대 잠들어 달아나려는가, 이 바닥없는 밤에?
수만의 황금빛 새들이여, 오 미래의 기운이여―

하지만, 진실로, 나는 너무 많이 울었지! 새벽은 비통하기만 하고
모든 달은 잔인하고 모든 태양은 가혹했지
날카로운 사랑은 나를 무기력에 취해 버리게 만들고,

오, 나의 배는 산산조각 나도다! 오, 나는 바다로 가련다!*

열일곱의 랭보는 '취한 배'를 타고 시의 세계를 항해하며 빛나는 별들을 길어 올렸다.

조숙한 천재, 반역아, 나그네, 행려자, 편집광, 바람 구두를 신은 사나이, 그리고 떠도는 별.

수많은 별명만큼이나 수많은 기담(奇談)이 꼬리표처럼 따라다니지만 그의 짧은 생애를 한마디로 하면 자유, 그것이었다. 서른일곱, 아직 젊은 나이로 그가 죽은 것은 병으로 다리를 절단하고 더이상 자유롭게 떠돌지 못하게 되었을 때였다. 자유는 삶의 방식이 아니라 생명 그 자체였으므로.

열일곱에 랭보를 읽으며 그녀는 자유를 꿈꾸었다. 일체의 속박을 벗어나 온전한 나와 마주할 순간을 고대했다. 한순간 날개를 꺾여 지옥으로 추락하리라는 건 상상조차 하지 못한 채 찬란한 빛을 몽상했다. 그녀는 이제 별을 볼 수 없다. 모지라진 달과 태양의 위세에 눌려 고개 들어 하늘조차 볼 수가 없다. 밑바닥에서 다시 밑바닥으로, 바닥의 끝조차 알 수 없는 절망으로 가라앉고 있었다.

—바다로 가고 싶어!

발밑으로 더러운 물이 흐르고 있었다. 물풀과 쓰레기들이 뒤엉켜 썩은 냄새가 났다. 그렇지만 몇 날 며칠을 울음으로 뭉개진 그

---

* 프랑스 시인 아르튀르 랭보의 시 「취한 배(Le bateau ivre)」 중에서.

녀의 코엔 얼핏 짜고 비린 바다 향기처럼 느껴졌다. 맥없는 풀벌레 울음과 후닥닥 달아나는 시궁쥐 소리 대신 펄럭이는 파도와 갈매기 울음소리가 들렸다. 바다가 그녀에게 손짓했다.

—어서, 어서 탈출해라! 너의 배는 산산조각 났다!

오랫동안 유혹받았다. 철모르쟁이 시절부터 정체조차 알 수 없는 죽음에 강렬하게 이끌렸다. 죽고 싶다고, 이 세상에서 영원히 사라져버리고 싶다고, 일기장에 빼곡하게 적어 넣기도 했다. 그때 죽음에 대한 희구란 삶에 대한 열망에 다름 아니었다. 제대로 살고 싶다고, 행복하고 싶다고 애타게 부르짖고 있었던 것이다.

—깊은 바다 밑바닥에도 무언가가 살겠지. 빛이 닿지 않는 곳에서 눈 어두운 물고기들이 아주 느리게 헤엄쳐 다닐 거야. 그들이라면 나를 받아주겠지. 한정 없는 시간 동안 압력을 견디며 납작하게 살아온 그들이야말로 나를 이해할 거야. 진정한 벗이 되어줄 거야……!

더 이상 견딜 수 없었다. 비정한 세상, 동정 없는 사람들로부터 도망치고 싶었다. 삶이 온통 고통이라면 죽음은 평화이자 해방일 테다. 아무것도 보지 않아도 된다. 아무것도 듣지 않아도 된다. 아무것도 몰라도 된다. 아무도 만나지 않아도 된다. 아무것도 생각하지 않고 아무것도 걱정하지 않아도 된다. 그녀는 만족스러운 듯 희미하게 웃었다.

"이봐요, 거기! 지금 뭐하는 거야?"

그녀의 몸이 다리의 난간을 향해 가파르게 기울었을 때, 누군가 고함을 질렀다.

"그만둬! 위험해요!"

뒤이어 여자의 비명 소리와 개 짖는 소리가 이어졌다. 마음이 다급해졌다. 눈을 질끈 감고 허공으로 몸을 던졌다. 도망쳐야 한다. 이곳이 아니라면 저곳으로, 저곳이 아니라면 그곳으로! 어디로든 여기가 아닌 곳으로! 그러나 간발의 차이로 탈출은 불발했다. 누군가가 달려와 다리 아래로 떨어지려던 그녀의 몸을 낚아챘다.

"놔요! 놔줘요! 난 가야 한단 말이에요!"

만류하는 손길을 뿌리치고 다시 난간을 향해 달려갔다. 놀란 사람들이 몰려들어 팔다리를 눌러 잡자 미친 여자처럼 눈을 까뒤집고 거품을 물며 몸부림쳤다.

"제발, 놓으라고! 난 가야 한다고!"

누군가 발광하는 그녀의 뺨을 때렸다.

"정신 차려요! 대체 어디로 간단 말이에요?"

입술이 찢어졌는지 비릿한 피 맛이 혀끝에 느껴졌다. 고통만이 여전히 살아 있다는 징표였다.

"……바다로!"

자살 시도, 아니 탈출에 끝내 실패하고 만 그녀는 신음처럼 한마디를 남기고 혼절했다.

열아홉의 유달리 뜨겁고 습하던 여름, 사고가 났다. 그렇다. 사고였다. 인력거나 전차에 치인 것처럼 느닷없었다. 날치기를 당한 것처럼 순식간이었다. 강도를 당한 것처럼 완력에 제압되었다. 절도를 당한 것처럼 제 것을 빼앗겼다. 하지만 사람들은 교통사고를 당한 환자를 병원에 데려가 치료하거나 날치기와 강도와 절도를 당한 불의의 피해자를 동정하는 것처럼 그녀를 대하지 않았다. 환자이면서 피해자인 그녀를 비난했다. 손가락질하며 수군거렸다. 그녀는 피해를 입은 죄인이었다. 그녀의 죄는 정조를 잃었다는 것이었다.

그녀는 강간당했다. 폭력과 협박을 통해 원치 않는 성관계를 가졌다. 처음 사고를 당했을 때는 자신에게 무슨 일이 일어났는지도 제대로 기억해 내지 못할 정도로 얼이 빠졌다. 찢겨진 속옷, 피 묻은 치마, 팔과 다리에 일룩덜룩한 피멍이 무언가 사납고 모진 일을 당했다는 사실을 확인시킬 뿐이었다.

"조선에서 편지가 왔다면서요? 숙부께서 보내신 건가요?"

"음, 그렇소."

"뭐라고 하시던가요?"

"탄실 씨 사정이 하도 딱해 보여서 그러니 학비를 좀 도와달라고 했더니만, 그에 대한 답은 없고 엉뚱한 이야기만 잔뜩 늘어놓으셨더군."

"엉뚱한 이야기라니요?"

"탄실 씨와 좋은 관계를 가지라느니, 자주 만나라느니……."

미처 눈치채지 못했다. 언제부터인가 그녀와의 혼인을 종용하는 김희선의 편지를 받을 때마다 리응준의 표정에 짜증이 묻어났다. 리응준이 그녀를 만나러 기숙사에 오는 일보다 그녀가 리응준을 만나기 위해 외출하는 일이 늘어났다. 어느 때인가는 탁자를 사이하고 마주 앉아서 이야기를 나누다가 함께 일어났는데 그녀의 위아래를 훑어보는 리응준의 눈길이 심상치 않았다.

"거참, 여자가 그리 키가 크고 뼈마디가 눌진눌진해서 어쩌누?"

여태껏 들어본 적 없는 뜻밖의 말에 그녀는 놀라 자기 귀를 의심했다.

"네? 지금 뭐라고 하셨어요?"

"뭘? 별말 안 했소."

리응준은 신경질적인 표정을 감추고 시치미를 떼며 말실수를 무마했다. 당시의 미의 기준이 부드러운 살집을 가진 아담한 여자를 선호하는 것이 사실이었지만 당사자를 앞에 두고 키가 크니 작니 하는 것은 예의가 아니었다. 무례일뿐더러 모욕이었다.

그녀는 몹시 화가 났지만 내색하지 않으려 애썼다. 별것 아닌 걸 흉잡아 집요하게 가탈을 부리는 까닭은 그것이 필시 열등감을 자극하기 때문이었다. 나란히 서면 리응준의 정수리가 그녀의 눈에 들어왔지만 정작 그녀는 리응준이 자기보다 키가 작다는 사실을 거의 의식하지 못하고 있었다. 당당하고 자신감이 넘치는 모습이 나폴레옹 같다고 추어주기도 했다. 하지만 리응준은 '작은 거인'인 나폴레옹 같다는 칭찬에서 '거인'이 아니라 '작은'이라는 말만 가려들은 모양이었다.

자기를 내세우기 위해 그녀를 끌어내리려 안달하는 리응준을 오랫동안 미련하게 참았다. 어쩌면 그를 정말로 좋아했다기보다 처음이라는 사실에 집착했기 때문이었다. 처음 이성으로 만난 상대였고 처음 마음을 열었던 사람이었다. 그녀에게는 처음의 신화(神話)에 더하여 그것이 끝이어야 한다는 강박까지 있었다. 화류사랑의 공식이나 다름없는 뇌봉전별(雷逢電別), 벼락같은 만남과 번개 같은 헤어짐은 있을 수 없는 일이었다. 이 남자 저 남자를 간보고 저울질하는 건 기생의 난봉이나 다름없었다. 이미 산월은 이 세상 사람이 아니었지만 그녀는 여전히 산월의 반대 방향으로 달아나기 위해 발버둥하고 있었다.

그랬다. 사건이 터지기 전에 수많은 신호가 있었다. 다만 그녀는 그것을 번연히 보고서도 보지 못하는 척했다. 두려움이 어리석음을 부추기고 비굴을 낳았다.

"흥, 남자라곤 모른다고? 어디서 수작질이야?!"

리응준이 그녀를 유린하며 지껄이던 말은 공포 그 자체였다. 심지어 다리 사이로 흘러나와 치마에 얼룩진 피를 보고도 이것이 그녀의 첫 경험이라는 사실을 믿지 않았다. 그제야 문득, 정철순 이 자주 면회 오는가를 물을 때 리웅준의 독사눈에서 뿜어 나오던 이상한 광채의 수수께끼가 풀렸다. 오래전부터 그는 의심하고 있었던 게다. 리웅준의 머릿속에서 그녀는 여러 사내들과 난잡하게 놀아난 음란하고 방탕한 여자였다. 치밀하고 냉정한 야심가가 언감생심 그런 여자와 혼인할 리 없었다. 그런 여자는 그저 그런 방식으로, 야비하고 잔혹하게 짓밟아주면 되는 것이다.

한여름 밤의 꿈은 악몽으로 끝났다. 처음은 어이없이 침몰했고, 시작 없이 끝만 남았다.

✿

떠날 때 바다는 희망으로 넘실댔다. 돌아올 때 그 바다는 절망으로 술렁이고 있었다. 떠날 때 기차는 설렘으로 힘차게 달렸다. 돌아올 때 그 기차는 기적 소리마저 처연했다. 금의환향까지는 아니더라도 이런 처지가 되어 돌아올 줄 몰랐다. 어느새 울보딱지가 되어버린 그녀는 바다를 보며 울고 기적 소리를 들으며 또 울었다. 눈이 아프고, 목이 아프고, 무엇보다 마음이 북북 찢겨나가는 듯 아팠다.

몸은 서서히 아물어갔다. 사고 직후에는 옷을 갈아입거나 목욕을 할 때 살갗에 닿는 제 손길에마저 깜짝깜짝 놀랄 정도였지만 하나둘 옅어지는 멍과 함께 몸의 상처는 아물었다. 그러나 마음은 괴이하게도 시간이 지날수록 짓물러갔다. 피해당한 죄인에 대한 세상의 잔인하고 모진 시선 때문이었다.

졸업 시험을 한 글자 헛하지 않게 보고도 국정여학교의 졸업장을 받지 못했다. 만신창이가 된 몸과 마음을 추스르며 은둔한 사이 조선의 신문에 '추악한 행실'에 대한 기사가 나고 구설수에 오르면서 학교에서는 그녀의 이름을 졸업생 명부록에서 지워냈다. 조선인 유학생들의 회합 자리에 그녀는 매번 단골 메뉴로 끌려나가 씹히는 안줏거리가 되었다. 입에서 입으로 전해지며 살이 붙은 이야기 속에서 그녀는 남자에게 함부로 꼬리를 치고 욕정에 사로잡혀 기숙사를 무단이탈하는 불량 소녀가 되어 있었다.

"그러니 그 지경을 당했겠지! 오죽하면 리 모 소위가 관계까지 맺고도 혼인은 불가라고 못을 박겠는가?!"

'당할 만하니 당했다'는 논리는 그녀의 항변을 구차한 변명으로 만들었다. 실패한 자살 시도마저 잘못을 가리기 위한 '쇼'라고 수군거렸다. 이런 평판이 자자해지자 그녀를 수양딸처럼 아끼던 길 참령과 옥상마저 손을 놓았다.

"탄실 상, 조선으로 돌아가는 게 좋겠어요. 졸업장을 못 받았으니 상급 학교로 진학할 길도 끊겼잖아요? 조선에 가서 쉬다가 회복이 되면 거기서 고등보통학교를 졸업하고 다시 유학을 와요."

너무 많은 것을 한꺼번에 잃었다. 그녀는 텅 빈 껍데기의 모습으로 조선으로 돌아왔다. 어느 해보다 스산했던 가을과 겨울, 달팽이처럼 몸을 말고 집 안에 칩거했다. 문밖에서 가을바람이 노크했다. 창밖에서 흰 눈이 수인사를 보내왔다. 깊고 긴 가을과 겨울을 그녀는 창백한 고독 속에 고립되어 보냈다. 그녀가 침묵에 빠져 있으면 아무도 말을 걸지 않았다. 그사이 동생들 몇은 부잣집에 양자나 양녀로 보내졌다. 다들 산월의 미색을 물림하여 인물이 좋고 그녀와 달리 구김살이 없는 성격이었기에 양가에서 귀염을 받는다고 하였다. 그들과의 소식도 맥없이 끊어졌다. 불행한 사람끼리는 눈을 마주치길 원하지 않는다. 행복한 사람은 멈칫거리며 뒤돌아보지 않는다.

끝없이 깃드는 우울과 자살 충동에 맞서 그녀는 다시금 홀로 싸워야 했다. 그때 철저히 고립된 채 유폐되거나 추방되었던 그녀의 벗은 어린 시절부터 쳐온 피아노, 그리고 문학이었다.

오오 그처요 오빠야

그 보드랍지 않은 피아노 소리

바람이 불어서

봉오리마다 서로 어우르니

고운 멜로디가 세상 차서

사랑하는 이의 눈살을 펴 운다

아―그쳐요 사람 좋은 오빠야.*

　몰아치는 폭풍처럼 피아노 건반을 두들기고 나면 잠시나마 마음이 후련했다. 그런데 당연히도 피아노는 소리가 났다. 소리는 담을 넘어 골목으로 퍼져 나갔다. 행여 지나던 누군가가 베토벤을 듣고 그녀의 광증을 어림짐작하고, 쇼팽을 듣고 그녀의 비애를 추측할지도 모른다. 그녀는 이미 '숨겨진 발자취'를 추적한 신문 기사로 인해 길거리에서 발가벗겨져 난도질당한 것이나 다름없었다. 더 이상 어느 누구에게도 재단당하도록 노출하고 싶지 않았다.

　애초에 그녀가 가장 몰두했던 건 피아노였지만 문학은 음악과 다른 매력으로 다가왔다. 일본에서 유학하던 시절에 그녀는 조선 유학생 기관지인 《학지광》에 「월광(月光)」이라는 시를 발표한 적이 있었다. 습작에 가까운 소품이었지만 그렇게 창작의 물꼬를 텄다. 그러나 그때까지도 작가가 되겠다는 생각을 진지하게 해보지는 않았다. 막 태동하기 시작한 조선 문단에는 작가가 몇 되지 않을 뿐더러 여성으로서 글을 쓰는 이는 전혀 없었다. 산업 혁명으로 근대를 열어젖힌 영국에서조차 여자가 글을 쓰는 일을 "뒷다리로 걷는 강아지처럼 모양은 좋지 않아도 사람을 놀라게 한다"고 비

---

* 시 「그쳐요」(《조선일보》 1924년 5월 23일 발표) 중에서.

하했던 시절로부터 그리 멀지 않은 때였다.

'조선 최초의 여성 작가'라는 이름보다, 명예와 환호보다 그녀를 문학으로 이끈 것은 따로 있었다. 위험과 논란 속에서도 그녀는 이야기하고 싶었다. 가슴속에 가득 차 있는 감정들과 머릿속에서 도깨비불처럼 떠다니는 생각들을 바깥으로 풀어내지 않으면 가슴이든 머리든 터져버릴 것 같았다. 고통, 슬픔, 복수심, 분노, 절망, 고뇌 그리고 외로움……. 해야 할 말이 너무 많았다. 환희, 열정, 그리움, 기다림, 희망 그리고 아름다움에 대한 순정한 찬탄……. 하고 싶은 말도 너무 많았다.

살기 위해 글을 쓰기 시작했다. 죽지 않기 위해 문학을 부둥켜잡았다. 미치지 않기 위해 창작에 몰두했다. 그중에서도 소설은 울부짖고 싶지만 눈물은 들키기 싫은 마음에 꼭 들어맞는 장르였다. 그녀는 소설의 주인공들 뒤에 숨어 자기를 감췄다. 주인공들의 입을 통해 자기 이야기를 했다. 소설로 하는 숨바꼭질은 박진감 넘치지만 안전했다. 원고지 칸칸이 자기를 채우며 그녀는 서서히 치유되었다.

1916년 4월, 그녀는 숙명여자고등보통학교에 입학했다. 다시 공부할 수 있을 만큼 회복된 상태라고는 하지만 사건의 상흔이 완전히 가실 리는 없었다.

그는 고개가 자칫 숙어서 목이 더 길게 보이는데, 얼굴은 둥글고 머리는 히사시*로 틀어 얹었으나 검고 윤이 나는 머리털은 수가 성글게 보였다. 그의 높은 코에는 언제나 가루분이 더덕져 있고 눈은 크고도 검었으나 그 초점은 항시 흔들리고 있었다.**

그녀가 자기만의 무대에 올랐다. 그곳은 빛으로 가득 찬 투명한 공간이었다. 사뿐사뿐 무대 중앙의 피아노로 다가가 가만히 의자를 당겨 앉았다. 조명이 꺼진 객석은 어둠으로 가득 차 무엇이 도사리고 있는지 식별할 수 없었다. 평시에 그녀의 자리는 그곳, 어둠과 가까운 구석빼기였다. 하지만 피아노 앞에서만은 황홀한 빛의 한가운데서 자신을 말한다. 언어가 아닌 음률로 가슴속에서 들끓는 격정을 호소한다.

희고 가는 손가락이 건반 위에서 어지러이 춤을 추었다. 숙명여고 음악실에서 홀로 피아노를 치는 상급생을 지켜보던 이는 후일 소설가 박화성이 된 박경순이었다.

"경순인 작문을 잘 짓는다지?"

용케 후배의 이름을 기억하며 관심을 보이는 가느다란 목소리에는 평안도 사투리가 섞여 있었다. 글을 잘 쓴다는 사실에 호감을 표시하는 커다란 눈은 설핏 웃음기로 처져 있었다.

---

* 히사시가미(ひさしがみ). 메이지 후기부터 대정 초기까지 유행했던, 앞머리를 모자 차양처럼 내밀게 한 머리 모양. 특히 여학생들에게 인기가 많아 여학생의 별칭으로도 사용됨.
**『눈보라의 운하·기행문 ─ 박화성 문학전집 제14권』(푸른사상, 2004년)에 수록된 수필 「아롱다롱한 소녀의 꿈은」 중에서.

"내가 지금껏 지켜보기로, 경순인 어려도 내 맘을 알 거 같아."

몇 번인가 마주친 후로 그녀가 먼저 말을 붙이며 친근감을 드러냈다. 애당초 그녀는 말 없고 조용한 아이가 아니었다. 어린 시절 친구들과 함께 노루처럼 산들을 뛰어다니며 놀았다. 그때 또래들끼리 나누었던 소소하고 고소한 재미를 잊지 않고 있었다. 마음껏 수다를 떨고 싶었다. 재채기처럼 터져 나오는 웃음을 참느라 얼굴이 새빨개진 채로 속닥속닥 비밀을 털어놓고 싶었다. 간절히 누군가와 마음을 나누고 싶었다.

진명에서 그러했듯 숙명에서도 그녀는 오갈 데 없는 외톨이였다. 그래도 다들 머리가 컸다고 드러내놓고 유치하게 따돌리는 짓은 하지 않았다. 하지만 아무도 말을 걸어주지 않으니 하루 종일 단 한마디 하지 않고 귀가하는 날도 있었다. 입에서 군내가 났다. 어쩌면 따돌림보다 냉담과 외면이 더 무서울 수 있다는 것을 시시때때로 느껴야 했다.

보결로 편입한 그녀에게 10여 명의 기숙생들이 큰 방 두 개에 나눠 지내는 생활은 고통스러웠다. 전국에서 모여든 깜찍하고 암팡진 계집아이들은 서로서로 S 언니와 동생을 만들고 끼리끼리 무리를 지어 속살거렸다. 그녀에게는 누구도 다가오지 않았고 그녀도 누군가에게 다가가지 못했다. 행여 동경에서의 그 일을 알은체하면 어쩌나, 외로움보다 더 큰 두려움에 사로잡혔기 때문이었다.

그럴 때마다 그녀는 음악실로 숨어들었다. 숙명학교는 창가와 더불어 풍금 연주를 필수로 가르쳤다. 수업이 없는 텅 빈 음악실은 묘한 감상을 자극했다. 창문을 통과한 햇빛 줄기를 따라 피어오르는 먼지까지도 아련했다. 그곳에서 풍금을 치고 노래를 부르고 책을 읽고 상념에 잠겼다. 혼자 하는 일이라면 무엇이든 자신 있었다. 혼자라면 외로운 만큼 자유로웠다.

그녀가 풍금을 치며 가장 많이 부른 노래는 〈어머니의 환영〉이었다. 언어와 음률로 표현하는 웃음과 눈물, 빛과 어둠, 환희와 슬픔, 압제와 해방……. 그 모두에 어머니의 허황한 그림자가 드리워져 있었다.

그녀는 풍금에 초보인 후배 경순 앞에서 꽤 어려운 곡을 쳐 보이기도 했는데, 자신이 좋아하는 곡을 연주할 때면 팔과 몸을 자유롭게 흔들며 음악에 심취했다. 수업 시간에 이른바 바른 자세라고 배운 것과는 전혀 달라서 설령 기괴하게 보일 수 있다 해도 개의치 않았다. 그녀는 세상의 이해와 평가를 벗어난 자기만의 세계를 직조하기 시작했던 게다.

"내가 뭐 하나 읽어줄 테니 들어볼래?"

문학이라는 공통의 관심거리가 있다는 사실 하나만으로 그녀는 그리 친하지도 않은 후배를 붙잡고 자기가 지은 시를 읊기 시작했다.

아아 파도의 잔잔한 희롱이 들린다.

상냥한 물결에게

임이 오실 때를 물으매

다만 찰싹찰싹 웃으면서*

신이 나서 억양까지 붙여가며 시를 읽는 그녀를 경순은 얼떨떨하게 지켜보았다. 겉보기에 얌전하고 약간은 침울해 보이기까지 했던 그녀가 돌변한 모습이 주책없이 보이기도 했다. 하지만 그토록 빛나는 눈과 떨리는 목소리가 모두 거짓일 수는 없었다. 어느새 황홀경에 빠져 이곳이 아닌 다른 어딘가를 헤매는 그녀의 모습은 자못 경건하기까지 했다. 피어날 수 없는 꽃의 꿈이 그녀를 불행하게도, 행복하게도 했다.

살기 위해, 살해당하지 않기 위해 문학이라는 동아줄을 잡았다. 1917년 3월, 숙명여고를 졸업한 그녀는 직업을 찾거나 다른 일을 도모하는 대신 글쓰기에 매달렸다.

* 「조로(朝露)의 화몽(花夢)」(《창조》 1920년 7월 발표) 중에서.

평양 대동강 동쪽 기슭을 2리쯤 들어가면 새마을이라는 동리가 있다.

첫 문장을 썼다. 마침표를 찍는 순간 머릿속에 새로운 공간이 펼쳐졌다. 그리 작지 않은 동네, 그곳 사람들의 면면과 그들이 사는 집은 비루하지 않다. 생업으로는 대개 농사를 짓고 있다. 조선 어느 지역에서나 찾을 수 있는 지극히 평범한 마을이다.

이 동리에는 '범네'라 하는 꽃인가 의심할 만하게 몹시 어여쁘고, '범'이라는 그 이름과는 정반대로 지극히 온순한 8, 9세의 소녀가 있다.

주인공이 등장했다. 그녀의 주인공은 온순하고 어여쁘다. 하지만 이름에 '범'이라는 조금은 거칠고 사나운 글자가 들어가 있다. 그녀는 주인공의 등 뒤에 살짝 숨는다.
—꼭꼭 숨어라, 머리카락 보일라!
그녀의 가슴이 뛴다. 독자들은 과연 그녀를 찾아낼 수 있을까?
주인공에게는 친구가 없다. 창 너머로 봄볕 아래 나물을 하며 재잘거리는 이웃 소녀들을 하염없이 바라본다. 소녀들은 범네의 아름다운 모습에 홀려 멍하니 마주 본다. 하지만 그들은 서로에게 다가가지 못한다. 거칠고 사나운 듯 온순하고 어여쁜, 주인공은 분열된 존재다.

그녀는 도전한다. 이야기의 긴장감을 높이기 위해 추리 소설의 기법을 쓰기로 한다. 추리 소설은 역사는 짧지만 독자의 흥미를 이끌어낼 수 있는 가장 효과적인 방법 중 하나다. 순연한 평양 사투리로 범네를 부르는 백발의 늙은이와, 사투리 없는 서울말로 속삭이듯 중얼거리는 범네, 그리고 투박한 영남 말씨를 쓰는 여인이 한집에 산다. 촌사람들은 그들의 사연을 알지 못한다. 긴장이 서서히 고조된다.

1장의 마지막 문장을 쓰고 나서야 비로소 고개를 들고 어깨를 폈다. 온몸이 저리고 뻣뻣했다. 소설과 함께 긴장한 탓이다. 길게 기지개를 켜며 바라본 창밖에 새벽빛이 서성거리고 있었다. 왈칵 슬픈 희열이 북받쳤다. 그녀는 아직 문학이 무엇인지 잘 모른다. 하지만 문학이 자신의 삶에 어떤 의미인지는 알고 있다. 홀로 지새우는 고독의 밤을 고통이 아닌 영광이 될 수 있게 만드는 유일한 일!

시간이 손끝에서 빠르게 흘러간다. 2장에서는 이사한 지 2년 만에 범네가 이장의 딸 특실이와 이야기를 나눈다. 그녀는 얼른 특실이의 등 뒤에 숨어 범네의 은행 껍질 같은 눈꺼풀을 바라본다. 범네에게는 분명 비밀이 있다. 백발의 옹은 외할아버지이고 영남 말씨를 쓰는 여인은 밥 짓는 어멈이라지만 세 사람의 구성은 기묘하기만 하다. 3장에서는 계절과 풍광, 인물의 묘사에 집중했다. 맑은 바람과 바삭바삭 부서지는 모랫길과 비애의 지친 빛을 드리운 범네가 아름다울수록 앞으로 전개될 사건이 극적으로 느껴질 것이다. 그녀는 책상 앞으로 더욱 바싹 다가앉았다.

"탄실아, 너 이모랑 얘기 좀 하자."

집 안에 틀어박혀 밤낮없이 무얼 하는지 오리무중인 조카를 영월이 불러 앉혔다. 평양에서 경성으로 이주한 뒤 동료 기생들과 다동기생조합을 창립한 영월은 조직을 대정 권번으로 발전시키는 데 힘을 쏟고 있었다. 서울과 남도의 기생들이 서방을 가진 유부기(有夫妓)인 데 반해 대정 권번에 속한 서도 출신 기생들은 서방이 없는 무부기(無夫妓)였다. 영월도 아직 단출한 홀몸이라 죽은 언니를 대신해 조카들을 챙길 짬이 있었다. 그러나 그들끼리의 말마따나 한평생을 기생으로 마친다는 것은 을씨년스러운 일, 언젠가는 영월도 적당한 양반에게 적당하게 '떼들여' 가야 할 것이다. 언제까지 조카들의 뒷배 노릇을 해줄 수는 없을 터였다.

"넌 앞으로 뭘 하고 살 생각이더냐? 나이 어린 동생들이 오히려 약빠르게 제 살길을 찾는데, 맏이인 네가 갈 길을 모르니 나로서는 답답하기만 하구나."

근처에 사랑놀음*이 있어 다녀오는 길에 들렀다는 영월은 고단해서인지 평시보다 더 나이 들어 보였다. 짙은 화장에 금패물에

---

* 명사들이 자기 집에서 연회를 베풀고 기생을 부르는 것.

털로 된 모물(毛物)을 걸치지만 않았다면 날일을 하고 온 삯벌이
꾼과 다를 게 없는 표정이었다.

―누군가의 유희가 누군가에겐 노동!

그녀는 영월의 지청구에 별다른 자극을 받지 않았다. 다만 시간
제 수당을 받으며 춤과 노래와 웃음을 팔고 온 영월을 바라보는
자신의 눈길이 예전과 다르다는 것을 느꼈다. 그녀는 조금씩 영월
을, 기생을, 산월을, 어머니를, 모순된 '세계' 속의 나약한 '인간'으
로 이해하기 시작하고 있었다. 그것이야말로 작가의 시선이었다.

"걱정하지 마세요. 난 내 일이 있어요."

"네 일? 그게 대체 뭔데?"

누구도 보지 못한 것, 가보지 않은 길, 세상에 없었던 무엇을 설
명하기란 어려웠다. 소리 없이 눈 내린 새벽 아무도 밟지 않은 길
에 첫 발자국을 내는 두려움과 설렘이 뒤섞인 마음으로 그녀는
조심스럽게 입을 열었다.

"글……을 쓰려고 해요."

"글? 무슨 글?"

"시도 쓰고요……."

"설마, 기생이 되겠다는 거냐?"

"아니요, 그게 아니라, 소설도 쓰고요……."

"시인지 소설인지 어느 귀신 나락 까먹는 소리인지 모르겠지만,
그걸로 어떻게 밥벌이를 한다는 게냐?"

"그게 돈이 될 수도 있지요. 잡지에 발표하면 고료가 나오고, 책으로 묶어서 팔 수도 있고요."

"글을 써서 판다고? 그럼 전기수(傳奇叟)라도 하겠다는 게냐? 아이고야, 배울 만큼 배워서 고작 장바닥의 이야기 장수를 하겠다고? 저승의 너희 엄마가 통탄을 하시겠구나!"

영월은 답답함에 가슴을 치고 그녀는 막막함에 한숨을 쉬었다. 일본에서 당한 사고가 조선의 신문에 대서특필 된 후 이따금 들어오던 혼담은 완전히 끊겼다. 더럽혀진 몸으로 어찌 감히 결혼을 생각할 수 있느냐, 는 무언의 질책일 터였다.

바닥에서 바닥으로 허우적거리며 헤매는 동안 스스로에게 수없이 물었다.

—나는 더러운가? 더럽혀졌는가?

목욕탕에서 살갗에 피가 맺힐 정도로 몇 시간씩이나 씻고 또 씻었다. 초승달처럼 떠오르는 눈웃음이 교태의 증거인 듯하여 웃음을 지우고 얼굴을 사납게 일그러뜨렸다. 하지만 자학과 자해로 채찍질할수록 마음 밑바닥에서 스멀스멀 반항심이 솟구쳤다.

—나는 더럽지 않다! 더럽혀질 수 없다!

그러나 그녀가 아무리 몸과 마음과 영혼의 결백을 주장한대도 세상은 알아주지 않을 것이었다. 그녀 또한 현실을 모르지 않았다. 그러하기에 원하든 원치 않든 독신으로 살기를 결심하고 있었다. 영월도 그것을 당연한 사실로 여기는 듯했다. 부모도 재산도 없는 혈혈단신의 여자가 독신으로 살기 위해서는 경제적인 능력이 뒷받침해 주어야 할 텐데, 그러자면 안정된 직업을 가질 필요가 있다는 것이었다.

"여학교를 좋은 성적으로 졸업하고 유학까지 다녀왔으면 교사든 의사든 번듯한 직업을 잡아야 할 게 아니냐? 기생도 전기수도 아니라면 도대체 이야기로 어떻게 먹고산다는 게냐?"

영월의 닦달을 받은 날이면 심란해져서 이불을 뒤집어쓴 채 맥없이 시간을 보냈다. 산월이라면 어땠을까? 영월과 크게 다르지 않았을 것이다. 영월은 잔소리를 잔뜩 쏟아내고 일어나면서 책값이라며 돈을 건네고 갔다. 1원짜리 석 장. 두 시간 동안 사랑놀음에서 노동한 대가였다. 영월은 그녀에게 돈을 줄 때마다 옷값이거나 밥값이 아니라 꼭 책값이라고 말했다. 그녀는 그들의 허영이기도 했지만 이룰 수 없는 꿈을 대신 이루는 사람이었다.

물어뜯은 손톱 밑으로 발간 속살이 쓰라렸다. 머리칼을 하도 쥐어뜯어서 머리 가죽이 얼얼했다. 초조함은 창작의 고통을 배가시켰다. 그러나 가라고 등 떠미는 사람 없이 홀로 가는 길이기에 엄살이나 하소연은 소용없었다. 잇몸이 시큰하도록 이를 악물고 다시 써 내려가기 시작했다.

범네의 비밀이 서서히 밝혀진다. 3장에서 등장한 신사는 우연히 범네를 발견하고 하인들을 풀어 사방으로 찾지만 길이 어긋난다. 그녀의 펜이 바빠진다. 범네를 보낼 때가 되었다. 서둘러 백발의 옹과 함께 마을을 떠나는 범네의 창백한 얼굴은 달빛 아래 구슬프고 애달프다. 동네 사람들은 갑작스런 이별에 영문을 모르다가 4장이 끝날 즈음에야 이장의 추리로 수수께끼를 푼다.

"알았소. 범네는 그저께 봄에 자살한 조 국장 부인의 기출인 가희 아기구려."

일동은 무슨 무서운 말을 들은 듯이 눈이 휘둥그레진다. 이장은 한숨을 지으며

"불쌍한 아이?"

하고 부르짖는 듯이 말하였다.

소설이 막바지에 다다랐다. 기다렸다는 듯 밤이 깊었다. 그녀는 까치발을 들고 살그머니 부엌으로 가서 찬물 한 그릇을 떠왔다. 신, 귀신, 잡신, 어떤 절대와 신비의 존재에게도 기도하지 않는다. 오직 자신에 대한 믿음을 확인하며 정화수를 뿌리듯 찬물을 들이켰다. 찌르르 식도를 타고 빈속으로 흘러 들어가는 찬 기운에 몸이 부르르 떨렸다. 범네, 가희, 불쌍한 아이의 조각조각 났던 삶이 그녀의 손끝에서 짜 맞춰진다.

가희가 범네가 된 사연은 허둥지둥 범네를 찾던 신사의 난봉에서 비롯된다. 가희 혹은 범네의 어머니는 백발 옹 황 진사의 무남독녀이자 평양 성내의 유명 미인인데, 피서지에서 만난 조 국장의

열렬한 구애로 결혼을 한다. 하지만 조 국장의 정체는 세 번이나 처를 바꾸고 10여 명의 첩까지 둔 난봉꾼이다. 남편의 난행과 부인의 불행이 함께 자라니, 전처의 딸에 치받히고 새로 들어온 첩에 시달린다.

사랑을 원해도 얻지 못한다. 그녀는 무거운 한숨을 쉰다. 자유를 원해도 얻지 못한다. 답답한 심정에 펜을 잡은 손에 힘이 들어간다. 이별을 청하자니 도리어 의심을 받는다. 사면초가에 놓인 가희의 어머니를 생각하니 분노가 치밀지만 냉정해지려 애쓴다. 작가가 독자보다 먼저 흥분해서는 안 된다. 제도와 구습에 갇힌 채 학대받고 비관하다 병든 여인은 4월, 찬란한 봄의 한가운데에서 단도로 스물넷의 짧은 생을 끊어낸다. 딸을 잃은 황 진사는 외손녀인 가희를 데리고 사라지고, 조 국장은 '사람은 없어진 후 더 그립다'는 고어를 증명이라도 하듯 부인을 그리워하며 잃어버린 가희를 찾아 헤맨다.

불쌍한 어머니의 불쌍한 아이?

첫 소설의 마지막 문장은 물음표로 끝났다. 그녀는 소설이 선부른 교훈이나 설교의 도구가 되어서는 안 된다는 것을 알고 있다. 어떻게 읽고 무엇을 느끼는가는 독자의 몫이다. 그녀가 할 일은 여기서 끝이다. 마지막 문장 뒤에 '끝'이라는 한 글자를 꼭꼭 눌러 적은 뒤, 그녀는 기진하듯 이불 위로 쓰러졌다. 오랜만에 꿈 없이 깊은 잠을 잘 모양이다.

✿

1917년 11월, 김명순의 단편소설 「의심의 소녀」가 《청춘》에서 최초로 시행한 현상 문예인 '특별대현상' 단편소설 분야에서 100여 명의 응모자를 제치고 기성 작가였던 이상춘과 주요한에 이어 3등으로 당선되었다. 《청춘》은 육당 최남선이 주간하던 잡지로, '특별대현상'의 심사위원은 최남선과 이광수였다. 이광수는 심사평에서 다섯 항목의 소설 작법을 설명했다. 첫째는 언문일치에 가까운 구어체인 시문체(時文體)로 써야 할 것, 둘째는 정성으로 쓸 것, 셋째는 전습(傳襲)적 교훈적 구태를 탈(奪)할 것, 넷째는 현실적으로 묘사할 것, 다섯째는 소설의 내용에 신사상(新思想)의 맹아가 담길 것 등이었다. 그러면서 이광수는 각 당선작을 고선한 이유를 밝혔는데, 그중 김명순의 「의심의 소녀」에 대해 이렇게 평했다.

"이상춘 군의 「기로」에는 (……) 다만 방탕이라는 것을 그린 것이지 교훈하려는 냄새는 아니 납니다. 그러나 이상춘의 「기로」보다도 김명순 여사의 「의심의 소녀」는 가장 이 점에 있어서 특출하외다. 거기는 교훈 같은 흔적은 조금도 없으면서도 그러면서도 재미있고 또 그 재미가 결코 비열한 재미가 아니요 고상한 재미외다. 이 작품에서 만일 교훈을 구한다 하면 그는 실패되리다. 그러나 나는 조선 문단에서 교훈적이라는 구투를 완전히 탈각한 소설로는 외람하나마 내 「무정」과 진순성 군의 「부르지짐」과 그다음에는 이 「의심의 소녀」뿐인가 합니다."

전근대적 교훈성에서 완전히 벗어난 작품을 썼다는 극찬과 함께 '근대 최초의 여성 소설가'인 김명순이 바야흐로 조선 문단에 등장했다.

일곱 개의 얼굴을
가진 새

북방의 한겨울, 온 세상이 얼어붙었을 때 태어났다. 그래서 그토록 봄이 좋았는지 모른다. 그중에서도 5월, 무르익은 계절이 청록으로 창창할 때면 절로 피돌기가 빨라졌다.

5월에는 모든 것이 새롭네.
영혼은 새롭고 자유로워
집 밖으로 달음질하게 만드네.

5월이면 모든 것이 달라질 것이다. 학창 시절에 배운 〈5월은 모든 것을 새롭게 만든다(Alles neu macht der Mai)〉는 독일 노래의 가사처럼, 봄은 차갑게 굳은 그녀의 마음을 흔들었다.

　고난을 이겨내리라.
　햇빛의 환이 반짝이고
　향기가 골목골목 흩어지네.

눈물도 잠시 잊었다. 짓물렀던 눈시울이 보송보송해지며 검은 눈동자가 또렷이 빛났다. 스물셋의 봄, 다시 시작하기에 맞춤한 때였다.

소설가로 등단하면서 새로운 삶을 시작한 그녀는 이듬해인 1918년에 두 번째로 일본 유학을 떠났다. 공모전에 당선되면서 돋아난 자신감이 불의의 사고로 좌절되었던 꿈을 부추겼다. 내친김에 문학을 전공해 볼까 생각도 했지만 그보다는 음악 공부를 더 하고 싶었다. 에두를망정 다른 길은 아닐 것이다. 문학과 음악과 미술과 연극과 영화……. 모든 예술이 결국엔 하나로 향한다. 그 하나의 '아름다움'을 향해, 그녀는 두려움을 떨쳐내고 발을 내디뎠다.

5년 만에 다시 찾은 동경은 많이 변해 있었다. 일본의 야심 찬 계획 속에 국제 도시로 성장해 가는 동경에는 아시아 각국에서 온 유학생들이 20세기의 주인이 되기 위해 분투하고 있었다. 끊임없이 새로운 발명과 발견이 있었다. 동경은 물질문명의 발전만큼이나 러시아 혁명의 성공을 기화로 발화한 갖가지 '주의'가 불꽃을 피우는 아궁이이기도 했다. 게다가 1918년 새해 벽두에 미국 대통령 윌슨이 발표한 '민족자결주의'는 실의에 빠진 식민지 청년들을 '독립'이라는 새로운 희망으로 흔들어놓았다.

무언가 바뀌고 있었다. 무엇이라도 바뀔 듯했다. 격동과 변화의 한가운데에서, 그녀는 오랜만에 지식욕과 향학열로 가슴이 뛰었다. 전문부에 들어가기 위해서는 졸업장이 필요했기에 우선 여학교에 다시 들어가 음악학을 전공하며 학업을 이어갔다. 또 동성 여학생들이 발간하는 잡지인 《여자계》에 수필과 소설을 발표하며 작품 활동을 병행했다.

정신없이 바쁘게 살았다. 학교를 마치고 집에 돌아오면 밤 11시까지 모든 학과를 꼼꼼히 복습했다. 그리고 새벽 5시에 일어나서 그날 배울 과목을 예습했다. 아침밥은 전날 저녁에 지어두었던 것을 찬물에 말아 우메보시 한 점을 곁들여 먹었다. 따뜻한 물조차 데울 여유가 없는 고학생의 배 속이 서늘했다. 6시 반쯤 집을 나서 학교로 갔다. 그 시간에 등교하는 학생은 거의 없다시피 했다. 적막한 학교, 텅 빈 음악실에서 홀로 피아노를 쳤다. 그때만큼 아무에게도 방해받지 않고 피아노를 칠 수 있는 시간은 없었다. 그렇게 다른 학생들보다 두 시간 반 이상 더 연습했다. 피로에 지쳐 입술이 부르트고 손가락과 손목이 너덜너덜해질 때까지 책과 건반 앞을 떠나지 않았다.

피아노에도 신성한 말씀들을 배워지도다

아아 음악이라면 향락적 그것이리까.

독신주의 오 독신주의 오 하고 비웃는 이여

독신주의자들의 탄식을 그대 아오.

세인의 자(子)는 감정적 동물이라 생명에 걸어

승리와 자유들을 편하도록 구한다.*

소설에 삽입한 짧은 시에는 '투신곡(投身曲)'이라는 부제가 붙어 있었다. 그녀는 음악에 자신을 던졌다. 비틀거리는 생을 음악과 문학에 필사적으로 기대려 했다. 하지만 문득 어쩔 수 없이 서러워지는 때가 있었다. 아무도 사랑하지 않고 아무에게도 사랑받지 못한다는 사실이 벼락처럼 정수리로 내리꽂히는 순간이었다. 5월의 생령이 눈부신 옷자락을 휘날릴수록 자신의 일부가 얼어붙어 있다는 자각이 생생해졌다. 차갑게 굳은 몸, 그리고 마음.

리응준의 소식을 들었다. 듣고 싶지 않았지만 어느 결에 들렸다. 사람들은 잔인한 호기심으로 그녀의 얼굴을 흘깃거렸다. 그들은 아직도 강간을 연애의 일부로 믿는 모양이었다. 여전히 그녀가 실연을 당해 고통스러워하는 걸로 생각하는 모양이었다. 고통을 미련으로 넘겨짚는 모양이었다.

---

* 망양초(望洋草)라는 필명으로 발표한 소설 「영희의 일생」《여자계》 5호, 1920년 6월) 중에서.

물론, 그녀는 문득문득 리응준을 떠올렸다. 우에노 공원의 시노바즈지반[不忍池畔] 산책로를 걸을 때, 에도가와[江戶川]에 두둥실 떠가는 보트들을 바라볼 때, 반사적으로 그가 떠올랐다. 그러나 그 내막은 사람들의 겉대중과 사뭇 달랐다. 고통은 고통일 뿐이었다. 미련으로 눙칠 수도 추억으로 미화될 수도 없었다. 그날 이후로 모든 기억은 파괴되었다. 그는 그녀의 가장 빛나는 날들을 폐허로 만들었다.

상황과 감정에 잠시 속거나 속일 수 있을지 몰라도 본성은 변하지 않는다. 냉정하고 영리한 출세주의자 리응준은 그녀를 처참하게 짓밟은 뒤에도 일절 흔들림 없이 제 목표를 향해 달려갔다. 그는 그녀가 두 번째 유학길에 오르기 바로 전에 결혼했다 하였다. 상대는 무작정 상경한 어린 야심가를 어여쁘게 봐줬던 전(前) 대한제국 육군 참령 이갑의 외동딸이었다. 이갑은 동료들과 함께 만주에 무관 학교를 설립하고 독립군 기지를 창설하기 위해 망명했는데, 이국에서 병들어 죽으면서 리응준에게 외동딸을 부탁한다는 유언을 남겼다. 한때 이갑의 집에서 기거했던 리응준은 은인의 유언에 따라 동생같이 지내던 정희를 아내로 맞아들였다고 했다.

항간에는 리응준을 칭송하는 목소리가 높았다. 일본군 장교로서 육군 대신의 사전 승인을 얻어 결혼하게 되어 있는 관례까지 깼으니 의리와 뚝심이 대단하다는 것이었다. 세상 모두를 현혹해도 그녀를 속일 수는 없었다. 리응준은 절대 자기에게 이득이 되지 않는 일을 명분 때문에 할 리 없는 인간형이었다. 후일 투철한 군국주의로 무장한 일본군 육군 대좌 가야마 다케토시[香山武俊]로 승승장구하였으며, 더 멀리로는 좌익 척결에 앞장서면서 친일 경력을 면죄받고 대한민국 초대 육군 참모 총장까지 지냈다는 사실을 알 수야 없었지만, 그녀는 직감과 경험으로 리응준의 선택이 철저한 이해득실의 계산으로 이루어진다는 사실을 알았다. 관례에서 벗어난 처신으로 얼마간 불편해지더라도 강직한 군인으로 이름 높은 이갑의 사위가 되었으니 결코 손해가 아닌 장사였다.

아무도 믿을 수 없었다. 남자라는 존재는 더욱 그랬다. 원하든 원치 않든 독신주의자가 되어버린 그녀는 피아노의 건반을 두들기며 선율 속에 비탄을 감췄다. 필사적으로 애를 써도 외로움을 완전히 끊어낼 수는 없었다. 그저 들킬세라 꼭꼭 숨겨두었을 뿐이었다. 스스로와 벌인 숨바꼭질의 결과는 오래지 않아 나타났다.

❀

5월이 갔다. 너무 멀리로 갔다. 그녀는 겨울 속에 내동댕이쳐졌다. 동경의 겨울은 평양은 물론 경성에 비해 따뜻했다. 기온으로는 분명히 그랬다. 하지만 습기를 머금은 겨울바람은 모카신을 신은 도둑처럼 발자국 소리 없이 다가와 몸속으로 파고들었다. 살갗이 아닌 뼈가 시렸다. 한겨울에도 눈보다 비 오는 날이 많았다. 겨울비 속을 걷노라면 아래윗니가 딱딱 맞부딪혔다. 집에 돌아와도 한데처럼 썰렁한 다다미방에 좀처럼 익숙해지지 않았다. 온돌 대신 코다츠에 의지해 보지만 시린 어깨는 어쩔 수 없었다. 가뜩이나 큰 키 때문에 조금은 수그러든 그녀의 어깨가 갈수록 굽었다.

"많이 춥소?"

짧은 첫마디, 그의 말이었다.

"아니……. 예……."

대답해 놓고 나서야 자신의 대답이 얼마나 이상한지 깨달았다. 겨울 한가운데서 얼마나 추웠던 걸까? 아니, 맨발로 얼음길을 걸으면서도 추위를 느끼지 않는다고 스스로를 속이지 않았나?

"조심하오."

그는 말이 많지 않은 편이었다. 어쩌다 하는 말도 길지 않았다. 말을 잘하는 편도 아닌 것 같았다. 말보다 행동이 앞서거나, 행동을 예고하기 위해 말하는 정도였다. 문득 마주친 눈빛이 찌르는 듯 깊었다. 눈동자가 검고 눈썹과 속눈썹이 길고 짙었다. 그의 눈빛 속에 작은 불티가 튀었다. 그녀의 얼굴이 활끈 달아올랐다.

"들어올 때부터 추위하는 것 같아서, 조선식으로 화로를 피워 봤소."

얼굴에 열기가 쏠려 뜨거워진 건 그가 앞에 내려놓은 화롯불 때문이었다. 반드시 그럴 것이었다. 낯선 남자에게 관심을 가지고,

또 그것을 드러낼 만한 장소가 아니었다. 상대방도 마찬가지일 것이다. 다방도 아니고 식당도 아니고 하다못해 저잣거리나 전차 안도 아니다. 그녀가 그를 처음 만난 곳은 동경 기독청년회의 예배 석상이었다. 무소부재(無所不在)의 진리로 통하는 하나님의 존재와 섭리가 모든 피조물 속에 고루 미치는 성스러운 곳이었다. 어린 날만큼의 신심은 아니었지만 그녀는 순진함에 가까운 순수함으로 회당을 특별한 장소로 생각하고 있었다.

그런데 불꽃이 이상했다. 이상스럽게 일렁였고 이상스럽게 따뜻했다. 그가 발치에 가져다 놓은 화롯불은 들여다볼수록 그녀를 어지럽게 휘저었다.

—저분처럼 멀끔한 신사가 왜 손수 화롯불을 피운 거지? 심부름하는 아이에게 시키지도 않고?

숱한 의문이 매운 연기와 함께 피어올랐다.

—내가 그리 추워 보였나? 칼바람을 맞고 오느라 춥기는 했지만……. 그게 낯선 이가 화로를 직접 가져다줄 정도로 표가 났단 말인가?

종교 단체를 표방하기는 했지만 동경의 조선인 기독청년회는 유학생과 노동자 들의 집결지로서 의미가 컸다. 혈기 왕성한 젊은 이들이 모이다 보니 자연히 정치, 문화, 예술적 교유가 활발했고 새로운 조직의 교두보가 되기도 했다. 3·1운동의 신호탄이 되는 2·8독립선언을 목전에 둔 동경은 조선인들이 모이는 곳 어디에나 미묘한 활기와 불온한 생동감이 넘쳤다. 예민한 그녀는 무언가 달라지고 있으며 무언가 새로운 일이 벌어질 것이라는 예감에 사로잡혔다. 그것이 정치 사회적인 변화만은 아니었다. 굳게 빗장 걸린 그녀의 마음 또한 마찬가지였다.

혼란스러운 한 주가 지나고 다시 회당에 갈 날이 되었다. 그녀는 연신 팔뚝에 찬 시계를 들여다보며 넓지도 않은 방 안에서 종종걸음을 놓았다. 그동안 궁리해 내린 결론은 상대방의 의도를 모르는 상태에서 작은 친절에 너무 호들갑스럽게 반응하지는 말아야겠다는 것이었다. 그녀는 그의 이름은커녕 나이도 신분도 알지 못했다. 반면 그는 그녀가 누군지 충분히 알 만한 입장이었다. 조선 최초의 여성 소설가가 동경에 왔다고, 그 문명(文名)이 유학생 사회에 짜하게 퍼졌을 터인즉.

친절한 남자들은 많았다. 하지만 그녀는 그들의 친절을 곧이곧대로 받아들이기 어려웠다. 어쩌면 그들은 진정으로 그녀에게 관심이 있는 게 아닐지도 모른다. 그녀가 들쓰고 있는 이름, 소설가라는, 피아노를 전공한다는 화려한 껍데기에 홀리거나 호기심을 느낀 것일지도. 이른바 '존경과 흠앙(欽仰)'으로 열광하는 남자들을 보면 의심이 한층 깊어졌다. 그들은 과연 그녀를 얼마만큼이나 알고 있을까? 그녀가 소설을 쓰고 피아노를 배우고 있는 건 분명했지만 그것이 그녀의 전부일 수는 없었다. 어떤 찬란한 겉껍질도 내면에 가득 찬 꿈과 상처, 열정과 악몽을 대신할 수 없었다. 그녀는 간절히 '진짜 자기'를 이해받고 싶었다.

모순된 심정 속에서 갈팡질팡하며 집을 나섰다. 그날따라 회당의 나무 문이 무겁게 느껴졌다. 한데 그녀의 은밀한 갈등에 아랑곳없이 예배 시간이 다 되도록 그의 모습은 보이지 않았다. 뒤돌아보지 않기 위해 기를 썼지만 누군가 들고 나는 기척이 느껴지면 절로 뒤통수가 쭈뼛거렸다. 기도도 명상도 엉망이었다. 집에돌아온 그녀는 찬 이불 위에 몸을 던지고 한참 동안 머리를 쥐어뜯으며 울었다. 스스로가 비참하고 한심스러웠기 때문이었다.

―착각도 유분수지, 고깟 친절에 마음이 흔들리다니!

그럼에도 자책 속에 선명해지는 것은 그의 화롯불이 일깨워준그동안 외면하고 부인했던 진실이었다. 그녀는 미치도록 외로웠다. 춥고 냉혹한 세상살이에 꽁꽁 얼어붙어 영혼까지 식어버릴 지경이었다. 그 가련한 영혼이 우연히 마주한 온기에 스르르 녹았다. 당황했지만 춥지 않았다. 부끄러웠지만 따뜻했다.

나는 무수한 검붉은 아이들에게 묻노라.

오오 허공을 잡으려던 설움들아,

분노에 매 맞아 부서진 거울 조각들아,

피 맞아 피에 젖은 아이들아,

너희들은 아직 따뜻한 피를 구하는가.

아 아 너희들은 내 마음의 아픈 아이들,

그렇듯이 내 마음은 피 맞아 깨졌노라.*

그의 이름을 알았다. 김찬영이라 하였다. 그의 나이를 알았다. 그녀보다 일곱 살이 많은 29세였다. 예상한 대로, 그는 이미 그녀를 알고 있었다.

"당신과 동향이오. 육 년 전에 평양을 떠나왔소."

같은 고향 사람이라니, 갑자기 경계하고 의심했던 게 미안해졌다.

"아, 그러시군요. 저는 팔 년 전에 아버지가 돌아가시고 평양에서 경성으로 이사했어요."

"그 후로는 다시 방문하지 않았소?"

"경성에서 학교를 다닐 때도 기숙사에 있어서 방학 때나 갈 수 있었는데, 집이 아주 옮겨오면서 그만 갈 기회를 잃고 말았지요."

"그럼 다음번 방학 때 조선에 들어가게 되면 평양에 한번 놀러오오. 내가 안내하리다."

"아, 정말 오랜만에 가보고 싶기는 하지만, 너무 폐를 끼치는 게아닐지……"

"일없소."

무뚝뚝한 억양에 가려져 있지만 그의 말은 화롯불만큼이나 따

* 시 「내 가슴에」(《조선일보》 1924년 5월 27일 발표) 중에서.

뜻했다.

"많이 변했겠지요? 어린 눈으로 봤던 것만 기억하고 있으니 지금 보면 모두가 색다를 것 같아요."

"풍광은 어떨지 몰라도 물산은 많이 바뀌었다오. 길잡이가 변변치 않더라도 양해하오."

과묵하고 눌변인 줄만 알았더니 의외의 선사령(善辭令), 묘하게 말을 잘하는 사람이었다. 수다스러운 달변가가 아니었기에 그가 입을 열면 절로 귀 기울여 듣게 되었다. 천천한 한마디 한마디가 믿음성스럽고 친근했다. 여자들이 쉽게 마음을 빼앗김 직한 남자였다.

아니, 아니다. 모든 파도가 지나가고, 모든 바람이 지나가고, 모든 오늘이 어제가 되어버리고, 모든 사건들이 기억이 되어버린 후, 그녀는 다시 생각한다. 기실 김찬영이 남자로서 매력을 가지고 있었는가 아닌가는 중요하지 않다. 김관호와 고희동에 이어 조선 유학생으로는 세 번째로 일본에서 미술을 전공한 화가라는 사실이나, 켯속 모르는 남들의 입길에 오르내리는 것처럼 평양의 막대한 재산가라는 사실에 혹한 것도 아니었다. 그저 그녀가 사랑하고 싶었기 때문이다. 사랑받고 싶었기 때문이다. 단순하고 간략하고 뚜렷한 그 이유로, 그녀는 사랑에 빠졌다.

아니, 아니다. 다시금 의심한다. 그것이 정말, 사랑이었을까? 김찬영과의 사랑은 종잡을 수가 없었다. 뜨겁지도 않고 차갑지도 않았다. 기쁜 것도 슬픈 것도 아니었다. 말하자면 뚜렷한 실체가 없었다. 그녀를 대할 때마다 달라지는 김찬영의 태도처럼.

애초에 그는 단정하고 청신한 신사로 보였다. 그리고 더없이 친절했다. 이듬해 방학을 맞아 조선에 들어가 오랜만에 고향인 평양을 방문했을 때도 그랬다. 그는 약속대로 길잡이 노릇을 하며 남들의 시선에 아랑곳없이 그녀와 어깨를 나란히 하고 대동강 변을 거니는가 하면 능라도에서 보트도 탔다. 김찬영과 나누는 대화는 즐거웠다. 그는 미술을 전공하고 있지만 특별히 문학에 흥미가 있었다. 국내외 문단의 동향에 밝았고 그녀의 창작 활동에도 큰 관심을 보였다.

"사실은 나도 글을 쓰고 있소."

"오, 정말요? 그러면 그림은 어찌시고요?"

"동경미술학교를 다니는 내내 고민한 일이라오. 그림으로 내 생각을 표현하기엔 한계가 있는 것 같소."

"붓이 언어를 대신할 수 없는 부분은 있겠지요. 반대로 언어가 붓을 대신할 수 없기도 하고요. 나를 표현할 적절한 예술의 장르를 찾는 건 마치……."

그녀는 힐끗 그가 신은 구두를 쳐다보았다. 동경에서 유행하는 고급 가죽 구두였다.

"자기 발에 맞는 신발을 고르는 일과 같겠지요."

"그렇소. 불편한 신발을 신고는 단 한 시간도 걷기 힘들지. 탄실 씨라면 나를 이해해 주리라 생각했소."

그 같은 부잣집 아들이라면 불편한 신발을 신을 일이 아예 없을 텐데, 그녀는 잠시 생각했지만 곧 낯빛을 밝게 고치고 물었다.

"글이라면……. 어떤?"

"시나 소설보다 예술 비평을 쓰고 싶소. 그래서 계속 공부 중이라오."

"아, 그러세요? 요즘 어떤 책을 읽으시는데요?"

읽고 있는 책을 통해 사람을 이해하고 평가하는 일은 그녀의 괴팍하고도 달콤한 취미였다. 책이 마음에 들면 그 사람도 덩달아 마음에 들었다. 책이 썩 좋지 않으면 느닷없이 시쁜 마음이 들기도 했다.

"꼭 비평과 관계된 것들은 아니지만, 내가 요즘 읽는 책들은……."

대동강 위로 휘늘어진 능수버들이 물 위에 비단 필을 풀어놓은 듯하다 하여 예부터 능라도라 불리던 아름다운 섬이 그의 진진한 이야기의 배경이 되었다. 하얀 물거품, 서늘한 물비린내가 그가 부드럽게 발음하는 외국 책 제목들과 신선하게 어우러졌다.

머리 위로 별을 이고, 발밑에 진창을 딛는다. 기실 작가라는 이름은 빛 좋은 개살구였다. 잡지의 고료는 쥐꼬리만큼인 데다 그마저도 지불하지 않는 경우가 많아 도무지 학비와 생활비를 충당할 수 없었다. 흐르는 세월이 무서웠던지 알부자로 소문난 홀아비를 만난 김에 서둘러 혼인한 이모 영월은 하필이면 지독한 수전노에게 걸려 생활비를 한두 푼씩 타 쓰는 형편이랬다. 후견인이라는 이름을 걸고 있었던 숙부 김희선은 3·1운동의 바람이 온 나라를 휩쓸자 예상치 않게, 그야말로 돌연히 상해로 망명했다. 요컨대 독립운동에 뛰어든 셈인데, 합방 이후 조선 총독부의 회유에 넘어가 평남 개천과 안주 군수 노릇을 했던 처신과 사뭇 달라 주변 사람들을 어리둥절하게 했다.

어쨌거나, 그녀는 빈털터리였다. 천지간 어니에도 의지처가 없는 혈혈단신이었다. 스스로 살 궁리를 하지 않을 수 없었다. 빛나는 껍데기에 대한 열광과 별개로 주린 배를 채우기 위해 수족을 움직여야 했다. 그녀가 중학과에 입학했을 때 어머니가 선물로 지어준 양장, 그 단벌옷을 팔기로 했다. 맵시와 풍치로는 최고였던 산월의 취향이 올올이 묻어나는 세련된 옷이었다. 팔기 전 마지막으로 한번 입어보았다. 소녀 시절에 맞추었던 옷이었음에도 소매 길이가 약간 짧을 뿐 품은 도리어 낙낙했다.

—내 삶에 무엇이 자라나고 무엇이 여위었던가?

옷 한 벌을 팔았을 뿐인데 황무지에 발가벗겨져 내던져진 기분이었다. 자기 연민에 겨워 울지 않기 위해 애써 웃었다. 가면 같은 얼굴에 비틀린 미소가 번졌다.

쓰는 일 이전에 읽는 일이 있었다. 책은 외톨이의 유일한 벗이었고, 독서는 그녀의 취미이자 특기였다. 단벌옷을 팔아 마련한 밑천으로 헌책 장사를 시작했다. 다 읽은 책, 사 놓고 읽지 않거나 읽지 못한 책, 젠체하며 들고 다니기만 한 책……. 갖가지 사연으로 소용을 다한 책들을 사들여 필요한 사람, 읽고 싶은 사람, 읽고 싶으나 책값이 부담스러워 사지 못했던 사람들에게 팔았다. 그 와중에 가장 큰 고객은 그녀 자신이었다. 이문을 남기려면 인기 있는 책들 위주로 거래해야 하는데 그녀는 자기가 읽고 싶은 책을 우선으로 골랐다. 개를 좋아하는 사람이 개장사를 할 수 없듯 책에 미친 사람이 책 장사를 하기는 어려웠다.

근근이 살았다. 한시도 여유롭지 않았다. 그럼에도 불구하고 사람들은 그녀의 가난을 눈치채지 못했다. 무시로 도서관을 드나드는 그녀는 궁핍에 찌든 빈자처럼 보이지 않았다. 독일인 교수와 프랑스 선교사를 찾아다니며 어학을 배우는 그녀가 그들과 함께 먹을 차와 쿠키를 사기 위해 끼니를 굶는다는 걸 상상하지 못했다. 눈치채지 못할뿐더러 인정하고 싶지 않은 것 같았다. 평범한 생활인들은 기이한 완고함으로 문학을, 예술을, 책을, 그것에 의지해 사는 정신적인 삶을 사치라고 생각했다.

그랬나 보다. 사치스러웠나 보다. 사치스럽고 싶었나 보다. 어느새 그녀의 책장에는 김찬영이 우아한 발음으로 읊었던 제목을 단 책들이 그득했다.

"어머나, 탄실 씨는 '퓨리턴'이라도 되시려나요?"

유학생들의 회합에서 만난 여학생 하나가 그녀의 방에 놀러 왔다가 깜짝 놀라며 말했다.

"청교도라니요, 저는 안타깝게도 그런 깜냥이 아닌걸요."

"그럼 이 책들은 다 뭐랍니까? 죄다 히브리의 사상을 담은 서류들이 아닌가요?"

"그건……."

김찬영의 취향이었다. 그녀 앞에서 그는 엄격한 히브리주의자였다. 그런 그를 사랑한, 사랑한다고 믿은 그녀는 종교, 철학, 신화, 예수교의 교리와 청교도적 헤브라이즘의 책들을 닥치는 대로 사들였다. 반은 읽고 반은 읽지 못했다. 읽은 것의 절반쯤은 이해하지 못했다. 이론이나 사상적 문제라기보다 감정과 삶 그 자체의 문제였다. 그녀는 욕망의 화신이 아니었지만 청교도주의자나 금욕주의자도 될 수 없었다.

다만 김찬영에게 추천받아 읽은 책들이 그녀에게 미친 영향은 분명히 있었다. 쾌락을 죄악시하고 사치를 배격하며 욕망을 절제할 것을 강조하는 글들을 읽을 때마다 죄책감에 휩싸였다. 그녀는 영구히 사람의 본능을 지닌 채로는 헤브라이즘의 금욕주의를 지킬 수 없으리라 생각했다. 사랑의 이름으로 모진 도덕과 윤리의 채찍질을 하며, 그들은 사랑을 모욕하고 있었다.

의문과 의심에도 불구하고 그녀는 김찬영의 곁을 쉬이 떠나지 못했다. 함부로 가까이할 수 없을 만큼 거룩한 신성(神聖)의 존재인 듯 찬미했다. 잠시의 따뜻함, 방향 없이 튀어 오른 불티가 얼음

송곳처럼 뾰족했던 그녀를 어이없이 녹인 것이다. 그녀는 스스로 지은 공중누각에서 살았다. 김찬영을 '뮤-즈'로 삼고 고결한 사랑의 이야기를 지어냈다. 앞서 간 숱한 예술가들이 그러했듯, 어리석음마저 창작의 동력으로 삼았다. 사랑이라는 이름의, 사치스럽고 어리석은 힘이었다.

※

탄실(彈實)이는 단꿈을 깨뜨리고 서어함에 두 뺨에 고요히 굴러 내려가는 눈물을 두 주먹으로 씻으며 백설 같은 침의(寢衣)를 몸에 감은 채 어깨 위에는 양모(羊毛)로 두텁게 직조한 흰 솔을 걸치고 십자가의 초혜(草鞋)를 신고 후원의 이슬 맺힌 잔디 위로 창랑(滄浪)히 걸어간다. 산뜩산뜩한 맨발의 감각—저는 파초 그늘 아래에서 어깨에 걸쳤던 것을 잔디 위에 펴고 앉았다. 장미화의 단 향기를 깊이깊이 호흡하며 환상을 그리면서.*

1920년 봄, 문예 잡지 《창조》로부터 동인(同人)으로 참가할 것을 제안받았다. 반갑고 기뻤다. 기쁘지 아니할 까닭이 없었다. 1919년 1월, 동경에서 유학하던 주요한과 김동인과 전영택이 모여 결성한

* 「조로의 화몽」 중에서 1장 첫 연.

《창조》는 앞서거니 뒤서거니 열흘 차이로 경성에서 발행된 《신청년》과 더불어 조선의 근대 문학을 선도하는 문학 동인이었다.

"탄실 씨가 함께해 준다면 우리 잡지가 더욱 의미 있어질 거요. 여성 문인으로서 최초의 동인이 되는 셈이니까 말이오."

소설가 전영택의 제안이었다. 전영택과 그녀는 전부터 알고 지냈는데, 같은 문인으로서가 아니라 친구의 오빠로서 먼저 안면을 텄다. 전영택의 여동생 전유덕은 그녀의 소학교 동창으로 번역에 관심이 많은 영민한 문학소녀였다.

"저로서야 거절할 까닭이 없지요. 아니, 저를 떠올려주신 것부터가 영광입니다!"

《창조》는 당대의 엘리트 주요한과 김동인, 전영택이 창간 멤버인 데다 2호부터 문명이 자자한 인기 작가 이광수까지 참여하면서 문단 안팎의 관심을 모았다. 창간호에서 선보인 주요한의 자유시 「불놀이」와 김동인의 소설 「약한 자의 슬픔」은 조선 문학의 새로운 흐름을 예고하는 신호탄이라 할 만했다. 그러던 《창조》가 2·8독립선언의 후유로 동인들이 구류되거나 본국으로 돌아가거나 상해로 망명하면서 부득이 2호로 일시 중단했다가 1919년 12월에 3호를 속간하면서 다시 활발하게 활동하기 시작한 것이었다.

낯을 많이 가리고 조직이나 모임 따위에 알레르기 반응을 보이는 그녀였지만 문학 동인에는 참여하고 싶었다. 물론 글은 혼자 쓰는 것이다. 하지만 너무 오랫동안 홀로 고독에 맞서다 보면 세상으로부터 고립되기 마련이다. 같은 운명을 가진 사람들을 만나보고 싶었다. 같은 환희, 같은 고통을 이해하는 동료들과 어울려 서로 격려하고 자극받고 싶었다. 1917년 그녀의 등단에 뒤이어 1918년에 나혜석이 소설 「경희」를, 1920년에 김원주가 「계시」를 발표하면서 여성 작가로 문단에 등장했지만 여전히 그들은 소수였고 특별한 교류도 없었다.

아주 오랜만에 세상이 뻗친 손을 맞잡으려니 그녀의 가슴이 두근거렸다.

"6호는 5월 말쯤 발행할 예정이라 마감이 끝났고, 7월에 발행할 7호에 원고를 주시오."

"소설이 아니라 시도 괜찮겠지요?"

"물론이오! 특별히 떠오른 시상이 있소?"

"창간호에 실린 「불놀이」의 실험 정신이 인상적이어서요. 기존 시의 틀을 깨는 시를 써보고 싶습니다."

"멋지군! 매사에 조심스럽던 탄실 씨가 패기만만한 모습을 보여주시니 기쁘기 그지없소. 좋은 작품 부탁하오."

백장미의 정(精)과 홍장미의 정은 전후하여 나란히 걸어서 망양초에게 날아 들어갔다.

망양초는 아주 쾌활히 웃으며 그들을 맞았다. 잠깐 보기에는 아주

비가(悲歌)를 부르던 이로는 보이지 않는다.

망(望), "오, 향기로우신 백 씨, 정열가이신 홍 씨, 두 분이 잘 오셨소. 당신들은 젊고 아름답기도 하시오" 하고 손을 대하여 흔연히 탄미한다.

백, "망양초 씨, 어쩌면 그런 비창한 노래를 하십니까? 그 이야기를 우리에게 들려주시고 또!"

홍, "노래도 들려주세요" 하고 청한다.

"퍽 황송합니다" 하는 망양초는 아주 적막에 제친 빛이 보인다. 홍장미는 귓속말로 백장미에게,

홍, "언니, 망양초 씨는 웃어도 웃는 것 같지가 않고 우는 것 같아요."*

《창조》 동인으로서 첫선을 보이는 작품으로 「조로의 화몽」을 구상했다. 파격적인 형식을 통해 시와 산문의 경계를 깨어보려는 의도였다. 제목은 「혈의 누」 같은 신소설과 유사한 일본식 어법이지만 내용은 자유시가 노래한 눈물의 정조를 품었다. 형식은 시와 소설을 뒤섞고 인물들의 대화를 배치해 시극(詩劇)에 가까운 독특한 형태를 띠었다.

*「조로의 화몽」 2장 중에서.

5월 아침 바람이 산들산들 분다. 잔파(潺波)를 띄우고 미소하는 청공(靑空), 상쾌히 관현악을 아뢰는 대지!

　불치의 병에 우는 탄실의 눈물…… 초엽(草葉)에 맺힌 이슬이 조일(朝日)의 광채를 받아 진주(珍珠)같이 빛난다.*

　5월의 마지막 날 아침, 작품을 마쳤다. 밤을 꼬박 새운 그녀의 눈 밑에는 검은 그늘이 깊게 드리워져 있었지만 입가의 미소만큼은 환하고 진진했다. 텅 빈 원고지의 가없는 여백에 맞서 끝내 도망치지 않은 작가의, 누구와도 나눌 수 없는 고통만큼의 환희였다. 책상 의자에서 일어난 그녀는 침대까지 비틀비틀 걸어가 벌목된 나무처럼 쿵, 쓰러졌다. 황홀한 항복이었다.

　《창조》 7호의 편집 후기인 '나믄말'에 기록된 「조로의 화몽」에 대한 비평은 대략 이러했다.

　"망양초 김명순 양이 우리 창조에 동인이 되길 약속하시고, 이번 호에 다른 작품에서 맛볼 수 없는, 극히 델니켄-트한 예술적 정조를 맛보게 하는 가작(佳作)을 짓게 된 것은 매우 반가워하는 바입니다. 양은 불붙는 듯한 정열과 흐르는 듯한 예술적 천분(天分)이 있어서 아프게 동경하는 예술의 신천지를 꿈꾸며 노력하는 이외다."

* 「조로의 화몽」 중 마지막 연 2행.

다시, 사고를 당했다. 너무도 뜻밖의 사고였다. 본디 사고가 예고 없이 돌발적으로 일어나는 것이라 해도 그런 방식으로 닥쳐올 줄은 몰랐다. 얼떨떨하다 못해 어처구니없는 것은 막상 사고를 당하고도 그것이 왜, 어떻게 벌어진 일인지 알 수 없기 때문이었다.

그날따라 발걸음이 가벼웠다. 헌책을 팔아 번 돈에서 얼마간을 떼어 불우한 조선인들을 돕는 단체에 기부하고 돌아오는 길이었다. 제 코가 석 자인 주제에 기부니 원조니 하는 게 사치로 보일지 모르지만 조금이나마 비탄에 빠진 동포를 돕고 싶었다. 그렇게라도 남을 도울 수 있어야 자신의 처지가 덜 비참하게 느껴졌다.

어둠이 내린 거리는 적막했다. 왠지 오싹하니 몸이 떨렸던 건 불길한 예감 때문이었을까. 평소보다 빠르게 발걸음을 옮겨 이문(里門) 안을 지나올 때였다. 언뜻 귓가에 낮고 음산한 쇳소리가 스쳤다.

"이년! 남의 사내를 잘도 찾아다니는 년!"

낯선 여자의 목소리였다. 독에 받친, 악이 오른, 저주의 음성이었다. 아니, 그것도 확실치 않다. 무언가 이물스런 소리를 들었다 싶은 찰나에 곧장 아뜩해져서 쓰러졌다. 혼절한 그녀를 발견한 것은 마침 근처를 지나던 중년의 어머니와 젊은 아들이었다. 그들의 부축을 받아 겨우 집에 돌아왔지만 한동안 정신이 들어왔다 나갔다 하여 말조차 제대로 하지 못했다.

왕진 온 의사는 충격으로 뼈에 금이 갔다고 했다. 두어 달 동안은 가능한 한 집에서 요양하고 외출할 때는 목발을 짚을 것을 당부했다. 충격이라니, 무엇에 충격을 받았던 걸까? 처음에는 돌부리에 걸채여 넘어진 줄 알았다. 하지만 시간이 지날수록 귓가에 스쳤던 저주의 목소리가 또렷해졌다. 그것이 착각인지, 아니면 정말로 누군가 그녀를 해치려고 발을 걸거나 밀쳤는지 알 수 없었다.

꼬박 두 달을 고생하며 요양하는 동안 머릿속에는 숱한 추리와 상상의 시나리오들이 떠돌았다.

─누가 나를 그토록 미워할까? 다리를 부러뜨리고 싶을 만큼, 죽이고 싶을 만큼!

알 수 없는 누군가의 미움과 저주는 그녀를 두려움과 슬픔에 빠뜨렸다. 그때 문득 떠오른 것이, 김찬영이었다.

김찬영은 알수록 종잡을 수 없었다. 화롯불을 피워주고 평양여행을 안내했던 다정다감한 그가 한순간 싸늘하게 식어버렸다. 다른 여자들에게는 친절하고 신사적인 모습을 보이면서도 그녀와 마주치면 모르는 사람처럼 외면했다. 당황스러웠다. 매정함에 눈물이 났다. 하지만 그녀는 먼저 돌아설 줄 모르는 바보였다. 무시와 모욕을 당하면서도 그가 권해 줬던 '금욕주의'의 지루한 책들을 꾸역꾸역 읽었다.

명확한 것은 아무것도 없다. 허나 '사고'가 벌어지기 전에 일어난 '사건'이라곤 딱 하나였다. 그녀는 자신을 피하는 김찬영을 만나기 위해 그가 강의를 나가는 학교로 찾아갔지만 몇 시간을 기다린 끝에 허탕을 치고 돌아왔다. 갑자기 달라진 태도에 대해 해명을 듣고 싶었을 뿐인데 그는 끝내 모습을 드러내지 않았다. 그런데 사건이 엉뚱하게 전개되었다. 하숙집 식모아이가 전하길 그녀가 외출하고 없는 사이에 낯선 여자가 찾아왔냐고 했다.

"어떻게 생겼더냐?"

여자는 신분을 밝히지 않고 돌아갔지만 직감으로 정체를 알 수 있었다. 그 와중에도 생김새가 궁금해지는 자기가 가소롭고 유치해 그녀는 실소했다.

"평범한 아낙네인데, 아씨보다 야무지게 생겼던걸요?"

식모아이에게까지 조롱당하는 고약한 일이었다. 이른바 '신여자'들의 '자유연애'는 망신살이 무지갯살처럼 뻗칠 것을 각오하고서야 감행할 수 있는 모험이었다.

근대 조선의 연애는 '발견'되었다. 이전까지 남녀 관계에서 없었던 방식이었기 때문이다. 연애는 폭풍처럼 사회를 강타했다. 그러나 풍속을 어지럽히고 인류의 근간을 뒤흔드는 것으로 취급되기에는 위험하다는 그 내용이 지나치게 단순했다. 수백 년 동안의 관습인 중매결혼, 아니 강제 결혼이 아니라 '사랑'하는 사람들끼리 만나고 함께 살아야 한다는 것이었다. 육체적인 사랑과 정신적인 사랑이 결합되어야 한다는 것이었다. 그녀가 정의한 연애란 이러하였다.

> 모든 남자와 여자가 같은 이상(理想)을 품고 결합하려는 친화한 상태 또 미급(未及)한 동경(憧憬)*

남녀가 인격적으로 만날 수 있다고 믿었다. 동등한 관계를 통해 서로 고양될 수 있기를 바랐다. 하지만 현실은 참담했다. 김찬영은 당시의 남자들이 대부분 그러하듯 집안이 정해준 여자와 조혼(早婚)한 유부남이었다. 그가 강제 혼인을 비판하고 연애를 옹호하고 무식한 아내를 무시한다 해도, 야무진 '제1부인'은 당당히 '제2부인'을 응징할 수 있는 것이다.

비로소 공중누각이 무너졌다. 돌이켜보면 김찬영은 명백한 결점이 있는 이론을 주장하기도 했고 유치한 견해를 펼치기도 했다. 그런 그를 이상화(理想化)하여 찬사를 퍼붓고 격려한 사람은 그녀 자신이었다. 그녀는 분노보다 참담한 수치심으로 공상적 신화에 다름 아닌 헤브라이즘에 관한 책들을 모조리 정리했다.

"이걸 다 내다 팔겠다고요?"

* 수필 「이상적 연애」(《동아일보》 1925년 1월 24일~30일 연재) 중에서.

192

전에 그녀의 책장을 살펴보고 놀랐던 여학생이 흉하게 이빨 빠진 책장을 보며 혀를 내둘렀다.

"네, 이젠 상상과 신앙으로 쓰인 것들 말고 과학적 서류를 읽으려고요."

덜 나은 다리를 절룩거리며, 몇 번이고 쓰러질 듯 비틀거리며, 책 더미를 쌓고 있는 그녀를 지켜보던 여학생이 잠시 망설이다 말했다.

"이제야 참혹한 이중생활을 눈치채셨나 봅니다."

"네? 참혹한…… 이중생활이라고요?"

"네. 그분처럼 영리한 남자가 또 있겠습니까? 가는 곳마다 주위의 인심을 잃지 않고 좋은 평판을 얻지요. 재능이 있고 엄청난 돈까지 있으니 무어 그리 어려운 일이겠습니까? 그런 이에게 뭇사람이 동경하는 여자의 마음을 얻고 쥐락펴락하는 건 재밌는 놀이에 불과하겠지요."

한마디도 대꾸할 수 없었다. 부끄러워서 땅속으로 꺼져버리고 싶었다. 어리석게도, 그녀는 자기만 진지하고 순수하면 문제를 해결할 수 있으리라 믿었다. 그런 진정으로, 그런 오만으로, 사랑이라고 착각했던 한 판의 연극이 끝났다.

시간이 흘러 다리는 나았다. 허나 그 후로도 문득문득 환상통처럼 다친 자리가 쑤시고 저렸다. 그녀는 내내 절룩거렸다.

악마의 사랑

망양초 김명순 양은 8호부터는 우리 글벗이 아닙니다.

딱 한 문장이었다. 앞으로도 뒤로도 더 이상의 설명은 없었다. 1921년 1월 동경에서 경성으로 발행처를 바꾸어 나온 《창조》 제8호의 편집 후기 격인 '창조잡기(創造雜記)'에는, 제7호에서 "불붙는 듯한 정열과 흐르는 듯한 예술적 천분(天分)이 있어서 아프게 동경하는 예술의 신천지를 꿈꾸며 노력하는 이"로 불렸던 김명순을 동인에서 제명한다는 고지가 실려 있었다.

여름으로부터 겨울까지, 다섯 달 동안 무슨 일이 있었는지 독자들이 속사정을 알 리 없었다. 애초에 내부자가 아닌 이상 도저히 알 수 없을 것이었다.

보고하는 김에 기쁜 소식을 여러분에게 알게 할 것이 있습니다. 조선 유일의 화백인 김관호, 김찬영 양(兩) 군과 또 시인으로 불시(佛詩) 소개자로 유명한 안서 김억 군은 8월부터 우리 글벗으로 되었습니다. 여러분과 함께 환영합니다.

그녀는 알았다. 충분히 속사정을 짐작할 수 있었다. 그는 원하는 모든 것을 할 수 있고 불편한 것은 무엇이든 물리칠 수 있는 사람이었다. 재능이 있고, 엄청난 돈이 있고, 남자니까.

바늘 가진 사람이 도끼 가진 사람을 이길 수 있을까? 모질게 축출당했다. 문학적 뜻을 같이한다며, 글벗이라며 달콤한 소리를 지껄이던 이들 중 누구도 그녀에게 저간의 사정을 설명하지 않았다. 전유덕이 뼈 다친 데 고아 먹으면 좋다며 소꼬리 한 벌을 가져왔을 뿐이었다. 어쩌면 전영택이 미안한 마음에 심부름을 시킨 것일지도 모르지만, 그 또한 변명조차 전해오지 않긴 매한가지였다.

배신감과 모욕감으로 치가 떨렸다. 그래도 그녀는 다시 넘어지지 않으려 기를 썼다. 무언가에 떠밀리든 발을 걸리든 더 이상 중심을 잃고 나자빠지는 꼴을 당하고 싶지 않았다. 동경을 떠나 경도(京都)로 가기로 했다. 표면적으로는 여학교를 졸업하고 대학에 진학하려는 본래의 계획을 따른 것이었다. 4월 개강을 앞두고 3월

198

에 가도 충분한 것을 1월에 서둘러 떠났다. 미지근하고 축축한 동경의 겨울에 잠시라도 머무르고 싶지 않았다.

동경과 경도, 도쿄와 교토, 현재의 수도와 옛 수도는 같은 일본의 도시라도 확연히 달랐다. 교토는 도쿄보다 작았다. 그래서 사람들의 관계도 다밭았다. 교토는 도쿄보다 추웠다. 그녀는 한기와 같은 외로움에 한층 시달렸다. 도망칠 수도 숨을 수도 없었다. 작은 조선인 커뮤니티에서 그녀는 끊임없이 좌충우돌했다.

약해 보이지 않기 위해 강한 척했다. 그것이야말로 그녀가 터무니없이 약하다는 증거였다. 겉으로는 무엇에도 거리낌이 없는 듯한 표정을 짓고 있지만 그녀는 결코 무심하고 냉철할 수 없었다. 교토에서 그녀는 칼날의 이파리를 단 나무숲을 알몸뚱이로 헤쳐가듯 살았다. 피투성이, 피투성이였다.

조금 이따가 H 씨가 좀 동떨어진 말씀으로

"왜 피아노 안 치셨어요?" 하셨습니다.

그때 저는 크리스마스에는 피아노를 치고 망년회에는 치라는 것을 안 쳤지만 H 씨는 그때 이미 동경에 안 계실 때인 고로 아실 일이 없을 터이라 생각하면서

"언제요?" 하고 좀 당돌한 음성으로 물었습니다.

H 선생은 크리스마스에 분주하셔서 제 피아노를 듣지 못하셨던지

"크리스마스에요, 편지까지 하여드렸더니……" 하시는 것을 듣자

마자 저는 고개를 숙였다가, 어떤 연고인지 급자기 고개를 들고

"몇 번이나 쳐야 다 쳐요?" 하고 반사적으로 날카로운 음성을 토했습니다. H 선생은 그만 머리를 숙이고 낯을 붉히셨습니다. 한참이나 아무도 이야기하는 이가 없었습니다.*

치유되지 못한 상처는 곪고 썩고 멍울졌다. 학창 시절에 따돌림을 당했던 경험과, 강간의 피해자가 되고도 손가락질당했던 경험과, 감정의 장난질에 농락당했던 경험이 차곡차곡 쌓여 그녀는 어느새 사교의 장에서 '세련치 못한 표본'이 되어 있었다. 사교술의 기본은 자기의 감정과 생각을 숨기는 것이다. 그 '세련된' 가면 위에 상대가 원하는 표정을 그려 넣는 것이다. 그녀로서는 흉내 내려 애쓰면 애쓸수록 실수와 잡음만을 빚어내는 기술이었다.

그녀는 지나치게 서툴렀다. 싫은 사람과 불화하는 것이야 어쩔 수 없대도 좋아하는 사람에게마저 자신의 진심을 전달할 수 없었다. H 선생이야말로 그녀가 평소에 존경했던 명사임에도 불시에 튀어나온 분심으로 실례를 저지르고 말았다. 기독청년회, 동경에서 유일한 조선인들의 집회 장소인 그곳의 삐걱거리는 2층 목조 예배당을 생각하면 우아한 위선자에게 속아 넘어가 얼간이같이 설쳐대던 자신의 모습이 떠올랐기 때문이다. 다친 다리를 절룩거

---

* 미완의 소설 「칠면조」(《개벽》 18호~19호, 1921년 12월~1922년 1월 연재) 중에서.

리면서도 시키면 시키는 대로 캐럴을 치던 그녀의 등 뒤에서 사람들은 얼마나 입방아를 찧고 손가락질을 해댔을까?!

H 선생은 인격자라 그녀가 편지로 대신한 사과를 점잖은 답장으로 받아주었다. 하지만 시시때때로 마주치는 사람들, 조선인들, 특히 여자들과의 관계는 풀기 어려운 시험과도 같았다. 그녀는 좀처럼 머리통을 맞대고 뒷공론을 하고 비밀을 나누는 여자들의 무리에 낄 수 없었다. 그녀가 다가가면 속살거리던 여자들은 새침한 표정을 지으며 입을 다물었다. 기묘하고 미묘한 무언가가 그들 사이를 가로막고 있었다. 그 벽 앞에서는 다시 열세 살의 계집아이가 되었다. 차가운 눈빛과 비틀린 입매와 짧은 코웃음과 낮은 수군거림 앞에 맥없이 허물어지던 가련한 어린 영혼.

도리어 눈동자와 피부색이 다르고 이방의 언어를 쓰는 사람들이 나왔다. 그들은 아무런 편견 없이 그녀를 대했다. 서양 사람들은 그녀를 흔히 일본 여자로 착각하곤 했다. 왠지 조선 여자 같아 보이지 않았던 모양이다. 몇 번을 거듭해 그런 이야기를 들으니 기분이 좋은 것도 나쁜 것도 아니고 묘했다. 어디에도 소속될 수 없는 떠돌이이자 외톨이라는 사실이 파란 눈에도 보이는 모양이었다.

그렇지만 외국인들과의 친교에는 한계가 있었다. 문화와 감성의 차이가 뚜렷했다. 그녀는 조선말로 함께 생각과 감정을 나눌 벗이 필요했다. 동성보다는 이성이 차라리 편했지만 남자들과의 우정은 신기루 같았다. 남자들이 갑자기 친절해지면 와락 두려워졌다. 그들은 그녀를 결코 동등한 인간으로, 무람없는 친구로 취급하지 않았다. 여자, 오직 여자라는 틀에 가둔 채 끊임없이 오해하고 멋대로 재단했다.

잠들지 못하는 밤이 늘어났다. 6첩 다다미방의 10촉 전등 아래서 뒤척이노라면 정체 모를 무거운 것이 몸뚱이를 짓누르는 듯했다. 크고, 차갑고, 미끈하고, 뭉클한. 우물우물 기어가다가 무언가의 발끝에 밟혀 구물구물 애쓰는, 지렁이였다. 그녀 위의 지렁이, 그녀 안의 지렁이, 그녀 자신이 지렁이 같았다.

내 자신아 얼마나 울었느냐, 얼마나 알았느냐, 또 얼마나 힘써 싸웠느냐, 얼마나 상처를 받았느냐, 네 몸이 훌훌 다 벗고 나서는 날 누가 너에게 더럽다는 말을 하랴?*

도시샤[同志社] 대학 전문부에 가(假)입학 수속을 해두고 통학하기 시작했다. 현실적인 문제가 적지 않았다. 보증인을 세우는 것, 월사를 내지 못한 것, 앞으로의 학비 마련……. 하지만 모든 고민을 뛰어넘어 그녀를 신경 쇠약의 지경에까지 몰아넣은 것은 결국 사람들과의 관계였다.

* 「칠면조」 중에서.

정직이 최선의 정책이라고? 진심은 결국 알아주기 마련이라고? 애써 용기를 내 솔직하게 이야기하면 공감해 주는 사람보다 뒤에서 험담하는 이들이 더 많았다. 좋은 일은 질투를 불러일으키고 나쁜 일은 약점이 되었다. 하나씩 하나씩 사람을 잃었다. 더 이상 누구도 믿을 수 없었다.

그녀는 기를 썼다. 이를 악물고 난관을 뚫고 나가려 했다.

—병을 앓지 않으리라!

—어떠한 일이 있어도 하루도 결석은 하지 않으리라!

스스로에게 다짐한 약속으로 하루하루를 이어나갔지만 마음의 병은 끝내 몸으로 나타났다. 하얗고 뽀얗던 안색은 날로 푸르죽죽해졌다. 가뜩이나 열에 약한 몸이 매일 뜨거웠다. 코로 단김이 뿜어 나왔다. 감쳐문 입술이 절로 헤벌어지며 신음이 새어 나왔다.

"아아, 어찌할꼬……."

우울증이 깊어지면서 공부를 하겠다는, 성공을 하겠다는 각오와 결심은 희미해졌다. 복습을 게을리할뿐더러 수업을 작파하고 온종일 집 안에 틀어박히기도 했다. 비 오는 밤 바이올린의 애끓는 소야곡을 들으며 밤새 흐느껴 울었다.

극도로 쇠약해진 그녀는 마침내 환상을 보기 시작했다. 어린 시절에 같이 놀았던 친구, 지금은 이름도 잊어버린 친구가 눈앞에 획 나타났다 사라졌다. 누군지 정체조차 명확지 않은 남자가 애를 태우며 어른거리기도 했다. 왁살스런 고함 소리, 새된 비명 소리, 환청마저 들리기 시작했다.

머무를 수 없었다. 살기 위해 도망쳐야 했다. 어렵게 들어갔던 대학을 중퇴하고, 그녀는 다시 도쿄로 돌아왔다.

❀

그녀가 도쿄와 교토를 오가며 사람의 숲에서 길을 잃고 헤매는 동안 경성에서는 예상치 못했던 엉뚱한 일이 벌어지고 있었다.

오늘도 부랑 청년 몇 사람이 대문 앞까지 따라왔으리라. 독신주의를 말하는 김 양이 어데 가서 무슨 연설을 하고 오는지 사현금(四絃琴)을 들고 들어와 모친 보고 인사나 하였는지 아니 하였는지 그대로 자기 방으로 들어갔다.

파리: 아가씨, 어디 다녀오셨어요?

김: 왜! 동무 집에 좀 갔다 왔다.

파리: 동무 집에 가서 연설을 하고 오십니까?

김: 연설? 왜, 내가 연설한다던? 오오, 마님이 그러시던 게로구나, 내가 아까 나갈 적이 그렇게 여쭈었지, 연설하러 간다고 부러……

파리: 그러면 동무 집에 가서 무얼 하셨어요? 독신주의 연설을 하셨습니까?

김: 아-니, 동무하고 황금정에 가서 사진 박이고 왔지, 따로 독사진을 하나씩 박이고 둘이 한데 하나 박이고……

파리: 그 많은 사진이 다 나갔습니까? 독사진을 또 박이게……. 또 누구하고 사진 결혼을 하십니까?

김: 내가 언제 혼인한다디? 나는 독신 생활을 할 걸!

파리: 또 독신 생활이 나오는구먼요, 대체 무슨 뜻으로 독신 생활을 하십니까? 정말 효성스러운 마음으로 어머님 한 분을 버려두고 갈 수가 없으니까 그러십니까? 또는 개성을 너무 존중하는 극단의 주의입니까…….

김: …….

파리: 그렇지 않으면 어느 교리에 의한 신앙에 살기 위하야 독신으로 늙으시랍니까? 그렇습니까? 네? 야소교입니까? 불교입니까? 네?*

그녀가 조롱당하기 시작했다. 지리고 구린 배설물 위를 윙윙대며 나는 똥파리처럼, 더러운 가십거리를 함부로 묻히고 날아다니는 익명의 은파리에게.

'김 양'은 독신주의자다. 신앙인 양 독신주의를 추종하며 그것이 신식, 신식이라고 우겨댄다. 독신 생활이란 데려가는 남자가 없어서 하는 소리일 뿐! 하루에도 몇 명씩 집에 찾아오는 유명 인사

---

* 목성, 「사회풍자 은파리」(《개벽》 1921년 3월호) 중에서.

라는 사내들은 결국 부랑 청년들에 불과하다. 그들과 어울려 음악을 가르칩네 사무를 의논합네 방구석에서 속살거리는가 하면, 청년회에서 연설을 한다는 핑계로 외출해 밤이면 연극장으로 낮이면 길거리로 한들거리며 돌아다닌다.

　　……그러고도 사람이라고, 그래도 신여자라고…….

　은파리가 윙윙거리며 '김 양'을 비웃는다. 파리에게는 마음껏 더러울 권리가 있다. 변소 벽에 달라붙어 배설물을 핥듯이 독신자 '김 양'의 실체에 더듬이를 들이댄다. '김 양'은 혼인날 신랑이 서넛씩 달려들까 봐 독신 생활을 하게 된 독신주의자다. 겉으로는 무한히 깨끗한 척하며 남몰래 번민하는 독신주의자다. 사회 사무를 위하여 자신을 희생한답시고 어머니를 눈속임하는 독신자다. 숱한 악행 중에도 파리가 진짜로 폭로하고 싶은 특급 비밀이 있다. '김 양'은 여자의 순결을 무덤까지 가지고 갈 '진정한' 독신주의자가 아니라, 일본에서 『피임법』이라는 책을 사와 장롱 속에 꼭꼭 숨겨둔 위선자에 불과하다. 피임법을 알려는 독신주의자!
　《개벽》에 목성이라는 필명으로 은파리 기사를 쓴 이는 그녀가 《여자계》에 '망양초'라는 필명으로 발표한 소설 「영희의 일생」을 읽고 배알이 뒤틀린 모양이었다. 작중에서 주인공이 토로한 독신주의자의 고뇌를 성적 방종과 타락으로 해석하고 가차 없이 비난을 퍼부었다. 기사는 처음부터 끝까지 사회 풍자가 아니라 인신공격이었다. 죽은 어머니가 무덤에서 끌려 나오는가 하면 『피임법』이라는 듣도 보도 못한 책까지 등장했다. 아무런 근거도 없이 오직 그녀를 음해하기 위해 쓰인 글이 신문화 운동의 중추적인 역할을 한다는 종합 잡지에 버젓이 실렸다.

세상이 변하면서 여자도 변했다. 신진 여자, 신부인, 신여자, 신여성, 무엇으로 부르든 간에 여자들의 삶도 새로워질 수밖에 없었다. 1920년 3월 김원주가 창간한 여성 잡지 《신여자》는 새로운 시대가 요구하는 '신가정'을 제시하며 남자들의 '반성을 촉구'했다는 점에서 혁신적이고 도전적이었다. 하지만 반성을 촉구받은 남자들의 생각은 달랐다. 세상이 변하면서 남자도 변했다. 남자들은 자기들이 세상을 변화시켰다고 믿었다. 그러면서 단 하나, 여자들이 새로워지는 것만은 원하지 않았다.

소위 신여자 등의 하루의 행사를 살피건대 거의 외래 사상과 외래 문화에 취하여 외인의 소행이라면 나체 보행도 감행하고자 하며 외인의 소언이라면 패담 망설도 감토(敢吐)하여 동서남북을 능히 분변치 못하고 오직 모의(模擬)로써 신생활이라 남칭하는 자가 불무한 금일이라. (……) 신여자는 결혼식을 거행하되 필히 예배당 내에서 찬송가를 고창하고 금지환을 받는 것이 신여자의 위신을 보(保)하는 바의 결혼식으로 인(認)하며 또는 키스를 상교(相交)하며 희희낙락하는 것이 신여자의 필수(必守)한 부인 도덕으로 인하는 도다. 어찌 신여자를 지적으로 각성한 자라 칭하리오. 이 어찌 사회적으로 자아를 분변하는 자라 칭하리오.*

기독교계 여학교에서 공부한 '신여자'들을 겨냥한 조선 총독부 기관지의 사설은 그녀를 '김 양'이라 지칭하며 더러운 더듬이를 뻗친 은파리의 독설과 밑그림이 닮아 있었다. "나체 보행", "키스를 상교" 따위를 들먹이며 성적 모욕을 가한 지점은 가상의 책 『피임법』과 일치했다. 어찌 파리가 청결과 위생을 말할 수 있을까? 누구도 자신의 욕망이 자극받지 않는 지점에서 반응하지 않는다. '신여자'들에 대한 혐오의 이면에는 스커트 아래로 드러난 종아리를 흘끔거리며 "나체 보행"을 즐기고, "키스를 상교"하고파 공원의 으슥한 수풀로 이끌려 안달하는 남자들의 욕망이 있었다. 위선자는 그녀가 아니라 거품을 물고 그녀를 욕하는 이들이었다.

그때만 해도 그녀는 바다 건너 조선에서 어떤 식으로 '김 양'에 대한 편견이 만들어져가는지 알지 못했다. 일면식도 없는 사람들이 혐오하면서 질투하는 '신여자'의 허울을 그녀에게 들씌우는 동안 그녀는 홀로 아팠다. 괴로웠다. 외로웠다.

고통과 고독에 기진맥진해 있을 때, 어김없이 문학에 대한 열망

---

* 사설 「신여자에게 충고: 자아를 몰각한 그 행동」(《매일신보》 1920년 8월 14일) 중에서.

이 사금파리처럼 빛났다. 그녀는 오로지 쓰고 싶었다. 아무것도 아닌 채로, 세상의 모든 것을.

✽

그렇게 사랑하는 게 아니었다. 그렇게라도 사랑이길 바랐다.

"그토록 만나보고 싶다던 소설가 김명순 씨가 여기 있습네다!"

모임이 끝나고 다과를 나누는 자리에서 전유덕이 그녀 앞에 한 쌍의 남녀를 데려왔다.

"오, 저편에서 한참 쳐다보면서 저 예쁜 여자는 누군가 했네요. 그분이 바로 김명순 씨였군요!"

여자가 생글생글 웃으며 말했다.

"사진보다 실물이 훨씬 미인이십니다."

남자가 따라서 싱긋이 웃으며 말했다.

"뉘신지……?"

"아, 이쪽은 임장화 씨와 그 누님이신데, 평양과 멀지 않은 진남포가 고향인 분들이야."

전유덕의 소개를 받고서야 경계심이 조금 누그러졌다. 그러고 보니 남녀는 웃는 눈매며 입모습이 꽤 닮아 있었다.

"네에, 그러시군요……"

애써 웃으며 인사를 나눴지만 만나자마자 얼굴이 예쁘네 어쩌네 비평하는 남매에 대한 첫인상은 썩 좋지 않았다. 눈치 빠른 전유덕이 그녀의 얼굴색이 바뀌기 전에 얼른 덧붙여 말했다.

"임장화 씨는 지금 토요[東洋] 대학에서 철학을 공부하면서 창작 활동을 병행하고 계서."

"아, 그렇다면 혹시 지난해 「춘희」와 「위선자」, 「예술가의 둔세(遁世)」를 발표하셨던……?"

"네, 제가 바로 임노월입니다."

아, 사랑스럽고 착하고 정열에 싸인 처녀여, 나의 예술은 인간의 미(美)를 다 끌어다가 너를 더 어여쁘게 하며 인생의 정(情)을 다 당겨다가 너를 더 정계(情界)에 광열케 하련다. 나는 마치 한없는 미와 지(智)와 또 영원과 무한에 흥분하는 석가나 예수나, 아니 미와 애(愛)를 창조하는 베토벤이나 밀레와 같이 세상 사람으로 하여금 사람의 실재성과 무한과 신비에 대한 의식을 깨닫게 하련다. 아, 열정과 이성의 처녀여.*

임노월은 지난해 초 세 편의 소설을 잇달아 발표하며 혜성같이 문단에 등장했다. 하지만 쏟아내듯 단편을 발표한 뒤 감쪽같이 침묵을 지키고 있었기에 일반 독자들에게 썩 익숙한 이름은 아니

* 임노월 단편소설 「춘희」(《매일신보》 1920년 1월 24일~29일 발표) 중에서.

었다. 문단이나 독자들의 반응과 상관없이 임노월의 작품을 매우 인상적으로 읽고 후속 작업을 기대하고 있던 그녀는 얼굴 표정에 반가움이 얼비치는 것을 숨길 수 없었다.

"오스카 와일드를 좋아하시나요?"

그의 입에서 오스카 와일드의 이름이 발설된 건 지극히 자연스러운 일이었다. 임노월의 작품에는 예술 그 자체가 시작이자 끝인 예술지상주의가 진하게 배어 있었고, 등단작인 「춘희」에서 병호가 춘희의 초상화를 그리며 사랑에 빠지는 내용은 오스카 와일드의 장편 『도리언 그레이의 초상』에서 홀워드가 도리언을 모델 삼아 그림을 그리는 대목과 겹쳤다.

그녀는 눈을 빛내며 고개를 끄덕였다. 식었던 심장이 빠른 피돌기로 뛰기 시작했다. 함께 문학을 이야기할 사람을 만난 것도 참으로 오랜만이었다. 그들은 한참 동안 아일랜드와 빅토리아 시대와 리딩 감옥에 대해 이야기했다. 잠시 주변의 공기가 더블린의 그것처럼 비리고 축축해졌다.

수려한 외모와 화려한 언변, 기발한 모자를 쓰고 양복 단춧구멍에 꽃 한 송이를 꽂고 다니던 오스카 와일드를 흠모하는 임노월 역시 눈에 띄는 멋쟁이였다. 동성애 사건으로 영국 사회를 발칵 뒤집고 감옥에 갇힐 만큼 사랑에 뜨거웠던 오스카 와일드의 추종자답게 임노월은 열정적이었다. 그녀의 얼굴이 홍당무가 될 때까지 노골적으로 아름다움을 찬미했고, 여성에게 일방적인 윤리를 강요하는 위선자들을 비웃으며 남녀 공히 자유로운 성과 사랑을 누릴 권리가 있다고 주장했다.

3년째로 접어든 유학 생활을 통해 그녀는 삶이나 공부의 방향을 찾았다기보다 오히려 길을 잃은 기분이었다. 목적이 없었기에 길을 찾을 수 없었다. 사상의 환경으로나 실제의 환경으로나 마찬가지였다.

―그래서 내 생활이 그리도 지독히 쓸쓸했는지 몰라!

사상 방면으로나 신앙 방면으로나 목적지가 분명한 사람을 만나고 싶었다. 지금 가고 있는 길이 어딘지, 이 길의 끝에 무엇이 있는지, 그 길은 또 다른 길과 이어져 있는지……. 아는 사람이 있다면 기꺼이 숭배할 것이었다.

그런 점에서 임노월은 매력적이었다. 외적인 면에서만이 아니라 내면적으로도 오스카 와일드를 닮은 이단아이기 때문이었다. 그는 주류 문단의 주의 주장과 거리를 둔 독창적인 유미주의를 내세우며 사회나 집단이 아닌 개인을 외쳤다. 계몽주의나 사회주의, 어느 집단이나 유파에도 속하지 않은 예술의 절대, 절대로서의 예술을.

"탄실! 임장화 씨한테서는 소식이 왔니?"

전유덕이 해맑은 얼굴로 방글거리며 물었다.

"아니, 내 주소도 알지 못할 텐데……."

"내가 가르쳐줬어. 하도 알려달라고 졸라서."

"무슨 용무로……?"

"이런 숙맥! 남자가 여자 주소를 왜 알고 싶겠니?"

전유덕이야말로 '세련된' 여자였다. 긴 속눈썹이 드리운 촉촉한 눈을 빛내며 청산유수의 언변으로 좌중을 휘어잡을 때는 그녀의 가슴까지도 문득 설렜다. 전유덕이 반짝거리는 웃음을 흩뿌리면서 그녀의 귓가에 속삭였다.

"글로 매력을 느끼던 이를 직접 만나고 나니 아주 홀딱 빠진 모양이지 뭐야!"

임노월 남매가 그녀의 재능과 미모를 높이 산다는 전유덕의 전언에 마음이 흔들렸다. 오랫동안 그녀는 인정과 관심에 목말라 있었다. 그에 더해 전유덕의 용감한 연애지상주의가 자극을 준 바도 없지 않았다. 아오야마[青山] 학원에서 독문학을 공부하던 방인근과 눈이 맞아 그의 약혼녀까지 물리치고 사랑을 쟁취한 전유덕은 마음 밑바닥이 차가운 그녀가 선망하는 뜨겁고 거침없는 여자였다.

"사랑합니다."

그 말을 듣고 그녀는 눈을 몇 번 깜박거렸다. 노루잠에서 깨어나기 직전처럼.

"우리, 같이 삽시다."

그 말에 그녀는 눈을 꼭 감았다 떴다. 어젯밤에도 불면에 시달린 눈알이 쓰리고 아팠다. 눈앞이 흐려서 임노월이 잘 보이지 않왔다. 모습도 표정도 아리아리했다. 대답이 입에서 툭, 잘못 썹은 옥수수 알갱이처럼 튀어나왔다.

"그래요."

동경에 일정한 거처가 없었기에 그대로 트렁크를 끌고 임노월의 집으로 들어갔다. 동경은 큰 도시였지만 조선인 커뮤니티는 교토 못잖게 비리했다. 소문은 시궁창에서 쥐 떼가 번식하듯 퍼져 나갈 것이다. 결혼하지 않은 남녀의 동거, 그것도 같은 소설가들끼리라니 다들 신이 나서 짓떠들 게 분명했다. 게다가 그해 5월 말에 경성에서 발간된 《창조》 9호에 임노월이 새로운 동인으로 참여한다는 기사까지 실렸으니 입방아가 얼마나 찰질지 불 보듯 훤했다.

후유까지 번연히 예상하면서도 임노월의 구애를 받아들였다. 어찌 되었든 사랑한다니 고마운 일이었다. 다행한 일이었다. 그렇게 잠시, 그의 곁에 지친 몸을 뉘였다.

에피메테우스(Epimetheus), 그는 충동적이고 어리석다. 프로메테우스의 동생이자 판도라의 남편. 형을 위기로 몰아넣고 얻지 말아야 할 아내를 선택한다. 프로메테우스가 날마다 독수리에게 간을 쪼아 먹히는 형벌을 받으면서까지 인간에게 불을 선사하게 된 연유 또한 에피메테우스가 인간을 무능하게 만들었기 때문이다. 에피메테우스, 그의 이름은 '나중에 생각하는 자'라는 뜻이다.

인간은 에피메테우스를 닮았다. 그리스 신화를 읽으며 비웃고 경멸했던 그 인물을, 그녀 역시 벗어나지 못했다.

"탄실 씨, 어젯밤에 일찍 주무셨나요?"

"네?"

"별일 없으셨냐고요?"

"무슨 말씀이신지……."

느닷없는 말에 어리둥절한 그녀에게 김원주가 몸을 찰싹 붙인 채 속삭였다.

"이것 보세요, 당신은 임노월 씨와 어젯밤에 동침하였지요? 그래서 당신의 얼굴이 그렇게 창백한 거 아닙니까?"

너무 당황스러워 화를 낼 수 없었다. 기가 막히니 숫제 웃음이 났다.

"아아, 원주 씨!"

평남 용강 출신으로 이화학당을 졸업한 김원주는 1920년 《신여자》를 창간하면서 잡지의 주간이자 작가로 활동을 시작했다. 여자가 여자를 위해 만든 최초의 잡지로 꼽히는 《신여자》는 '신여성'이라는 말을 새롭게 유행시키며 조선 사회에 뜨거운 감자로 등장했다.

같은 여자이고, 작가이고, 이른바 같은 '신여성'이었지만 김원주와 그녀는 적이 달랐다. 어쩌면 정반대라고 보일 만했다. 김원주가 외향적이라면 그녀는 내향적이었고, 김원주가 공격형이라면 그녀는 방어형이었다. 심지어 홀쭉하고 늘씬한 그녀에 비해 김원주는 뚱뚱하고 작달막했다.

김원주는 항상 당당했다. 4호까지 펴낸 《신여자》를 재정상의 문제로 중단하고 일본으로 건너와서도 전혀 주눅 든 기세가 아니었다. 잡지를 접은 사연에 후원자였던 남편 이노익과의 불화가 큰 비중을 차지했지만 그로부터 타격을 받은 흔적도 보이지 않았다.

김원주를 만나면서 그녀는 내심 동병상련의 우정을 기대했다. 어린 나이에 양친과 동생들까지 모두 잃고 열일곱에 천애 고아가 되었다는 김원주가 자기 못잖게 외로우리라 생각했다. 목사의 딸로 태어나 전도 부인이 되는 꿈을 꾸고 자라다가 연이은 불행에 종교에 대한 회의를 품게 되었다는 대목도 비슷했다. 사랑에 대해서도 그들은 각각이 실패의 경험이 있었다. 김원주는 이화학당 시절에 재력가 집안의 청년과 혼인을 약속했다가 모욕만 당하고 파혼했다. 그런가 하면 이혼 직전에 이른 남편 이노익은 스무 살이 훌쩍 넘는 나이 차에 다리가 불구였는데, 김원주는 그의 다리가 의족이란 사실을 첫날밤에야 알게 되었다는 것이다.

같은 병을 앓는 사람들은 그 아픔을 알기에 서로를 가엾게 여긴다. 하지만 동병상련의 이치가 언제나 누구에게나 통하는 것은 아니다. 고통을 느끼는 지점과 고통의 정도가 다르기 때문이다.

아니, 그저 다른 사람이기에 그럴지도 모른다. 고통은 같더라도 사람이 다르다.

그녀는 김원주가 자기와 다른 사람이라는 사실을, 아픔을 공유하는 우정이 불가능하다는 사실을 한순간에 깨달았다. 아주 시시하고 소소한 순간이었다. 두 사람이 함께 구단(九段) 시가지를 걷고 있을 때, 장발의 화가 하나가 지나면서 '히야까시'를 했다. 기실 별다른 내용이 없는 시시풍덩한 농지거리였다. 그런데 그 말을 들은 김원주의 반응이 특이했다.

"흥! 또 저러는구먼! 다들 나를 미인이래요. 요새는 뚱뚱한 것이 아름답다고 한답디다."

김원주가 뚱뚱해서 못나 보인다든가 둔해 보인다든가 하는 생각은 눈곱만큼도 해본 적이 없었다. 그래서 미(美)에는 표준이 없으니 개인의 취향에 따라 기준이 다르겠으나, 김원주가 아름다워 보이는 것은 거짓이 아니라고 대답해 주었다. 그렇지만 김원주의 거침없는 자신감과 과시의 태도는 그녀가 꿈꾸었던 우정이 몽상에 다름 아님을 확인시켰다. 그들은 같은 여자일지나 전혀 다른 인간형이었다. 김원주는 일본어를 전혀 모르는 채로 자기가 듣고픈 말로 알아듣고 하고픈 말만 지껄였던 것이다.

그리 친한 사이도 아닌데 잠자리까지 캐묻다니, 과감하다 못해 거칠기 그지없었다. 그런데도 김원주의 태도는 묘하게 사람을 자극했다. 뭐라도 고백하고픈 간질간질한 충동을 불러일으켰다. 그녀는 툭, 속앓이해 왔던 비밀을 털어놓았다.

"우리는 벌써 사랑이 없어졌어요."

비밀은 한숨처럼, 남몰래 흐르는 눈물처럼 새어 나왔다.

"처음 만났을 때도 외로운 내가 인정(人情)에 끌렸던 편이었
고……. 어떤 이해가 있다든지 공명(共鳴)이 있었던 것이 아니었
죠. 임노월 씨의 누님과 그가 나를 얼굴 예쁜 여자로 고른 것이
원인이니까."

오랜 시간이 필요치 않았다. 함께 살기 시작하자마자 알았다.
그들은 서로를 이해하지 못했다. 사상과 감정, 행동에 대한 공감
도 없었다. 그녀는 그를 사랑하지 않았다. 그저 사랑에 기대기 위
해 일방의 사랑도 사랑일 수 있다고 자신을 기만했다. 나중에 알
았다. 그것이 사랑이 아님을, 사랑일 수 없음을. 나중에야 생각했
다. 누군가에게 속임을 당한 것이 아니라 스스로를 속였음을.

임노월을 탓할 것도 없었다. 예민한 사람이었기에 금세 깨달았
을 것이다. 그 또한 에피메테우스의 운명으로부터 도망칠 수 없
음을.

"그럼 당신은 지난번 말씀과 같이 고향으로 가시겠습니다그려.
노월 씨를 두고……."

스쳐 지나며 했던 말을 그예 기억해 내는 김원주에게서 의심스
런 무언가가 느껴졌던가? 자기 생각에 깊이 빠져 있던 그녀는 그
만 심상히 들어 넘기고 말았다.

"가고 싶지요. 그런데 그리 될는지……."

평양에 가고 싶었다. 몸과 마음이 고단할수록 향수는 진해졌다. 하지만 그녀는 추방당한 아이였다. 고향을 잃고 방랑하는 길손이었다. 어두운 얼굴로 입술을 깨물고 있는 그녀에게 김원주가 다시 엉뚱한 소리를 했다.

"나는 임노월 씨 같은 이가 좋아요. 아, 그이는 얼마나 아름다운 남자일까요?!"

자기가 한 말이 부끄러웠는지 아니면 그녀의 눈을 피하기 위해서인지 김원주가 고개를 떨어뜨리고 발부리를 내려다보았다. 진담인지 농담인지 알 수 없었지만 별로 화가 나지 않았다. 그래서 더욱 쓸쓸해졌다.

"하지만,"

김원주는 고개를 숙이고 그녀는 고개를 들었다. 텅 빈 눈으로 하늘을 쳐다보았다. 푸르디푸른 그곳 깊숙이에는 지상의 욕망이 없을 것이다. 허무는 말갛고 결백할 것이다.

"임노월 씨는 지금 나와 같이 있지만 정염에 주리었으니까 당신 같은 이를 좋게 볼지 모르겠네요. 그런데 요즘 그가 칭송하는 이상적인 여성상은 따로 있어요. 뮤즈이자 여신이면서 어머니이고 하녀죠. 그런 여자가 정말 현실 세계에 있을지 모르지만, 있다면 소개라도 해주고 싶은 심정이에요."

강한 자의식을 가진 두 작가, 전혀 다른 두 세계, 다만 사랑이라는 착각으로 잠시 한 둥지에 머물렀던 두 남녀에게 남은 것은 환멸뿐이었다. 그들은 매일 싸웠다. 임노월은 그녀를 함부로 대했고, 한때의 귀한 연인에서 무용지물의 동거인이 되어버린 그녀는 가시방석 위에서 먹고 자는 듯했다.

"내가 그토록 너를 위해 모든 희생을 아끼지 않았건만!"

조금만 비위가 틀려도 임노월은 펄펄 뛰며 소리쳤다. 분노를 터뜨리며 사납게 욕설까지 퍼부었다. 주었던 것들이 아까워지는 순간 사랑은 끝난 것이다. 입에 든 것이라도 꺼내어 먹일 듯 다정했던 순간이 지나면 입속이 뒤집어져 나오는 건 토악질뿐이다.

"매일같이 그런 난장을 벌이면서도 마음처럼 얼른 떠날 수가 없네요. 여비를 달라고 할 데도 없고……."

구차하다 구차했다. 두 달 전부터 고향에 가고 싶다고 노래를 부르면서도 떠나지 못한 건 알거지 신세이기 때문이었다. 임노월이 아무리 행패를 부리며 모욕을 줘도 빈 주머니로는 아무 데도 갈 수 없었다.

"아무도 기다려주지 않는 고향에 나는 얼마나 돌아가고 싶을까요? 내가 거기 가서 살려면 문전걸식하는 수밖에 없겠지만……. 그래도 고향 땅을 밟아보고 싶어요. 흙냄새를 맡고 바로 그 자리에 고꾸라져 죽는다 해도……."

내 고향은 감람색의 광명으로 이루어서

220

거기 사람들은 성근(誠勤)으로 보드라운 옷 입고

다만 기도로 호흡하여 살더라

거기 내 고향의 어머님께서는

금(金)거문고를 울려 모든 기도를 빛내고

먼 곳 아이에게는 꿈나무를 흔들더라*

끝내 울음이 터졌다. 옆에 누가 있는지도 잊고, 누가 있든 아랑 곳없이 설움과 회한에 겨워 울었다. 눈물 속에 그리운 고향이 아른아른하였다. 돌이킬 수 없는 시간이 가물가물하였다.

마침내 돌아왔다. 내처 평양으로 가지는 못하고 제2의 고향인 경성에 낡은 트렁크를 내렸다. 후미진 골목에 자리한 여관의 작은 방에선 쿰쿰한 냄새가 났다. 머무르지 못하는 사람들은 자기도 모르는 사이에 그런 냄새를 풍긴다. 삶과 삶이 구겨져 접힌 지점에 곰팡이가 피어난다. 외로움이 푸른 꽃을 피운다.

그래도 다다미방이 아니라 온돌방에 누우니 마음이 안정되었다. 최소한 뼈를 파고드는 추위는 겪지 않아도 되리라. 비록 지금

* 시 「향수」(《동명》, 1923년 1월 발표) 중에서.

은 「한여름이지만.

　　풍랑은 모든 영혼을 살아 쳐가고
　　부패는 모든 육체를 점령하다*

　1921년 8월, 동경에서 쓴 마지막 시구였다. 일본을 떠나기 직전의 한 달은 그녀와 임노월, 사랑이 식어버린 연인에게 지옥 같은 시간이었다. 누구든 지옥에서는 악마가 된다. 악마가 되어야 지옥을 견뎌낼 수 있다.

　"당신이 원하는 여자는 내가 아니에요."

　마음만큼이나 싸늘하게 식은 몸으로, 그녀는 술에 취해 곁을 파고드는 연인을 냉소했다. 정열이 없었다. 욕망 또한 없었다. 정열이 없으니 욕망도 없고 욕망이 없으니 정열 역시 생겨나지 않았다. 필사적인 집착, 부질없는 미련뿐이었다.

　"그렇잖아요? 그렇죠! 그런데 왜 나를 놓아주지 않는 거예요?"

　임노월은 평범한 삶을 증오했고 특별한 취미와 취향을 사랑했다. 사람에게 연민과 사랑을 느끼는 감도보다 혐오와 미움의 감도가 비상했다. 그는 완전하고도 영원한, 정사(情死)마저도 단연히 감행하는 사랑을 이상으로 추구했으며 그것이 존재할 세계의 끝,

---

* 시 「환상」(《신여성》 제1권 제2호, 1923년 10월 발표) 중에서.

무한한 지평선이 시야를 메우는 허무의 거처를 동경했다.

한 지붕 아래서 한 이불을 덮고 살면서 늘 '신비한 월광(月光)의 미'며 '무르익는 녹음'이며 '새벽녘 푸른빛을 날리는 유성(遊星)'을 말할 수는 없었다. 식탁과 변소를 함께 쓰면서 '고요히 흘러가는 밤'이며 '단꿈을 기다리는 꽃들'이며 '망망한 수평선에 기울어지는 석양의 미'를 속삭일 수 없었다. 카페에서 만나 밥을 먹고 공원에서 산보를 하다가 조용한 절간 따위의 밀회처로 스며드는 연인이라면 모를까, 함께 살며 일상을 지울 수는 없었다. 함께 산다는 일 자체가 일상을 지어나가는 일이었으므로.

아니다. 그마저도 군색한 변명이다. 그녀는 그저 관계를 맺을 줄 몰랐다. 그는 관계를 책임질 줄 몰랐다. 가장 큰 문제는 그런 서로를 까마득히 몰랐던 것이었다.

"내가 그토록 너를 위해 모든 희생을 아끼지 않았건만!"

참으로 쓰라린 말이었다. 절반은 맞고 절반은 틀렸다. 임노월은 상처받은 그녀를 보듬기 위해 여러 모로 애를 썼다. 그러나 예술가라는 인간군은 누군가를 위해 진정으로 자기를 희생시킬 수 없는 유형이다. 상처와 상처가 만나면 더 큰 상처로 덧날 뿐이다. 그래도 그들은 지옥의 바닥까지는 가지 않으려고 기를 썼다. 돌이킬 수 없는 밑바닥은 보이지 않으려고, 최소한의 명예를 잃지 않으려고 쩨쩨한 계책이나마 짜내어 버텼다. 그마저 다 소진되었을 때, 싸움거리조차 더 이상 남아 있지 않을 때, 그들은 헤어졌다.

─탄실! 나의 전(全) 존재를 다 당신에게 매였던 순간은 아득한 과거가 되어버렸소.

밑바닥까지 가지 않은 덕택에 그런 편지나마 주고받을 수 있었다. 임노월은 그녀를 걱정하고 있었다. 짐짓 그리워하는 듯도 했다. 하지만 그녀는 나중에 생각하는 자일지언정 후회하고 돌이키는 자는 아니었다. 자신의 불쌍한 형편을 몇 마디 답장으로 적어 보내다가 그조차 무의미하고 동정을 구걸하는 꼴 같아서 그만두었다.

그런데 언젠가부터 임노월의 편지에 묘한 내용이 묻어오기 시작했다.

─그것이 매일같이 찾아오오. 내가 청하지도 않았는데…….

임노월은 사뭇 귀찮은 듯 한참을 투덜거렸다. '그것'이란 다름 아닌 김원주였다.

─무슨 사건이 생겼으니 물으러 오는 게 아니겠습니까?

그녀는 심상하게 대꾸했다. 김원주의 성격으로 미뤄보건대 놀라운 일은 아니라고 생각했다. 다만 맞장구를 치며 흠뜯을 형편은 아니었기에 불평하는 임노월을 위로하는 데 그쳤다.

남녀의 일이란 참으로 알 수 없었다. 얼마 지나지 않아 평양에 다니러 갔던 그녀는 뜻밖의 놀라운 소문을 듣게 되었다. 임노월이 동경을 떠나 고향인 진남포에 돌아와 살고 있다는 것이었다. 더더욱 경악스러운 것은, 마침내 이노익과 이혼한 김원주가 그와 동거하고 있다는 사실이었다.

불가능한 일은 아니었다. 김원주는 노골적으로 임노월 같은 남자가 좋다고 했다. 임노월의 취향도 김원주의 성격이나 풍모와 일치하는 지점이 있었다. 그의 소설 「악마의 사랑」에서 주인공이 착한 아내 정순 대신 애인으로 택한 영희는 성질이 분명하고 요부적인 기질을 가졌으며 새카맣고 풍성한 머리칼을 지닌 여자였다. 단지 놀라운 것은 그들이 동거를 하기까지의 뒷얘기였다. 평양에 짝자그르한 소문 속에서 임노월은 김원주와 작당을 하고 그녀와 삼각관계를 지었다. 못 이기는 척 그녀를 고향으로 돌려보내고 저희들끼리 경사롭게 살림을 차렸다.

그녀는 소문을 믿지 않았다. 떠도는 어떤 말도, 자신의 언어가 아니라면 무엇도 믿지 않았다. 그녀의 입에 거위침이 고이는 까닭은 따로 있었다.

—탄실! 당신은 아시오? 나는 지옥의 맨 밑바닥을 헤매고 있소!

그 편지를 받은 것이 바로 며칠 전이었다. 동경에서 진남포까지 다다르기에도 부족한 시간이었다. 임노월은 김원주의 흐벅진 허벅지를 벤 채로 그녀에게 징징거리며 엄살을 부렸던 것이다. 왈카닥, 구토가 치밀었다.

사랑에 충실한 사람은 사랑의 사소한 면밖에 알지 못해.

사랑에 충실하지 못한 사람이 사랑의 비극을 아는 거야.

함께 사랑했던 『도리안 그레이의 초상』에서 자유로운 쾌락주의자인 헨리 경은 그렇게 말했다. 사랑의 비극은 그녀의 몫이었다. 인연의 끝에는 사랑하지 않은 채 동거했다는 가책만이 남았다. 사랑에 불충한 죄로 받은 벌이었다. 반면 김원주와 임노월의 관계는 생각보다 오래 지속되었다.

김원주는 1924년 8월 《신여성》에 임노월과 동거한 1년을 공개하는 「인격 창조에」라는 수필을 발표했다. 김원주는 지난 1년 동안 인격과 모성을 자각했으며 예술적 생활을 영위했기에 현실 생활에 매우 만족한다고 했다. 지나치게 과시적이고 아전인수 격인 글이었지만, 내 생활은 내가 할 터이니 너희들은 너희들 자신의 생활이나 똑똑히 하라는 호사가들에 대한 일갈은 제법 통쾌했다.

그 수필을 두고 문단과 지식인 사회가 한바탕 떠들썩했다. 김원주가 글을 통해 전달하려던 핵심은, 철학적 개념을 넘어 순수한 미와 사랑의 정조를 태생적으로 가진 여성들 또한 남성들 못잖게 위대한 예술가가 될 수 있다는 주장이었다. 하지만 대부분의 사람들, 그중에서도 대부분의 남자들은 김원주와 임노월의 동거 생활을 두고 입방아를 찧었다. 김동인이 표현한 대로 "몸이 풍만하고 육감적"이며 최서해의 맞장구처럼 "살이 푸근푸근"한 김원주에 대해 그들이 상상해 낼 수 있는 것이란 그것이 전부였다.

그녀 또한 글을 읽으며 김원주와 임노월의 동거 생활을 생각했다. 그러나 행간을 읽는 그녀의 시선은 세상의 그것과 달랐다.

그들은 밤마다 로맨스를 창작해서 서로에게 들려준다. 반드시 창작된 이야기여야 하기에 여가마다 무슨 이야기든 생각해 두었다가 자기 전에 머리맡에서 서로 나눈다. 그러면 그 이야기들이 한층 황홀미를 가지고 꿈 가운데서도 재현될 때가 있다……. 식사는 형식을 갖추기보다는 취미 본위로 끼니때마다 새것을 요리한다. 식사가 새로우면 정조가 항상 새로워서 청신한 맛을 가질 수 있으니까! 일주일에 한 번씩은 경성을 벗어나 근교로 원족을 떠나 한가히 시간을 보낸다. 가정 정조라는 것이 걸핏하면 권태롭고 평범하고 단순해지기가 쉬우니까, 청신한 분위기 속에서만이 일시적이나마 로맨틱한 여행 정조를 찾지 않겠는가?!

그녀가 하지 못했던 것이자 할 수 없었던 것이었다. 그가 원하지 않던 것이자 원하리라 생각지 못한 것이었다. 그녀는 애초에 임노월과 김원주와 삼각관계일 수 없었다. 그들과 삼각형의 꼭짓점을 만들기에 그녀는 너무 멀리 있었다. 깊이 있었다. 어두운 곳에 외따로 있었다.

등 뒤에서 등 뒤로

분을 바른다. 눈물로 얼룩졌던 낯을 씻고 말간 얼굴에 분물을 펴 바른다. 뺨과 이마에 살짝 흩뿌려진 주근깨가 눈에 띈다. 피부가 흰 탓에 자잘한 검은 점이 더욱 또렷하다. 어떤 잡티도 보이고 싶지 않다. 마치 흠결 같다. 모자라고, 잘못되고, 부족한 무엇 같다. 주근깨를 가려보려고 손바닥에 분물을 좀 더 덜어낸다.

이면(裏面). 뒤편이면서 안쪽이면서 내부인, 곁에서 밖에서 앞에서 보이지 않는 부분. 세상의 모든 이면은 아프다. 비밀은 슬프다. 멋진 학교 건물의 그늘진 뒤편에서 몸을 동그랗게 말고 훌쩍거리며 코를 마시던, 그 계집아이는 슬프다. 슬픔을 잊지 못해 오래 아프다.

타인의 시선은 가시 같다. 마주치는 눈으로, 숨 쉬는 코로, 말하기 위해 벌리는 입으로 가시들이 파고든다. 온몸의 숨구멍으로 쑤시며 밀려든다. 결점을 들키면 안 된다. 그들에게 흠뜯기면 안된다. 약하면 짓밟힌다. 못나면 무시당한다. 분물을 치덕치덕 덧바르고 또 덧바른다. 주근깨가 하나도 보이지 않을 때까지, 두려운 표정을 완전히 숨길 때까지.

가루분이 담긴 분통을 연다. 연분홍빛 가루가 난분분히 피어오른다. 남들보다 예뻐 보이고 싶다. 우월해 보이고 싶다. 아니, 못나보이고 싶지 않다. 열등해 보여서는 안 된다. 분첩에 가루분을 듬뿍 묻혀 두들긴다. 시야가 뿌옇고 코끝이 간질거리지만 잡티와 숨구멍이 하나도 보이지 않을 때까지 분을 덧칠한다.

화장이 자꾸 두꺼워진다. 아무도 초대하지 않은 가면무도회에서 홀로 춤을 춘다. 스텝이 자꾸 엉킨다. 비틀거린다. 쓰러지지 않기 위해 필사적으로 팔다리를 휘젓는다. 흘러내린 땀에 화장이 번진다. 두께만큼 흉하게 허물어진다. 그래도 다시 분을 바른다. 누구에게도 민낯을 들키지 않기 위해, 사나운 가시에 꿰뚫리지 않기 위해.

✿

어디서 귀국 소식을 들었는지 친구들이 여관으로 그녀를 찾아왔다.

"이런! 가뜩이나 마른 애가 아주 뼈다귀가 되어버렸네. 그동안 마음고생이 심했구나!"

"다 잊어버리렴. 빨리 떨치고 일어나야 네가 살 수 있어."

친구들은 수척해진 그녀의 모습에 놀라며 위로했다.

"고마워. 일부러 찾아와줘서……."

반갑고 고마웠다. 그에 앞서 겁나고 두려웠다.

─지금은 안쓰러운 듯 위로하며 다독이지만, 얼마 지나지 않아 산산이 헤어져갈 것이 아닌가?

사나운 의심에서 벗어날 수 없었던 것은 친구들이 진정으로 자신을 이해하지 못하고 있다는 생각 때문이었다. 걱정보다는 호기심이 그들의 발길을 이끈 게 아닌가, 말로는 동정하는 체하지만 그들 또한 소문의 내용대로 그녀를 의심하는 게 아닌가? 아직 조선에서는 남녀가 교제하는 일이 드문 듯했다. 하더라도 외면으로는 나타내지 않으려 기를 쓰는 듯했다. 그러니 연애 문제로 남의 입길에 오르내리는 그녀에게 진정으로 공감하기는 어려울 터였다. 세상은 자신이 겪은 만큼만 넓어지는 것이기에.

─혹시 나의 불행을 구경하러 온 건 아닌가?

울적한 마음이 의심을 부추긴 날에는 그런 생각마저 들었다. 불행한 이에게 특별히 친절해지는 사람들이 있다. 의식적으로든 무의식적으로든 남의 불행을 통해 자신의 행복을 확인하기 때문이다. 불행한 처지에 놓인 타인을 진심으로(그래, 진심으로!) 가없게 여기며, 최소한 저만큼 불행하지 않아서 다행이라고 안도한다. 인간의 이기심은 본능이다. 경계와 불안으로 가득한 만남의 뒷맛은 그들이 선물이라며 사 들고 온 과자처럼 수상스레 들큼했다.

거지 두루마기 해 입힌 셈 치는 자기 위안은 아니었다. 두 번째 일본 유학에서 학업과 연애에 모두 실패하고 돌아온 그녀는 차라리 홀가분했다. 곁에는 사람이 없고 주머니에는 돈이 없었지만 관계 속에서 고통받던 때를 생각하면 혼자가 편했다. 날씨가 좋은 날이면 여관방을 나와 휘적휘적 경성 곳곳을 쏘다녔다. 3·1운동의 희생으로 무단 통치에서 벗어난 조선 사람들은 이전보다 안색이며 입성이 나아 보였다. 조선의 가을 하늘은 푸른 옥을 닮아서 기어이 맑고 깊었다. 인력거 삯이 없기도 했지만 목적지도 약속도 없이 걷는 일이 좋았다. 그러는 사이 차차로 차분하고 평온한 기분을 되찾았다.

몸과 마음이 회복되니 글을 쓰고 싶은 마음이 간절해졌다. 그녀가 귀국했다는 소식을 듣고 잡지 《개벽》에서 연재를 청해 왔다. 그 청탁을 받아들여 쓰기 시작한 글이 유학 시절의 경험을 담은 「칠면조」였다. 지난해 《창조》에 「조로의 화몽」을 발표한 뒤 처음 쓴 소설이었다. 「칠면조」는 비록 미완성인 채 연재를 마쳤지만 그녀에게 다시 글을 쓸 수 있다는 자신감을 준 작품이었다.

수십 편의 시를 썼다. 완결작과 미완의 작품을 포함해 서너 편의 소설을 썼다. 희곡에도 도전했다. 프란츠 베르펠, 헤르만 카자크 등 표현파의 시와 모리스 마테를링크, 레미 드 구르몽 등 상징파의 시, 호레이 같은 후기 인상파의 시, 그리고 에드거 앨런 포와 보들레르 등 악마파의 시와 소설 들을 번역했다. 그녀는 모국어를 위시해 일본어, 독일어, 프랑스어 등 외국어에 능숙했다. 그녀의 번역은 단지 외국어 실력을 뽐내는 것이 아니라 작품 선정이나 작품을 분류하는 기준에서 독창적이었다. 그녀가 번역한 작품들은 이전까지 다른 작가들이 전혀 언급하지 않았을뿐더러 조선어로 번역된 적이 없는 것들이었다. 특히 최초로 조선에 번역해 소개한 에드거 앨런 포의 작품들은 활기차고 간결한 문체로 번역이 창작의 부수물이 아니라 독자적인 작업일 수 있다는 가능성을 열어 보였다.

문학 창작 활동만이 아니라 신문 지면을 통한 사회적 발언도 했다. 《동아일보》에 「부친보다 모친을 존숭하고 여자에게 정치 사회 문제를 맡기겠다」와 《신여성》에 「봄 네거리에 서서」를 기고한 것을 비롯해 몇 편의 수필과 평론을 발표했다. 《폐허》를 뒤이어 발간된 《폐허이후》의 동인으로 참여하기도 했다. 1922년부터 1925년 첫 창작집 『생명의 과실』이 출간될 때까지, 스물여섯에서 스물아홉의 시간은 작가 김명순으로서 가장 왕성했던 시기였다. 도합 100여 편이 넘는 작품들이 그녀의 손끝에서 쏟아져 나왔다.

모든 예술가에게는 장미의 때, 황금의 시기가 있다. 세상의 인정을 받느냐 받지 못하느냐와 별개로, 재능이 열정과 노력에 의해 발화하는 불꽃의 순간이다. 그 창작의 기세를 불질하는 내부의 동력은 예술가마다 다르다. 대개는 욕망이거나 결핍, 그중 하나이거나 둘 다이거나 그와 유사한 무엇으로부터 비롯된다. 그런데 그녀의 경우 괴이하도록 단순하면서 절박한 동인이 있었다. 다름 아닌 '오해'를 풀고자 하는 것이었다.

그녀는 연애 소설을 그리 잘 쓰지 못했다. 연애의 장치는 있으되 달콤한 장면을 그려내는 데는 서툴렀다. 몇몇 작품은 남녀 주인공의 연애가 본격적으로 시작되기 직전에 중단되었다. 그녀 자신이 한 번도 제대로 된 연애를 경험해 보지 못했기 때문이었다. 그녀 또한 동시대의 신여성들이 그러하듯 인습과 억압으로부터 탈주하는 방식으로서의 연애, 낭만적 연애를 동경했지만 현실과 이상은 달랐다. 운명은 그녀에게 낭만적 사랑을 허락하지 않았다. 두 사람이 동시에 매혹되어 사랑에 빠지지 못했고, 사랑으로 자유와 평등을 획득할 수 없었고, 결정적으로 낭만적 사랑의 완성인 결혼에까지 다다르지 못했다.

사랑은, 연애는, 그녀에게 상처만을 주었다. 인간, 그리고 남자에 대한 불신과 환멸만을 남겼다. 그런데도 놀라운 것은 조선에서 그녀가 연애 선수로, 연애 지상주의자로, 자유연애의 선봉으로 소문이 났다는 사실이었다.

—아니 땐 굴뚝에서 연기 날 리 있겠어?

　몸서리가 처지는 말이었다. 오랜 경험에서 비롯된 지혜의 말이라지만, 때로 속담은 어리석은 편견과 겉대중과 곡해의 누적이기도 했다. 모르는 사람들이, 단 한 번 만나본 적조차 없는 사람들이 뜬소문을 듣고 그렇게 말했다. 설마 정숙하고 착실한 여자가아무 일도 없이 연애 선수로도 모자라 연애 대장이라는 소리를듣겠느냐고.

　불을 때야 연기가 나는 건 분명하다. 그렇지만 불씨조차 제대로 일구어내지 못한 헛불질을 대화재인 양해서는 곤란한 일이었다. 더욱이 그것이 한 사람의 인생에 대한 문제라면 허풍을 넘어죄악일 터였다. 그럼에도 불구하고 사람들은 함부로 말했다. 떠들었다. 소리쳤다.

　—불이야!

　매캐했다. 아니 땐 굴뚝에서 피어오른 연기로 사방이 자욱했다. 몽몽하고 맵싸한 가운데 열아홉 살에 리웅준에게 당한 강간은그녀가 타락한 탓이 되었다. 부정한 여자였기에 김찬영에게 버림받았다. 임노월과의 동거야말로 성적으로 문란한 여자라는 결정적인 증거였다.

　—불이야! 불이야!

　연기 속에서 우왕좌왕 헤매었다. 아무도 손을 잡아주지 않았다. 그녀가 홀로 소문의 불천지에 갇혀 좌충우돌하는 동안 리웅준은 일본군 장교로 조선군 사령부에 돌아와 승승장구하다가 대위로 승진했다. 김찬영은 유미론을 내세운 예술 비평가로 변신해《창조》에 이어《폐허》동인으로 참여했고, 문인과 예술가 들의 후원자로 사교계의 인기인이 되었다. 임노월은 진남포에서 김원주와 동거하며 작품 활동을 하다가 그도 저도 싫증나는지 모두 파해 버리고 1925년《동아일보》신년호에 절필 선언을 던진 채 돌연 문단에서 사라졌다. 그들의 삶은 조금도 훼손되지 않았다. 그녀와 관련된 일말의 흔적도 남지 않았다.

사랑이었다면, 연애였다면, 그녀만 상처 입은 외톨이가 되지는 않았을 것이다. 사랑은, 연애는, 두 사람이 함께하는 것이니 말이다. 사랑도, 연애도, 애당초 존재하지 않았다. 사랑을, 연애를, 돌이킬 때마다 그녀가 울음을 삼키는 것은 배신과 모욕 때문이 아니었다. 사랑을, 연애를, 더 이상 믿지 못해서도 아니었다. 사랑을, 연애라고 이름 지어진 사랑의 관계를, 끝끝내 믿고 싶었기 때문이었다. 사랑이었다고, 연애였다고, 믿었던 그들은 배신하고 모욕하기 이전에 예의를 지키지 못했다. 나쁜 것은 참을 수 있지만 무례한 것은 용서할 수 없었다.

그때부터 그녀에게 사랑은, 연애는, 상처가 아니라 낙인이 되었다. 사랑의, 연애의, 상대라고 믿었던 이들에게조차 예의를 지킬 필요가 없는 대상으로 취급되면서 졸지에 누추하고 비천해졌다. 은파리라는 익명의 혓바닥이 함부로 지껄인 바대로 헤프고 난잡한 '김 양'이 되었다. 음녀이자 탕녀로 낙인찍힌 그녀를 남자들은 희롱했고 여자들은 기피했다. 한순간에, 저도 모르는 사이에, 불구덩이에 빠졌다.

세상이여 내가 당신을 떠날 때
개천가에 누웠거나 들에 누웠거나
죽은 시체에게라도 더 학대하시오.
그래도 부족하거든
이다음에 나 같은 사람이 있더라도
할 수만 있는 대로 또 학대하시오.
그러면 나는 세상에 다신 안 오리다.
그래서 우리는 아주 작별합시다.*

세상 앞에 발가벗겨진 그녀에게 사람들은 저희가 원하는 만큼 옷을 입히고 믿는 만큼의 장식을 했다. 그녀는 오해와 편견으로 얼기설기 기워진 누더기를 입고 알몸뚱이에 피투성이로 살았다. 일일이 사람들을 찾아다니며 거짓말만 듣지 말아달라고, 단지 소원은 그것뿐이라고 말할 수 없었다. 그토록 몸서리쳐지는 거짓말의 오해만 입지 않게 해달라고 빌 수 없었다. 제아무리 결백해도

---

* 시 「유언」(《조선일보》 1924년 5월 29일 발표) 전문.

방도가 없었다.

죽고 싶었다. 죽을 것 같았다. 죽도록 하고픈 말이 있었다. 그래서 썼다. 오해로 인해 쓰라리고 지루하고 억울한 삶을 시로 소설로 쓰고 또 썼다. 더 이상 참을 수 없는 분함과 억울함을 가느다란 펜으로 얄따란 원고지에 펼쳐냈다. 시를 쓰고 나면 잠시 잠들 수 있었다. 소설을 쓰고 나면 조금 먹을 수 있었다. 문학이 없었다면 그대로 죽었을지도 모른다. 아주 작별해 다시는 학대의 세상에 오지 않겠다고, 죽어도 유언조차 남기지 못했을지 모른다.

그녀의 처방전은 문학뿐이었다. 무기는 문학뿐이었다. 벗은 문학뿐이었다. 처음부터 마지막까지 그랬다.

❀

남의 말은 쉬웠다. 재미있었다. 그 대상이 자기보다 약한 존재일 때는 더욱 그랬다. 무서울 게 없었다. 나중을 책임질 필요 따윈 없었다. 장난질로 연못에 돌을 던져 개구리를 때려죽이는 아이들처럼 순진한 척 당당하게 말하면 그만이었다.

—아니면 말고!

창작을 통해 세상의 오해를 풀고 삶의 근거를 찾으려는 안간힘에도 불구하고 괴소문, 잡소문, 추문과 염문은 그녀를 그림자처럼 따라다녔다. 길바닥의 먼지를 훑고 냄새나는 입들을 옮겨가며 눈덩이처럼 부풀었다. 그녀가 아이를 낳았는데 아이의 성을 무어라고 붙여야 할지 몰라 고민한다고 했다. 누군가는 그 아이가 임노월의 자식이라고 했다.

피아노를 치지 않은 지 오래되었다. 그토록 사랑해 마지않았던 쇼팽과 리스트와 슈만과 슈베르트와 바흐와 브람스와 멘델스존, 그리고 베토벤조차 위로 삼을 수 없었다. 배도 부르지 않은 채 실체 없는 자식을 낳은 그녀가 미치지 않은 건 오로지 문학 덕분이었다. 그래서였을 것이다. 세상이 추잡한 말질을 넘어 문학으로 그녀를 공격해 왔을 때, 그녀는 더 이상 참을 수 없었다.

"어허, 정말로 이 소설의 주인공이 김명순을 모델로 했단 말인가?"

"그렇다니까! 여주인공 권주영이 바로 김명순이라고!"

악머구리들이 끓어대기 시작했다. 눈앞에 풍덩 던져진 먹잇감을 보고 신이 나서 울어젖혔다. 공교롭게도 시작은 이른바 '신사상'이라는 사회주의를 신봉하는 일파로부터 비롯되었다.

1924년 조선 문단과 문학 독자들을 열광시킨 화제작 중 하나는 『여등의 배후로서』, 즉 '너희들의 등 뒤에서'라는 제목을 내건 일본 소설이었다. 성해(星海)라는 필명을 쓴 번역자는 '인생을 위한 예술, 현실과 투쟁하는 예술'을 표방하는 파스큘라(PASKYULA) 그룹에서 활동하는 소설가 이익상이었다. 이익상이 일본 유학 중에 극히 인상 깊게 읽었다는 이 소설의 작가는 나카니시 이노스케[中西伊之助]인데, 교토 인근 시골 태생인 이노스케는 특이한 인생 유전의 소유자였다. 이노스케는 부모의 불화로 호적에 사생아로 오른 채 조부모의 손에 자랐고, 집안이 망한 뒤 도쿄로 상경해 해군학교에 들어가려 했지만 사생아라는 이유로 거절당했다. 이후 인력거꾼, 신문팔이 등으로 일본 사회의 밑바닥을 경험한 그는 차차 메이지 사회주의 사상에 눈을 떴다.

장편소설『여등의 배후로서』는 조선과 중국의 국경을 넘나들며 무장 투쟁을 하는 조선인 독립운동가들의 이야기를 다룬 이른바 도한 문학(渡韓文學)*이었다. 이노스케에게는 데뷔작인『붉은 땅에서 싹트는 것』에 이어 조선을 배경으로 한 두 번째 작품이기도 했다. 일본인인 이노스케가 조선을 소재로 삼아 창작하게 된 계기는 20대 초반에 어머니를 찾기 위해 조선에 건너왔던 경험에 뿌리를 두고 있었다. 일본에서 입대마저 거절당한 하급 인생이었지만 식민지 조선에서는 상황이 달랐다. 평양에서 발간되는 일본 신문의 기자로 조선을 탐사하게 된 이노스케는 식민지 상황에서 고통받는 조선인들과 우월감에 들뜬 일본인들을 가까이에서 보았다. 어쨌거나 그는 다른 일본인들과 달리 조선에 관심을 갖고 우호적인 입장을 취한 것만은 분명했다.

* 한국에 이주한 일본 작가가 쓴 작품이나, 일본 작가가 일시적으로 한국을 여행한 뒤 귀국해 도한 일본인의 삶에 대하여 쓴 작품을 일컬음.

『여등의 배후로서』는 이노스케가 기자 시절 한일 병합 당시 평양 도청에 폭탄이 투하되었다는 이야기를 듣고 흥미를 느껴 조사한 내용에서 착상을 얻었다. 소설의 주인공이 여성 독립운동가로 설정된 까닭은 폭탄 사건의 범인 중 하나인 안경신이 압록강을 건너 잠입한 30대의 조선 여인이었고, 더군다나 그녀가 홑몸이 아닌 임산부였다는 사실에 충격을 받았기 때문이었다.

그런데 작가가 취한 소재나 내세운 주제에 비해 이야기의 전개 방식이 엉뚱했다. 아니, 괴이했다. 권주영은 일본인 경관을 육혈포로 저격할 정도로 맹렬한 혁명가이지만 소설에 등장하는 거의 모든 남성들과 성관계를 맺는 방종한 여자이기도 하다. 권주영은 복중에 아이를 임신한 상태에서 혁명도 하고 정사도 한다. 줄거리와는 별반 상관이 없는 노골적인 남녀 간의 성애 장면이 잊을 만하면 한 번씩 튀어나왔고, 장면에 대한 묘사 또한 폭력적이고 저급했다. 다분히 독자들의 호기심과 흥미를 자극하는 통속 소설의 성격이 짙었다.

그럼에도 불구하고 이익상을 비롯한 조선의 남성 지식인들은 『여등의 배후로서』에 열광했다. 물론 그들은 조선 혁명과 민족 해방이라는 주제에 대해, 그것도 일본인 작가가 정면으로 문제를 다룬 데 대해 흥분했다. 심지어 이노스케의 소설을 태동하기 시작한 조선 계급주의 문학 운동의 모델로 삼고자 했다. 아무도 소설 속의 여성 인물들이 거듭해 성폭력을 당하는 데 주목하지 않았다. 강간과 폭력과 훔쳐보는 욕구를 자극하는 야릇한 장면은 독자들의 흥미를 이끌어내는 소설적 장치, 그 이상도 이하도 아니었다.

오직 그녀가 반응했다. 반응하지 않을 수 없었다. 권주영의 모델이 김명순이라는 터무니없는 소문을 듣고 등 뒤에서 칼을 맞은 듯 발작할 수밖에 없었다. 아니 땐 굴뚝에서도 얼마든지 연기가 피어오를 수 있다는 걸 겪어놓고도 뜬소문의 황당함에 다시금 경악했다. 도대체 무엇 때문에 그런 헛소리가 시작되었는지 소설을 뜯어보았다. 주인공 권주영과 그녀의 일차적인 공통점이라곤 부유한 어린 시절을 보냈으나 집안이 몰락했다는 것, 그리고 그 공간적 배경이 이노스케가 체류했던 평양이라는 사실이었다.

남의 말이라면 쌍지팡이 짚고 나서는 떠버리들이라도 그것만으로 권주영이 김명순이라는 허튼소리를 만들어내지는 못했을 테다. 결정적인 소이는 특정한 사건에, 그녀의 가장 치명적인 급소에 있었다.

남자는 "그래, 이제는 아무렇지 않은가……"라 말하며 자기의 몸을 주영의 몸에 대었다. 그리고 더운 숨을 확 — 내쉬며 떠는 듯이 따가운 입술을 가지고 왔었다. 주영은 또다시 현기증이 났다…….

그는 이러한 뒤로는 남자에게 노예가 되어버렸다. 남자가 말 한 번만 내면 그것은 다 그에게는 율법이 되어버렸다. 그리하여 이 남자와 서로 만날 때마다 주영은 남자의 무슨 요구든지 아니 들을 수 없었다.*

또다시, 숨이 막혔다. 겁에 질렸다. 말을 잃었다. 넋이 나갔다. 어둠이 씨근덕씨근덕 더운 숨을 내뿜는다. 사나운 이빨을 드러내고 으르렁거린다. 왁살스런 검은 손이 뻗쳐와 손목을 낚아챈다. 우두둑, 앞섶 단추가 뜯기고 부드득, 치마 솔기가 터진다. 턱에 한 방, 아랫배에 한 방 돌주먹을 맞는다. 숨을 쉴 수가 없다. 무언가가 뜯겨나가고, 부서지고, 찢겨나간다. 얼얼하고, 먹먹하고, 쓰디쓰다. 다시 한 번, 그녀는 유린당했다. 그때처럼, 평생을 두고 잊을 수 없는 순간처럼.

소설 속에서 일본 유학을 간 권주영은 어느 여름날 하숙집 주인의 동료인 기병 소위의 유혹에 빠져 온천장에 갔다가 정조를 유린당한다. 주영은 그 경험을 통해 육체의 쾌락에 눈을 뜨고, 그러면서도 무참히 버림받는다. 철저히 남성 작가의 남성적 시각이다.

"사람들은 그러겠지. 내가 일본 남자와 연애를 했나 보고!"

소문의 불씨는 1923년 『여등의 배후로서』가 일본에서 출간되었을 때부터 피어올랐다. 조선 신문에 번역되어 소개된다면 마른 들

---

* 번역 장편소설 『여등의 배후로서』(《매일신보》 1924년 8월 28일 발표) 중에서.

판의 불길처럼 번져나갈 게 자명했다. 신문 연재가 계획되었다는 소식을 들었을 때부터 그녀는 어디에도 호소할 수 없는 분노와 슬픔으로 울고 또 울었다.

"내게도 조성식이라든지 김성준이라든지, 또 신출용이라든지 하는 남자들이 있었던 줄 알겠지? 소설과 현실도 구별하지 못하는 사람들이, 남의 말만 주워듣고 오해하는 사람들이…… 나더러 창부 같은 계집이라겠지?"

날로 명태처럼 바싹바싹 말라갔다. 몇 날 며칠을 불면에 시달렸다. 어느 날 쓰러져 잠들었다가 한순간 불침을 맞은 듯 벌떡 일어났다.

─대항해야 해!

허겁지겁 책상 위를 더듬었다. 펜과 원고지를 찾아 손아귀에 그러쥐었다.

─항변해야 해! 주영이와 탄실이가 완전히 다른 사람이라는 걸!

어려서부터 책벌레였던 그녀에게 그다지도 끔찍한 독서는 다시 없었다. 한 구절 한 구절이 독바늘처럼 매섭고 따가웠다. 그래도 이를 악물고 읽었다. 소설이 어떻게 일본 남자의 시각에서 조선 여자를 함부로 그려냈는지를 밝히려면 씹어 삼키듯 읽는 수밖에 없었다. 그리고 『여등의 배후로서』가 《매일신보》에 연재되기 2주 전, 6월 14일부터 《조선일보》에 소설을 연재하기 시작했다. 제목은 「탄실이와 주영이」였다.

6월 초승의 요사이 일기로는 아주 더운 어느 날 오후였다. 석양은 지금 황금빛같이 찬란함으로 조선 서울 종로 네거리에 뜨겁게 내리 비친다.

소설가 지승학과 시인 리수정이 탄실의 이복 오빠 김정택을 찾아가는 장면에서부터 소설은 시작된다. 그녀는 마음이 바쁘다. 왜 이 소설을 쓰고 있는지 독자에게 빨리 밝혀야 한다. 이들은 우연히 탄실과 같은 전차를 타지만, 탄실은 리수정의 손에 '검정 뚜껑 책'이 들린 것을 보고 창백하게 질린 채 차에서 내려버린다. 바로 그 책이다. 불길하고 불온한 검은 표지.

그녀는 소설 속에서 이복 오빠로 등장시킨 김정택이라는 인물의 입을 통해 숨은 사연을 이야기한다. 김정택이 말하는 탄실은 문학청년들과 훌륭한 문답을 해서 높은 코를 낮추어놓을 만한 지성인이다. 세상없는 착한 여자다. 그런데 그토록 귀여운 여자가 뜻밖의 재난을 만나 불행한 여자들 가운데서도 첫손가락에 꼽히게 되었다…….

유혹과 친절. 어리고 철없던 시절, 무엇이 유혹이고 어디까지가 친절인지 분간하기 어려웠다. 그래서 쥐 같은 사내들에게, 그들의 좀스럽고 더럽고 교활한 욕망에 휘둘렸다. 그녀의 죄는 어리고 철없던 것이었다. 그 벌로 불량한 여자라는 오명을 얻었다. 강간과 농락과 배신의 죄를 저질렀지만 책임도 죄의식도 비난도 없는 이들과 비교할 수조차 없는 중벌이었다. 아니, 그들은 오히려 염복(艶福)이 있다는 헛자랑을 얻었다. 말인즉슨 영웅호색이렷다!

후회와 성찰. 개흙과 물고기 시체가 썩어 쌓인 해감 속에서 허우적거리며 생각하고 또 생각했다. 더러운가? 비루한가? 정말로 불결한가? 이상스럽게도, 참으로 아이러니하게도, 세상의 손가락질이 거세어질수록 그녀는 자신의 신성함을 확인했다. 그녀는 산봉우리를 기어오르고 있었다. 높은 곳에 오를수록 더 높은 곳을 소망했다. 그러다 한순간 미끄러져 떨어졌다. 냄새나는 찌꺼기 속에 풍덩 빠졌다. 그런 지경에도 그녀는 여전히 높은 곳에서 바라보았던 더 높은 곳을 기억하고 있었다. 이상(理想), 그 완전에의 꿈을 포기하지 않는 한 그녀는 결코 불결하고 비천할 수 없었다.

분노와 저주. 그러나 분노는 붓끝을 어지럽히기만 한다. 그녀는 글로 복수하려는 것이 아니다. 해명하려는 것뿐이다. 다만 진실이 무엇인지 밝히고자 한다. 열정과 냉정이 뒤섞인 그녀의 눈빛이 번쩍인다. 소설 속에서 탄실을 사모하는 리수정과 이복 오빠 김정택을 통해 탄실과 주영이 근본적으로 다른 까닭을 차근차근 따져든다.

권주영은 '외부적 혁명가'다. 주영은 다른 나라 사람들, 일본인들에게 학대받고 원수를 갚기로 결심한다. 반면 김탄실은 '내부적 혁명가'다. 탄실은 이민족이 아닌 동족, 친일파들에게 학대받는다. 그녀는 분명하게 알고 있다. 그녀만이 정확하게 알 수 있다. 조선이라는 나라는 일본의 식민지이지만 탄실이라는 여성은 그 식민지 남성의 또 다른 식민지였다. 그래서 그녀의 싸움은 바깥을 향할 수가 없었다. 등 뒤에서 칼을 꽂는 폭압에 맞서 내부의 적들과 쟁투해야 했다.

외톨이였기에, 아웃사이더였기에, 더 잘 보이는 것들이 있었다. 조선 문단의 호평과 인기에도 불구하고 그녀는 『여등의 배후로서』의 결점과 한계를 명확히 파악했다. 그녀와 관련된 더러운 소문 때문만은 아니었다. 그것은 남자가 쓴 여자에 대한 소설이었다. 제국의 작가가 쓴 식민지의 이야기였다. 고양이가 쥐들의 미담을 말하고, 뱀이 개구리의 울음을 흉내 내는 꼴에서 벗어날 수 없었다.

그 책은 그리 잘 쓴 것인 줄 아나? 조선 여성을 무시해도 분수가 있지. 아무 경로도 없이 조선 사람보다 그들이 얼마나 높이 보여서, 홀으로도 안 가고 꼭 법률을 공부해서 일본 사람에게 원수를 갚겠다고 결심한 여자가 그렇게 쉽게 하필 일본 군인을 온천에까지 따라가 자기 동정을 깨트릴 줄 아나? 그나 그뿐인가? 주영이로 말하면, 우리나라 제1기의 여학생 아닌가. 그리고 보면 연애고 무엇이고 염두에 없네. 그들은 아닌 체하면서도 여자는 절개를 꼭 간직했다가 명예 있고 재산 있는 남자에게 시집가서 거기서 손끝에 물 튀기면서 호강하는 것을 제일로 알았을 것일세. ××가 그 책을 쓴 것은 우리 처지로 보아서 불찬성일세. 우리는 못났지만 그것을 감추고 싶지 않으니까. 그는 그 책을 쓰고 자기의 우월함을 우리에게 자랑하는 것이 아닌가?

맹렬하게 소설을 써 내려가는 가운데 그녀는 부쩍 쇠약해졌다. 예년보다 일찍 찾아온 초여름 더위를 견디며 산월의 이야기를 쓰고, 잃어버린 유년과 상처받은 사춘기를 쓰고, 당찬 포부로 떠난 유학 생활을 썼지만…… 소설의 주인공 탄실이 일본 육사 생도 태영세를 만나는 장면부터 펜이 흔들리기 시작했다. 개도 걸리지 않는다는 여름 감기에 걸렸다. 무더위 속에서 겨울 이불을 꺼내 덮고 끙끙 앓았다. 입안이 헐어 너덜너덜했다. 두통으로 눈이 빠지고 머리가 쪼개질 듯했다. 피로보다 더한 공포가 그녀를 쓰러뜨렸다.

결국 「탄실이와 주영이」는 1924년 6월 14일부터 7월 15일까지 총 29회 《조선일보》에 연재된 뒤 돌연 중단되었다. 남성 지식인들의 열광을 받으며 《매일신보》 제1면에 연재된 『여등의 배후로서』는 1924년 6월 27일부터 11월 8일까지, 총 124회에 걸쳐 완재되었다.

약자들이 동정을 받는 것은 약할 때뿐이다. 완전히 무력하여 조금의 위협도 되지 않을 때 구제받는다. 동정하고 구제하는 이들이 원하는 것은 약자들이 강해지는 게 아니다. 스스로 살아낼 힘을 얻어 동정과 구제에서 벗어나는 것이 아니다. 저항하는 약자를 원치 않는다. 약자가 경쟁자가 되는 걸 바라지 않는다. 약자가 더 이상 약자가 아니기 전에, 도전이 위협이 되기 직전에, 동정과 구제의 보호막은 거두어진다. 그 미지근한 보호막 바깥은 칼바람이 몰아치는 혹독한 싸움터다. 선택지는 간명하다. 얼어 죽거나 맞아 죽거나, 투항해서 영원한 약자로 살거나.

그녀는 동정받고 구제받지 못하는 약자였다. 약자면 약자답게 고분고분 강자의 비위를 맞춰야 하는데 그러지 못했다. 곱상한 얼굴에 어울리는 달콤 보드레한 글만 썼다면 문제가 없었을 테다. 권주영처럼 폐가 나쁘다고 제 가슴에 사내의 손을 끌어다 대는 색광(色光)이 있었다면 차라리 용서받을 만했을 테다. 감히 억울한 내력을 스스로 해명하겠노라고 대항 소설을 내갈기다니, 약자의 도전은 강자의 결투장보다 더 모질게 짓밟아줘야 마땅한 것이었다.

1924년 11월, 잡지《신여성》44쪽에서 54쪽까지의 '신여성 인물평' 지면에 두 개의 기사가 실렸다. 앞의 제목은「김명순 씨에 대한 공개장」이었고, 뒤의 것은「김원주 씨에 대한 공개장」이었다. 글쓴이는 김기진. 이익상과 함께 신경향파 문학 단체 파스큘라를 창립한 평론가였다. 일본 유학 시절부터 토월회며 파스큘라며 새로운 단체를 결성하는 데 특기가 있던 김기진은 어느 집단에서든 앞장서 주도하길 좋아하는 거침없는 성격의 소유자였다. 아무려나 문학가에게는 각자의 문학이 있으니 세상의 방식으로 시비곡절을 따질 것은 없었다. 그런데 그는 문학의 이름으로 문학 바깥의 것을 건드렸다.

'1'이라 번호를 매긴 앞부분에서 김기진은 김명순의 시 「기도」를 "분(粉) 냄새가 나는 시의 일종"이라고 비판했다. 오갈 데 없는 여자의 글이되 그것도 이십 전후의 여자가 아니라 삼십 내외의 중년 여자의 것이니, 피부로 말하자면 "남자를 그다지 많이 알지 못하는 기름기 있고 윤택하고 보드랍고 폭신폭신한 피부"가 아니라 "육욕에 거친 윤택하지 못한, 지방질은 거의 다 말라 없어진 퇴폐하고 황량한 피부"가 겨우 화장분의 마술에 가려진 셈이라 했다.

　―어렸을 때는 나이로 희롱하더니, 이제는 나이로 공격하는구나!

내일모레면 삼십 대에 접어든다. 서른이라면 이립(而立), 능히 스스로 곧추서는 나이였다. 온갖 음해와 폄훼에도 불구하고 문학에 의지해 기신기신 홀로 서 있었다. 그런데 여자에게는 그조차도 흠이 되는 모양이었다. 성적 매력이 사라진 늙은 여자는 주저앉거나 고꾸라져야 마땅할진대 감히 두 발로 서서 여태 알찐거리고 있다니!

도저히 비평의 언어라고 할 수 없는 막말로도 모자라 김기진의 비평가적 태도를 의심할 수밖에 없는 대목이 뒤이었다. 그녀의 작품 중에서 정독한 것이라고는 각본 「의붓자식」밖에 없는데, 그것도 작년에 실렸던 잡지를 지금 갖고 있지 않은지라 "겨우 남아 있는 기억"에 의존해 평하겠다고 당당하게 밝혔다. '아마'라는 부사로 작품 줄거리를 추측해 쓴 황당한 비평은 소(小)부르주아니 유한계급이니 당시 유행하던 말로 그녀의 작품 전체를 난도질하고 마지막으로 "감상적 퇴폐파"라는 딱지를 붙였다.

불성실은 오만에서 나온다. 오만은 힘의 확신에서 나온다. 김기진은 권력이었고 그녀는 권력 바깥의 사람이었다. 문단 권력은 저희들의 잣대로 문학을 평가했다. 상찬을 하고 낙인을 찍었다. 권력으로 재능을 판단하다 보니 자기들은 재능이 있기에 권력을 가졌다고 착각하기에 이르렀다. 그러니 별볼일 없는 그녀가 감히 위대한 작품에 대해 왈가왈부하는 것을 참을 수 없었을 것이다. 김기진은 『여등의 배후로서』에 감명을 받아 조선인 모두에게 읽혀야 할 소설이라고 극찬하며 주인공 권주영의 죽음을 애도하는 자작시까지 쓴 터였다.

거기까지는 참으려면 참을 수 있었다. 기예도 보잘것없고 재료도 평범해서 각본으로 성공하지 못했다는 혹평은 아프지만 작가로서 감당해야 마땅한 것이었다. 하지만 '2'라고 번호 매겨진 뒷부분에 이르러서는 더 이상 참을 도리가 없었다. 김기진은 대놓고 그녀가 어떤 인물인가를 알기 위해 과거의 역사를 캐겠다고 선전

포고 했다. 그조차 "불행히 나는 그의 과거를 잘 알지 못한다"고 고백하면서 '다만'이라는 조건을 달고…….

　　그는 평안도 사람의 기질(썩 잘 이해하지는 못하나마)인 굳고도 자기방어 하는 성질이 많은 천성에 여성 통유의 애상주의를 가미하여 갖고 그 위에다 연애 문학서 유(類)의 뺑끼칠을 더덕더덕 붙여놓고 의붓자식이라는 환경으로 말미암아 조금은 구부정하게 휘어져가지고(이것이 우울하게 된 까닭이다) 처녀 때에 강제로 남성에게 정벌을 받았다는 이유가 있기 때문에 더 한층 히스테리가 되어가지고 문학 중독으로 말미암아 방분하여졌다는 것이다. 그리고 이것들 제요소를 층층으로 쌓아놓은 그 중간을 꿰뚫고 흐르는 것이 외가의 어머니 편의 불순한 부정한 혈액이다. 이 혈액이 때로 잠자고 때로 굽이치며 흐름을 따라서 그 동정이 일관되지 못한다. 그리하여 이 동(動), 정(靜)이 그의 시에, 소설에, 또한 그의 인격에 나타난다.*

피가 싸늘하게 식었다. 정수리를 향해 불벼락이 쏟아지는데 몸뚱이는 차가운 피로 얼어붙었다. 망치로 내리치고 칼로 쑤셔도 이 정도로 괴롭지는 않을 듯했다. 악의로 똘똘 뭉친 잔인한 말은 독가스처럼 폐부를 파고들어 영혼과 육신을 낱낱이 헤집었다.

* 김기진, 「김명순 씨에 대한 공개장」(《신여성》 1924년 11월호 발표) 중에서.

김기진은 비평만이 아니라 창작도 했다.《백조》동인으로 시를 쓰고 소설도 발표했다. 그의 창작은 자신이 믿는 이념에 복무하는 개성 없는 작품들이었다. 그래서 몰랐다. 김기진이 그토록 특정한 글을 잘 쓰는 재주를 가진지. 그는 통점을 정확하게 알고 있는 고문 기술자처럼 어떻게 하면 읽는 이가 고통스러워할지 확실히 알고 있었다.

그녀는 넋이 나간 채 흐느끼다가, 그녀에 대한 악담반지거리에 이어진 김원주에 대한 '공개장'을 읽고 그만 기가 막혀 실소했다. 본디 김기진은 '주의'가 다른 임노월에게 적의를 가지고 있었다. 후일 임노월을 "인민의 의식을 좀먹는 반동 부르주아"로 부르기까지 했다. 그러니 그녀와 김원주에 대한 공격은 곧 임노월에 대한 공격이기도 할 것이었다. 김기진은 그녀도 읽은 바 있는《신여성》에 실린 「인격 창조에」라는 수필을 두고 김원주가 주장하는 신(新)개인주의와 예술적 생활을 비판하고 있었다. 하지만 그녀에 대한 비난과 김원주에 대한 비판은 수위가 사뭇 달랐다. 특유의 조롱과 빈정거리는 투는 여전하되 그녀에 대해서만큼 악랄하지 않았고 멈칫거리며 조심하는 기색이 역력했다.

―이미 헤어진 여자와 아직 함께 살고 있는 여자의 차이인가? 이게 바로 과부들이, 독신자들이 가슴을 치며 호소하던 남편 없는 설움이란 말인가?

아버지도, 남편도, 아들도 없는 그녀는 삼종지도의 악습조차 따를 수 없었다. 그런데 김기진은 그것을 약점 잡아 공격했다. 누구의 보호도 받지 못하는 약자를 희생 제물로 삼는 야비하고 졸렬한 방식으로.

김기진은 그토록 점잖게 비판을 하고서도 못내 켕기는 바가 있는지 글 말미에 김원주의 인격을 비굴하게 찬양했다. 자기가 본 김원주 씨는 건실한 정신을 가진 여성이며, 평안도 여성으로는 가장 순실한 맛이 있는 여성이며, 무엇보다 근면한 여성이라고. 문단 모임에서 임노월을 맞닥뜨려 한 대 얻어맞을 것이 무서웠든지, 아니면 진심으로 김원주의 무데뽀[無鐵砲]한 성정에 감읍했든지, 김기진은 이성 간의 성욕 같은 것도 부끄럼 없이 말하는 점까지 김원주의 장점으로 예찬하기에 이르렀다.

언젠가 김기진은 광화문 통 정류장에서 동대문행 전차를 기다리던 중 우연히 김원주와 마주쳤다. 정류장에는 전차를 기다리며 어슬렁거리는 사람들이 꽤 많았다. 그런데 김원주는 여러 사람이 들을 줄을 뻔히 알면서도 김기진에게 거침없이 물었다.

"……태기가 없으신가요?"

남의 여자가 애를 뱄는지 안 뱄는지가 광화문 한복판 전차 정류장에서 얼마나 궁금했는지 알 수 없지만, 김기진은 그 무례를 바보라고 해야 할지 귀엽다고 해야 할지 모르겠다고 했다. 요컨대 김원주는 미워할 수 없는 인물이니까.

애초에 제멋대로의 눈금을 가진 잣대였다. 고장 난 저울이었다.

무엇이 길고 짧으며 무엇이 무겁고 가벼운지를 따지는 일이 허망했다. 그녀는 《신여성》에 써 보냈던 반론을 폐기해 달라고 요청했다. '히스테리'적인 반응이야말로 먹잇감에 굶주린 김기진이 가장 바라는 것일 터였다. 《개벽》 1924년 12월호에 소개된 《신여성》 다음 호 목차에는 「김기진 씨의 공개장을 무시함」이라는 제목이 김명순의 이름으로 실려 있었지만 정작 《신여성》 송년호에는 글이 실려 있지 않았다. 다만 편집 후기에 편집인 방인근이 문단에 물의를 일으킨 점을 사과하는 대목이 있었다.

김명순 씨로부터 사실이 전부 틀리어 없는 말을 조작한 것이 많고 전부 앞뒤 말이 맞지 않아 모순뿐인 것을 들어 부인하는 말씀이 있고 또 변명과 반박에 관한 원고도 왔습니다. (……) 주의 주장으로 논란이 아니고 흥분된 감정으로 이런 일의 시비를 길게 키우는 일은 반갑지 아니한 일이고 또 본의에 있는 바도 아닙니다. 감히 지상으로 미안한 말씀뿐을 드리고 그치오. 양찰하시는 바 있기를 바랍니다.*

김기진은 끝내 그녀에게 사과하지 않았다. 약자에게는 예의까지도 사치였다.

* 「편집을 마치고」(《신여성》 1923년 12월호) 중에서.

생명의 과실

新刊紹介

「生命의 果實」有名한
女流文士金明淳氏의 創作集이니
그內容에는, 질글以下二十三篇의
珠玉과갓흔詩가잇스며「더욱입
는이약이」以下三篇의芳香이가
득한感想이실녀여잇고「도라다
볼때」와「狹心의少女」라는두篇
의貴여운小說이잇다全篇에흐르
는哀調와하는듯한呼訴하는듯한것
기는듯한묵으로의情緒는現文藝
에서求하기어려운한개의實玉이
줄로밋는다 (漢城圖書株式會社
發行定價七十錢)

중화민국의 혁명가 쑨원이 죽고 히틀러의 자서전 『나의 투쟁』
이 출간되고 채플린의 마지막 무성 영화 〈황금광시대〉가 개봉된
해, 대한민국 임시정부 대통령 이승만이 탄핵되고 조선 공산당이
창당한 해, 한강이 범람하는 대홍수로 647명이 사망한 해, 1925년
을축년. 목요일로 시작된 그 파란만장한 해에 세계의 변방에서
작은 책 한 권이 발간되었다.

　표지는 풀물이 번진 듯한 초록빛이었다. 제목 아래 굵은 밑줄
이 쳐 있을 뿐 작자의 이름과 출판사도 없었다. 소박한 표지를 넘
기면 첫 페이지에 짤막한 머리말이 있었다.

이 단편집을 오해받아온 젊은 생명의 고통과 비탄과 저주의 여름*
으로 세상에 내놓습니다.**

지은이 김명순. 한성도서주식회사 발행. 조선 신문학사상 최초
로 여성 문인이 펴낸 작품집『생명의 과실』이었다. 3부로 구성된
책의 1부는 24편의 시, 2부는 '감상(感想)'이라 표기된 수필 4편,
3부는「돌아다볼 때」와 데뷔작「의심의 소녀」2편의 소설로 이루
어져 있었다. 《동아일보》, 《조선일보》, 《매일신보》 등의 신문들이
일제히 탄실 김명순의 창작집을 주목할 만한 신간으로 소개했다.
 4월의 여물지 않은 연둣빛 봄볕 아래, 그녀가 평소처럼 어깨를
구부정하게 숙이고 앉아 있었다. 손 위에는 작가가 된 지 8년 만
에 묶은 자신의 책이 놓여 있었다.
 "축하합니다!"
 출판부 직원이 책을 묶은 줄을 끊고 한 부를 집어 건네며 말했
다. 인쇄 공장에서 막 가져왔다는 책은 기계의 열기가 남은 듯 따
끈따끈했다.
 "고맙습니다."
 꾸벅 고개를 숙여 인사하고 출판사를 빠져나왔다. 종로에서 청
계천을 따라 책을 품에 안은 채 걸었다. 첫 책을 펴낸 감상은 기

* 열매의 방언.
** 작품집『생명의 과실』(1925년) 머리말.

묘했다. 속내 모르는 이들의 짐작처럼 마냥 즐겁고 기쁘지는 않았다. 작가들은 흔히 자신의 작품을 자식에 비유하곤 한다. 창작의 고통을 산고에 비겨 진통 끝에 새 생명을 탄생시켰다는 뜻이리라. 자식의 행복한 미래를 그리는 부모라면 출생은 분명 축복이 될 테다. 허나 반대라면, 행복에의 기대보다 불행에의 예감에 사로잡힌 부모라면 자식의 탄생에 무작정 기뻐할 수 있을까?

머리말에 쓴 대로 그녀의 작품집은 불행한 젊은 날과 맞바꾼 결과물이었다. 고통스러웠다. 슬픔으로 탄식했다. 원한을 품고 저주했다. 그래도 고통에 쓰러지지 않기 위해, 비탄에 무릎 꿇지 않기 위해, 저주로 스스로를 괴물로 만들지 않기 위해 썼다. 쓰고 또 쓰고 썼다. 징벌받은 피해자로서, 모욕당한 생존자로서, 살아남기 위해 썼다. 그리하여 마침내 고통의 나무에 열매가 맺혔다. 비탄의 빛으로 익고 저주의 맛으로 영근 시고 쓰고 맵디매운 열매였다.

모두의 찬사와 열광까지는 바라지 않았다. 그러나 예술가에게는 고독 못잖게 격려가 필요하다. 반 고흐에게 동생 테오가 그러했듯, 누군가 믿어주는 한 사람만 있어도 어린아이가 건강하게 자라듯, 세상의 단 한 사람이 필요하다. 그렇지만 그녀 곁에는 아무도 없었다. 화려한 동인(同人)이나 다정한 글벗이나 그녀의 편짝이 되어줄 가족이나 애인이나……. 아무도 없었다.

첫 책을 내고도 축하 파티를 하지 못했다. 초대할 사람이 없었기 때문이다. 소문이 한번 휘몰아치고 논란이 한번 휩쓸고 갈 때마다 사람들은 그녀 곁에서 사라져갔다. 문단의 권력에 동네조리를 당할 때는 함께 싸워주기는커녕 같은 편에 서 있는 것만으로도 두려워했다. 그러다 보니 그녀는 남아 있는 몇몇 이들에게 더욱 매달렸다. 자신을 이해할, 적어도 오해하지 않을 사람들을 갖고 싶었기 때문이다. 그럴수록 사람들은 인간관계에 서툴고 감정을 표현하는 데 어눌한 그녀에게 질렸다. 싫증을 내고 지겨워하며 멀어져갔다. 악순환이었다.

불쌍하고 가련한 자식이었다. 입적할 수 없는 사생아 같았다. 연민으로 더해진 애정이 솟구쳐 책을 꼭 품어 안았다. 그녀가 오늘 첫 책을 펴냈다는 사실 따윈 알 턱 없는 사람들이 휙휙 곁을 스쳐 지났다. 그 글이야말로 목숨을 대신한 것이라는 사실을 알 리 없는 사람들이 야윈 어깨를 치고 지나갔다. 그깟 작가며 문학 나부랭이와는 아무런 상관없이 한평생을 살다 가는 보통 사람들이 그녀를 뒤로하고 바쁘게 사라졌다. 동정 없는 세상 속을, 비정한 사람들 속을, 그녀는 절룩거리거나 비틀거리며 걷고 또 걸었다.

또다시 방랑의 길 위에 설 몸아, 그렇다. 떠나라. 이 도회 안에서는 네 빵이 없다. 집이 없다. 동무가 없다.

그러나 탄실아 탄실아, 지금 이같이 되어 떠나면서 눈물을 거두라, 부질없이 운대야 네 몸이 상할 뿐이다. 이 도회 안에는 네 울음을 같이 울어줄 사람은 없다.

　모―든 것이 허사였다.

　탄실아 이제 한 번은 단지 너를 위하여 일어나보자, 모든 것을 잊어버리고 모든 인정을 물리치고, 이제 다시 일어나자.*

그녀에게 문학은 목발이었다. 그토록 불편하고 거추장스러운 나무다리조차 없었다면 그녀는 다시 일어날 수 없었을 것이다.

동무가 없는 고통만큼이나 빵과 집이 없는 고통은 컸다. 동무가 없었기에 빵과 집을 구하기가 한층 힘들었다. 아니, 빵과 집이 없이는 동무를 구할 방도 또한 없었다.

누구보다 많이 공부했다. 졸업 성적이 우수했고 두 번이나 유학을 다녀왔다. 남에게 뒤떨어지지 않는 재능이 있었고 밤새워 일하는 열정도 있었다. 하지만 조선에는 일거리가 부족했다. 여자를 위한 일자리는 더더욱 없었다. 경제적으로 자립할 수 없는 여자들은 아버지와 남편과 아들에게 기댈 수밖에 없었다. 그런 지경이니 스물아홉 살의 독신 여성에게는 생존 자체가 절박한 문제였다.

---

*수필 「네 자신의 위에」 중에서.

그녀는 끊임없이 영혼과 육신의 허기에 시달렸다. 독신주의자에게도 고립은 위험했다. 독신주의자이기에 더 위험했다.

《조선일보》에 소설 「돌아다볼 때」와 「외로운 사람들」, 「탄실이와 주영이」를 잇달아 연재할 정도로 왕성했던 그녀는 김기진의 인신공격을 받은 후 침체기에 빠졌다. 『생명의 과실』을 출간하고 나서 다시 청탁이 들어오기는 했지만 예전 같은 빈도는 아니었다. 문단이 그녀를 불편해하고 있다는 증거였다. 전유덕의 남편으로 사재를 털어 《조선문단》을 창간한 방인근이 유일하게 김기진의 공개장을 비판하면서 그녀 편에 섰지만 문단의 큰 반향을 일으키지는 못했다. 방인근은 그녀가 귀한 여류 문사이니 아끼고 북돋아주어야 한다며 열심히 글을 쓰기를 바란다고 했지만 정작 글을 실을 지면이 없었다.

가난과 질병은 예술가들의 오랜 적(敵)이었다. 그녀는 김동인이나 김찬영 같은 평양 갑부의 자식이 아니었다. 회사의 출자금과 잡지의 판매 대금을 기생과의 낭비적인 주유(酒遊)에 탕진하는 문단의 풍운아들과도 거리가 멀었다. 문단의 외면을 받으면서 가뜩이나 쥐꼬리만 한 원고료로 생활을 꾸려가던 그녀는 붙잡을 쥐꼬리마저 잃어버리고 말았다. 정가 70전의 작품집 인세는 받으나 마나 한 것이었다. 동생들이 가끔 보내오는 민망한 용돈과 날품팔이나 다름없는 보조 교사 일로 버는 푼돈으로 하루하루를 버텨나갔다.

물불을 가릴 수 없었다. 첫 번째 창작집이 나온 뒤《매일신보》에서 기자직을 제안받았을 때 마다할 이유라기보다 여유가 없었다. 그녀는 이각경과 최은희에 이어 조선의 세 번째 여성 기자로《매일신보》에 취직했다.

처음 해보는 일이지만 신문 기자 생활은 나쁘지 않았다. 무엇보다 배움을 즐기는 그녀로서는 사회부 기자로서 현장을 직접 취재하며 얻는 지식과 현상의 이면에 흥미를 느꼈다. 감상적으로 치우치던 글이 이성적으로 정돈되는 효과도 있었다. 「이상적 연애」와 「여인 단발에 대하여」 등 논리적인 글들이 이때 쓰였다.

하지만 그녀는, 어쩔 수 없이 작가였다. 머리만으로 쓰는 건조한 글을 견딜 수 없었다. 진실이 아닌 사실을 좇는 냉정한 글에서 아무런 감흥을 느낄 수 없었다. 밥벌이라며 쓰고 싶지 않은 글을 끄적대는 자신을 참을 수 없었다. 그에 더해 그녀가 언론인으로 변신할 수 없었던 또 다른 이유는 기자로 채용된 뒤에도 여전히 따라붙는 성별의 꼬리표 때문이었다. 신문사들이 앞다투어 채용하는 여기자들은 대부분 광고와 홍보 수단에 불과했다. 허헌 변호사의 딸인 공산주의자 허정숙, 최초의 여의사이자 이광수의 아내인 허영숙, 조선 공산당 책임비서 안광천의 애인이자 조선여성 동우회 간부인 이현경, 시인이자 출판인인 김원주 등은 기자이기 전에 명사인 이들이었다.

남자들과 섞여 돌아가는 현장에서 그들은 고스란히 여자일 수밖에 없었다. 여자이기 때문에 취재 내용이나 지면 배당에서 차별받을뿐더러 여자이기 때문에 노골적으로 희롱당했다. '전문직 신여성'으로 마치 영화배우처럼 대중적 관심을 받았던 그들은《개벽》,《삼천리》,《별건곤》 등의 잡지들이 즐겨 다루는 품평의 대상이기도 했다. 좋고 나쁨을 평하는 대상은 활동이나 필력이 아니었다. 잡지들은 앞다투어 여기자들의 외모에 대한 노골적인 논평을 실었고 대중들은 천박한 가십에 열광했다.

그녀의 입사로부터 3년 후, 최은희에 이어 두 번째로《조선일보》여기자가 된 윤성상의 일화는 당시의 분위기를 드러내는 대표적인 이야기였다. 잡지에 품평된 윤성상은 한마디로 "신문 기자 노릇을 하기엔 너무 아까운" 여자였다. "후리후리한 키"에 "풍염(豊艶)한 체격", "수죽(脩竹)한 각선미"를 가진 미인이었기에 화장을 하지 않아도 얼굴에선 백옥 같은 빛이 나고 눈에는 가을 이슬 같은 정기가 돈다고 했다. "앞으로 보아도 춘풍(春風)에 만개한 모란과 같이 환하고 복스럽지만 그보다도 뒷모양이 더 좋다"는 기사를 읽고《조선일보》사옥 앞에서 기다리다가 퇴근하는 윤성상을 뒤쫓는 얼빠진 청년까지 있었다.

일본 동경여자고등사범학교를 중퇴한 '배운 여자'인 윤성상은 편집국의 유일한 홍일점으로서 자신이 무엇을 해야 할지 정확히 알고 있었다. 조선 여성의 각성을 위해 세계 여권 운동자 전기를 연재하다가 과격하다는 이유로 주필이자 부사장이었던 안재홍의

제지를 받았다. 기사에 대해 양보하지 않으려 학예부장 안석주 앞에서 목소리를 높이는 일도 마다 않았다. 윤성상이 기획한 「부인 공개장」은 억압받는 여성들의 육성을 있는 그대로 전달해 장안의 화제를 불러일으켰다. 윤성상은 꽃이기를 거부하고 스스로 가시를 드러냈다.

그럼에도 불구하고 유능한 기자였던 윤성상 역시 '여자'의 족쇄에서 벗어날 수 없었다. 장편소설 『상록수』로 유명한 작가 심훈이 《조선일보》 기자로 근무할 때였다. 심훈은 윤성상의 점잖고 과묵한 성격을 이름과 결합해 '성상 폐하'라는 별명을 붙여 부르며 놀리곤 했다. 윤성상이 얼굴에 미소 비슷한 것만 얼핏 지어 보일 뿐 도무지 상대를 하지 않아 농담이 발전할 수 없자, 하루는 특단의 장난질을 벌였다.

"애, 신문 가져오너라!"

윤성상과 마주 앉은 자리에서 심훈이 급사를 불렀다.

"보지(報知), 만조보(萬朝報) 왔니?"

조선의 지식인이자 작가라는 작자가 일본 신문 《호치[報知]》와 《요로즈초보[萬朝報]》가 배달되었는지 묻는답시고 저급한 농담을 지껄인 것이었다. 심훈의 유명한 장난기를 알고 있는 남자 기자들까지도 당황해 얼굴을 붉혔다. 하지만 윤성상은 눈썹 하나 까딱 않고 못 들은 척 시치미를 뗐다. 그것이 윤성상이 희롱과 모욕을 견디는 방식이었다.

하물며 윤성상은 남편이 멀쩡히 살아 있는 유부녀였고, 빛 좋은 개살구 같은 자아실현이 아닌 생계를 위해 신문사에 다니고 있었다. 윤성상은 결국 남편이 유산을 상속받자 뒤도 돌아보지 않고 기자 노릇을 접었다. 최남선이 이전투구(泥田鬪狗)라고 표현한 속성대로, 진흙밭에서 싸우는 개처럼 용맹하고 끈질긴 함경도 사람이었던 윤성상도 사방에서 몰아치던 '여자'를 향한 등쌀에 끝내 견딜 수 없었던 것이다.

남편 있는 여자에게도 그러할진대 혈혈단신 의지가지없는, 홀몸에 고아인 그녀에게 추문과 비방과 음해가 따라다니는 건 당연하다시피 했다. 평안도 사람들의 기질이라는 산림맹호(山林猛虎), 산속에 사는 사나운 호랑이와 같이 으르렁대며 싸운다 해도 소용없었다. 잡지에 등장하는 '여기자' 탄실 김명순은 "시인이니만치 신경질의 여자"였다. 같이 일하는 사람들을 피곤하게 하고 신문사의 분위기를 냉랭하게 만드는 골칫덩어리였다.

기사는 글이라도 자기 글이 아니었다. 그녀가 쓴 기사는 데스크의 손을 거치며 붉은 줄을 죽죽 그은 누더기가 되었다.

"이 기사, 부장님이 고친 건가요?"

"그래, 무슨 문제라도 있어?"

"저는 분명히 영국 검교(劍橋)라고 썼는데 왜 영국 런던 캠브리지 운운이지요?"

"검교가 캠브리지 아니야? 뭐가 다르다고?"

"지금까지 기사에서 모두 검교라고 표기해 왔을뿐더러 캠브리지는 글 속에서 뉘앙스가 다르잖아요? 그리고 캠브리지는 런던 안에 있지 않아요. 전혀 다른 도시라고요."

"그깟 게 무슨 대단한 일이라고? 신문 기사에서 뉘앙스는 무슨, 캠브리지가 런던 근처 어디쯤인 건 사실이잖아!"

그녀가 중요하게 생각하는 것을 다른 이들은 사소하게 여겼다. 문장과 표현, 행간의 느낌을 중시하는 기자들은 별로 없었다. 특종을 따내는 일에만 열을 올리고 기사는 기계적으로 작성했다. 기사를 수정하는 문제를 두고 데스크와 마찰이 잦아지면서 그녀는 편집국에서 따돌림을 당하기 시작했다. 동료 기자들은 말을 걸지 않았고 악의적인 소문이 다시 퍼져나갔다. 모두가 미웠다. 모두가 두려웠다. 그녀의 심리적 상태는 점점 나빠졌다.

지나치게 민감한 문인, 히스테리를 부리는 노처녀, 성깔이 고약한 여자로 바라보는 세상의 시선을 따라 그녀에게도 예전에 없던 간벽이 생겼다. 병인년(1926년) 호랑이의 해가 저물어가고 있었다. 호랑이처럼 싸우고 싶어도 이빨과 손톱이 모두 빠진 그녀는 송년 특집 기사 때문에 또 한바탕 데스크와 말다툼을 벌이고 혼자 씨근대며 분기를 삭이고 있었다.

"왜 또 저래?"

동료 기자들이, 모두들 남자인 기자들이, 턱 끝으로 그녀를 가리키며 수군거렸다.

"그 변화무쌍한 심기를 어찌 헤아리누? 마침 지금이 그때인 모양이지."

들으라는 듯, 그들은 킬킬거렸다. 잘난 놈 못난 놈, 잘나가는 놈 못 나가는 놈, 가진 놈 못 가진 놈, 배운 놈 못 배운 놈, 한학에 조예가 있다는 놈 외국물을 먹었다는 놈, 좌익이란 놈 우익이란 놈……. 모두가 수컷이라는 이름 아래 하나였다. 적어도 암컷을 두고 번롱할 때는 그러했다.

타이밍이 나빴다. 그때 마침 급사 아이가 그녀의 책상 위에 커피를 가져다 놓았다. 낄낄거리며 더러운 농지거리를 던지는 남자 기자들이 내댄 '티타임'인 모양이었다. 순간 분노와 수치심으로 피가 거꾸로 솟구친 그녀가 새된 고함을 내질렀다.

"이 상식도 없는 놈을 보아라! 월중 행사가 있을 때에 커피를 먹으면 해로운 줄도 모르느냐?"

삽시에 분위기가 싸해졌다. 입을 열어 머금었던 불덩이를 내뿜는 순간, 그녀는 후회했다. 또다시 참지 못했다. 보통의 다른 여자들처럼 얼굴이나 붉혀야 했다. 보통이 아닌 윤성상처럼 아무 소리도 듣지 못한 체 시치미를 떼야 했다. 그녀는 그것을 하지 못했다. 할 수 없었다.

최대한 빨리, 소리 없이, 자리에서 일어나 사무실을 빠져나왔다. 오늘 일이 윗소리가 되어 경성 장안을 돌고 돌아 그녀의 귀에 들어오기까지는 오래 걸리지 않으리라. 혼절해 쓰러지지 않기 위해 후들거리는 발끝에 기어이 힘을 줬다. 문학이라는, 자기만의 글이라는 목발마저 잃어버린 그녀에겐 세상이 허방이었다. 발 디딜 곳이 없었다.

✽

화로에 숯불을 담고 석탄 덩이를 얹었다. 여관에서 허드렛일을 하는 행랑어멈의 눈에 띌까 봐 치마로 가리고 조심조심 옮겼다. 방 한가운데 화로를 내려놓고 이불을 폈다. 석탄이 숯불에 구워져 피어오르기까지는 시간이 걸릴 테다. 그사이에 그녀는 잠들 것이다. 잠들어서 다시 깨어나지 않을 것이다.

찬 이불 위에 반듯이 누웠다. 꼬박 서른 해를 살았다. 1896년부터 1926년까지, 짧으나 아득한 시간이었다. 좋은 일도 있었다. 아주 옛날에, 아주 가끔씩. 그러나 나쁜 기억이 너무 많았다. 좋은 일을 덮고도 남았다. 좋은 일은 휘발되어 사라지는데 나쁜 기억은 흔적을 남겼다. 그 상흔이 아물지 않은 채 도지고 또 도졌다.

방 안 공기가 조금씩 매캐해진다. 석탄불을 피우거나 불갈이할 때는 반드시 문을 열어두어야 한다. 석탄이 타면서 발생하는 일산화탄소는 강력한 유독성을 가진 화합물이다. 머리가 아플 것이다. 현기증이 날 것이다. 메스꺼울 것이다. 그러면서 점차로 기억이 사라질 것이다. 생의 모가지를 홈켜쥐고 흔들던 고통의 손아귀에서 마침내 놓여날 것이다.

피해자일 때는 차라리 나았다. 가해자들을 저주하거나 용서하거나 온전히 제 몫이었다. 그런데 자신이 가해자가 되어 죄 없는 급사 아이에게 패악을 부린 뒤로는 스스로를 용서할 수가 없었다. 그토록 미워하고 경멸했던 이들과 하등 다를 바 없어졌다는 사실이 성적 모욕을 당한 것 이상으로 수치스러웠다.

─정말로 정신이 나간 모양이야. 내가 미쳐가는 모양이야…….

개미구멍으로 방죽이 무너지는 꼴이었다. 세상이 모욕을 가해와도 자존심 하나로 빳빳이 버티던 그녀가 어이없이 허물어지고 있었다. 누군가 그녀가 쓴 기사를 허락 없이 고친 흔적을 발견하면 당장에 원고를 박박 찢었다. 도서관 화장실에서 휴지를 잊고 왔다는 사실을 깨닫고 당황한 끝에 빌린 책 뒷장을 찢었다가, 사서가 눈치채고 질책하는 바람에 중인환시에 망신을 톡톡히 당하는 일마저 있었다. 잠자리에 누울 때마다 그런 부끄러운 기억들을 생생하게 복기하고 또 복기했다. 명목상으로 다시는 실수하지 않겠다는 다짐이었으나 실상 자해나 다름없었다.

─멍청한 년! 모자란 년! 병신 같은 년!

죽이고 싶었다. 죽고 싶었다. 검은 불덩이가 화로 안에서 타고 그녀의 가슴속에서도 타올랐다. 서서히 방 안이 석탄 연기로 자욱해졌다. 머리가 깨어질 듯 아팠다. 핑핑 현기증이 났다. 토할 듯 메스꺼웠다. 기억이 채 사라지기 직전에 본능이 다락같이 솟아올랐다.

"아이, 좀…… 살려주어요!"

안간힘을 다해 덧문을 열어젖힌 건 그녀인 듯 그녀가 아니었다.

"어멈! 어멈!"

숨이 턱에 닿아 헉헉거리며 다급하게 외쳤다.

"아이고, 이 시각에 누가……?"

한밤중의 비명 소리에 놀란 행랑어멈이 눈을 비비며 일어났다.

"아씨, 왜 그러시우?"

잠에서 덜 깬 행랑어멈은 상황 파악이 되지 않는지 연기가 자욱한 방 안과 식은땀으로 멱을 감은 그녀를 번갈아 바라보았다.

"나, 날 좀…….."

그 와중에도 일어나려 버둥거리다가 다시 고꾸라졌다. 그제야 행랑어멈이 화들짝 놀라 싸늘하게 식은 그녀의 손발을 마구 주물렀다.

"아씨, 도대체 왜……?"

"아니, 아니야."

삶과 죽음의 갈림길에서 본능은 결국 삶의 험로를 택했다. 설령 평탄한 대로일지라도 죽음의 길로는 가지 않으려던 게다. 기왕에 삶을 택한 본능이 간사한 꾀까지 부렸다.

"잠이 얼마나 모질었던지 석탄 연기가 방 안에 들어차는 것도 모르고 잤던 모양이야."

박수를 원하지 마라. 동정을 구하지 마라. 좋은 일은 질투거리가 되고 나쁜 일은 약점이 된다.

"어멈, 동치미 국물이 좀 있소? 석탄 연기를 마신 데는 그게 좋다던데……."

"담가둔 게 다 떨어지고 없는데 옆집에서 얻어올까요?"

새해 첫날이었다. 송년 파티며 음악회에 가지 않아도 해는 바뀌었다. 초대받지 않은 새해가 밝았다.

"다들 자고 있을 텐데 됐소. 아이참, 그게 있었네. 저 벽장 안에 레몬이 있으니 꺼내서 즙을 좀 짜주어요."

애써 심상한 태도로 땀범벅이 된 얼굴을 닦고 돌아누웠다. 두통과 현기증과 멀미증은 가시지 않았지만 거칠던 가슴은 점차로 가라앉았다. 그녀가 모르는 그녀가 그녀를 살렸다. 그녀는 살았다. 차마 죽을 수 없었다. 참담한 현실 속에서 그림자처럼 고독해도 그녀는 살고 싶었던 것이다.

─그렇구나, 탄실아! 네가 살고 싶었구나!

뜨거운 눈물이 차가운 뺨을 적셨다. 가소롭고도 대견했다. 더는 견딜 수 없을 듯한 고통 속에서도 기어이 살아남으려는 자신이, 미칠 듯이 우습고도 뿌듯했다.

"아씨, 여기 즙 짜왔으니 얼른 드셔보시우."

행랑어멈이 가져온 레몬즙은 머리카락이 쭈뼛하도록 시었다. 덕분에 온몸의 세포가 화들짝 깨어나며 흐리마리했던 정신이 쩡해졌다. 첫 번째 자살 시도가 실패했을 때는 탈출하지 못했다는 패배감으로 괴로웠다. 두 번째 시도한 자살이 실패하면서는 아이러니하게도 자신이 삶에 대해 얼마나 강한 애착을 가지고 있는지 깨달았다.

—더는 스스로를 불쌍히 여기지 않으리라. 애상주의와 영원히 결별하리라!

다들 그녀의 전성기는 끝났다고 했다. 하지만 그녀는 그대로였다. 아무것도 포기하지 않았기에 무엇에도 패배할 수 없었다. 삶의 찌꺼기로 질퍽한 바닥에서, 그 바닥을 짚고 일어나기 위해 그녀는 비치적거렸다.

은파리 또 나왔소이다.

해감에 빠진 몸을 끌어 일으키려는 바로 그 순간이었다. 세상이 다시금 그녀의 발목을 잡았다. 정수리를 찍어 눌러 머리끝부터 발끝까지 몽땅 해감 속에 빠뜨리려 하였다.

《개벽》을 거쳐《신여성》의 휴간과 함께 사라졌던 '은파리'가《별건곤》이라는 신생 잡지에 다시 나타났다. 총독부의 탄압으로 강제 폐간 당한《개벽》의 은파리가 점잖은 껍질에 걸맞은 위선을 부렸다면, 취미와 실익을 표방한 대중 잡지 《별건곤》의 은파리는 그 지면의 잡스럽고 모호한 성격답게 더욱 야살스러웠다. 은파리는 자기가 똥에 끓는 이유를 똥 누는 사람들과 똥 이야기를 좋아하는 사람들의 탓으로 돌리며 구린 헛나발을 불기 시작했다.

언제인가 한번은 처녀 시인이라고 해뜩거리고 돌아다니는 주근깨 마마님을 붙잡아 처녀 아닌 짓을 하는 사람이라고 정직하게 기재하였더니 쪼르르 쫓아와서 "왜 그렇게 정직하게 내었느냐"고 "나는 이 세상에 행세를 못 하게 되었다"고 울며불며 하다가 나중에는 목도리로 목을 매고 죽는 형용까지 하였다는 말을 나는 잊지 않고 있다.

"왜 그렇게 정직하게 내었느냐"고 이만큼 뻔뻔하면 남편을 다섯 번째씩 갈고도 처녀 시인이라고 할 뱃심은 있을 것이다. 그러나 개벽사에 가서 목매는 연극을 하니 어쨌단 말이냐. 눈 하나 깜짝해야 말이지……. 기사만 읽고 얼굴을 모를 사람까지 "어디 이번 은파리에 났던 계집애가 왔다지. 어디 어떻게 생겼나 볼까?" 하고 이 방 저 방에서 우르르 몰려들어 얼굴 구경만 하는 것을…….*

6년 전 "혼인날 신랑이 세넷씩 달려들까 봐 독신 생활을 하게 된 독신주의자"는 6년 후 "남편을 다섯 번째씩 갈고도 처녀 시인"

---

* 「은파리」(《별건곤》 제4호, 1927년 2월 1일 게재) 중에서.

이라고 우기는 뻔뻔한 계집애가 되어 있었다.

"내가 정말 그랬대요?"

친절하게도 잡지를 가져다가 펼쳐 보여주는 이에게 그녀가 물었다.

"왜 그렇게 정직하게 내었느냐고?"

두 번째 자살 시도가 실패한 후 처음 접한 기사였다. 한 해의 마지막이자 한 해의 시작이었던 그날의 기억이 아니었다면 울음을 터뜨렸을 것이다. 석탄 가스의 독성을 시디신 레몬즙으로 눅이며 결심한 그것, 다시 살아보겠다는 다짐이 아니었다면 쓰러졌을 것이다. 「세태만평」이라는 이름의 악의적인 인신공격을 읽어가는 그녀의 눈길은 차가웠다. 울지 않았다. 쓰러지지 않았다. 더 이상 도망치지도 않았다. 싸움을 걸어온다면 싸울 것이다.

1927년 3월 28일, 그녀는 같은 지면에서 은파리에게 명예훼손을 당한 보성전문학교 교수 백상규와 공동으로 《별건곤》 편집진을 고소했다. 백상규는 부유한 집안 출신에 흔치 않은 미국 유학파 영어 교수였다. 은파리는 백상규가 이화학당 삼(三) 미녀 중 하나인 강필순을 첩으로 삼은 데 이어 유부녀 음악가를 후려냈다며, "신사입네 기독 신자입네 전문학교 강사입네 하는 탈을 뒤집어쓰고 처녀거나 부인이거나 정조 낚기에 전문하는 참으로 놀라운 악마"라는 살기 돋은 독설을 퍼부었다.

백상규와 일면식이 없던 그녀로서는 사실의 진위를 알 도리가 없었다. 그러나 강필순과 유부녀 음악가라는 이가 잡지사에 찾아가 "그렇게 정직하게 내지 말아주십사" 간청했다는 대목에서 기사의 신뢰도가 급격히 떨어졌다. 아니 땐 굴뚝에서 연기를 내고 모닥불도 대화재로 만들어버리는 악랄무쌍함을 직접 경험한 바 있으니 말이다.

이른바 《개벽》 필화(筆禍) 사건'이었다. 이 민사 소송으로 익명의 장막 뒤에 숨어 비열하게 타인의 사생활을 캐대던 은파리의 민낯이 드러났다. 피고소인은 3인, 《개벽》의 주간 차상찬, 기자 신형철, 그리고 은파리의 이름으로 붓을 칼처럼 휘두르던 방정환이었다.

은파리의 정체가 소파 방정환이라는 것은 알 만한 사람은 다 알고 모르는 사람만 모르는 사실이었다. 사뭇 충격적인 진실이었던지 사실을 알고도 믿지 않거나 턱없이 두둔하는 사람들이 숱하였다. 그들은 아이들을 사랑해서 '어린이날'까지 만들고 조선의 정취가 물씬 풍기는 아름다운 동화를 쓰는 이가 어떻게 똥통에서 윙윙거리는 파리가 될 수 있냐고 지극히 상식적인 물음을 던졌다.

상식으로는 상식 밖의 일을 이해할 수 없다. 그녀는 새삼스럽게 놀라거나 배신감에 치를 떨지 않았다. 이해하지 못하는 사람도 이해할 수 있었다. 싸움으로 이골이 난 사람은 안다. 전선(戰線)은 항상 달라진다. 인간은 오직 자기를 위해, 자기가 싸울 수 있는 만큼만 싸운다.

종로경찰서에 구금되어 취조를 받은 끝에 피고소인 3인 중 신형철은 석방되고 차상찬과 방정환은 경성지방법원 검사국으로 넘어갔다. 처음의 상황은 나쁘지 않은 듯했다. 방정환이 너무 글을 심하게 썼고 편집진이 독자의 관심을 끌기 위해 지나치게 저속하고 선정적인 기사를 실었다는 여론이 대세였다. 하지만 사건이 점차 확대되는 모양새를 띠자 분위기가 달라졌다. 차상찬과 방정환이 취조를 받고 일단 석방된 후 엉뚱한 곳에서 반격이 시작되었다.

"백상규 대(對) 개벽사 사건에 있어서 백상규의 태도는 악법에 기대어 여론의 공정을 독해하는 자로 인정함."

언론 단체 '무명회' 정기 총회에서 언론인 고소를 규탄하는 입장을 발표했다. 뒤이어 원산에서 열린 기자 대회에서도 백상규에게 '경고문'을 발송하겠다고 결의했다. 겉으로는 그럴듯한 언론과 표현의 자유를 내세웠다. 실제로는 팔이 안으로 굽는 이치, 가재가 게 편을 드는 그 이상도 이하도 아니었다.

시간이 흐름에 따라 고소 사건은 '백상규 대(對) 개벽사'의 싸움으로 정리되어 갔다. 애초에 은파리의 타깃이 백상규였던 탓도 있고 그녀에 대한 비방이 하도 어이없어서일 수도 있을 테다. 무엇보다 아무것도 잃을 것이 없는 그녀보다는 잃을 것들이 많은 백상규가 흔들기에 좋았다.

"고소를 취하하기로 했습니다."

결국 공동 고소인이었던 백상규가 손을 들고 물러났다. 이처럼 '원만한 해결'에는 '사회 여러 유지들의 알선'이 결정적 역할을 했다. 그녀의 싸움은 다시 한 번 맥없이 끝났다. '펜은 칼보다 강하다'는 멋들어진 말을 앞세워 아무 데나 칼부림을 해대는 이들을 막을 수 없었다. 그래도 혼자 골방에 틀어박혀 울며불며 병드는 일보다는 나았다. 적어도 은파리가 더러운 날갯짓을 할 《별건곤》의 지면을 없앨 수 있었기 때문이었다.

1927년.

너야말로 내 마음속 아무도 쉽사리 이르지 못할 곳까지 속 깊이 상처를 냈다. 불의의 불행과 또 고달픔과 그로 원인 된 부주의는 고통을 유인하여 왔었다. 오오 1월 1일로부터 이날까지 똑같은 사실이 중복되어 너와 나는 퍽 의가 좋지 못하였었다. 그러나 내 어머니의 '착한 딸'인 나는 내 불행을 네 탓이라고 전부 책임 지우지는 결코 않는다. 다만 씻지 못할 아픈 상처를 마음속 깊이 감추고 비밀의 쇄(鎖)를 영원히 잠가버린다.

그러면 나로 하여금 셋방 문턱을 외마디 소리로 짚고 허덕허덕 일어서다가 쓰러지게 하던 1927년아 잘 가거라. 숭배자의 방 안에서 음흉한 욕설을 함부로 듣고 내 머리를 수그리게 하던 1927년아 잘 가거라. 숭배자의 방문턱에서 기진하여 쓰러지는 추태를 안 보이려고 악을 악을 쓰게 하던 1927년아 잘 가거라.

1927년아, 부디 부디 너 가기는 잘 가더라도 결코 내 앞에 다시 돌아오지는 못할 것을 잘 알아라.[*]

1년이 100년 같았던 그해의 송년사를 쓰며 내면의 팽팽한 끈이 툭 끊기는 것을 느꼈다. 더는 예전 같지 못하리라. 예전 같지 않으리라.

* 수필 「잘 가거라 ─ 1927년아」(《동아일보》 1927년 12월 31일 발표) 중에서.

아테네 프란스,
갈 수 없는 나라

떠나기로 했다. 더는 머무를 수 없으니. 떠나기로 했다. 갈 곳 오라는 이 없을지라도.

신문사를 떠났다. 1927년 6월 《매일신보》의 '부인 기자'직을 사퇴했다. 그녀 자신이 그러하듯 아쉬워하는 이는 아무도 없었다.

문단을 떠났다. 애초에 머물러 있었는지도 알 수 없지만. 혼자 글을 쓰고 혼자 책을 묶었다. 기존에 썼던 작품들을 시조의 형태로 개작하는 작업에 몰두하며 두 번째 창작집 『애인의 선물』을 펴냈다. 『애인의 선물』에 대한 반응은 첫 창작집 『생명의 과실』을 펴냈을 때와 사뭇 달랐다. 방정환과의 고소 사건 이후 문단의 시선은 싸늘했다. 누구도 그녀의 작업을 주목하지 않았고 신간에 대한 평가나 언급도 일절 없었다.

잠시 기웃거렸던 영화판도 떠났다. 일명 '이수일과 심순애'로 알려진 〈장한몽〉으로 흥행에 성공한 이경손 감독이 새로 준비하는 영화 〈광랑〉에 출연할 것을 제안해 왔다. 극본을 쓸 정도로 무대 예술에 관심이 있음에도 연기 경험이 없기에 망설였지만, 이경손이 하도 호언장담하기에 조선키네마와 계약을 했다. 하지만 영화판은 문단과 또 다르게 바람 같은 곳이었다. 불어올 때는 당장이라도 세상을 쓸어버릴 듯하더니 사라질 때는 소리 소문이 없었다.

그녀의 영화 출연은 해프닝으로 끝났지만 동명이인인 영화배우 김명순 때문에 활동이 지속된 듯한 착각을 일으켰다. 영화배우 김명순은 이경손 감독의 흥행작 〈장한몽〉에 출연한 것을 시작으로 〈나의 친구여〉, 〈춘희〉 등에 조연으로 출연했는데, 영화배우보다는 '딴서'로 이름이 높았다. 후일 카페 걸로 전향해 '낙원회관'에서 일했던 영화배우 김명순은 말괄량이, 바람둥이, 성미 까다로운 카페 걸이라는 별명으로 불리며 그녀와 다른 인생을 살았다.

주변 사람들도 떠났다. 그녀가 떠났고, 그녀를 떠났다. 가족들과는 거의 연락이 닿지 않았다. 결혼 후 시골로 이사하면서 영월과 소식이 끊겼다. 동생들에게는 폐가 될까 봐 그녀가 연락을 끊었다. 한때 후견인을 자처하던 숙부 김희선은 상하이로 망명해 임시정부의 군무 차장을 비롯한 중요 임무를 맡았지만, 3년 후 일제에 귀화장(歸化狀)을 써 바치고 조선으로 돌아왔다.《독립신문》은 김희선의 행적을 두고 "목욕시킨 돼지가 감귤 맛을 못 잊"은 것과 같으니 "이런 놈은 죽은 개니 육시처참 할까 말까"라며 맹비난했다. 김희선이 망명하기 전부터 일본의 밀정이었다는 소문도 있었다. 아무리 굶어 죽을 지경에 이른다 해도 일본 정부로부터 쇼와 대례 기념장까지 받은 김희선을 찾아갈 수 없었다. 물론 김희선도 끊임없이 구설수에 시달리는 조카를 찾을 까닭이 없었다.

떠나야 했다. 더는 머물러도 희망이 없었다. 떠나야 했다. 죽음보다 못한 오욕의 삶을 떨치고 진정한 삶을 찾으려면.

그녀는 세 번째 유학을 계획했다. 1차 목적지는 일본 동경, 그러나 그곳이 최종 목적지는 아니었다. 10년 전 소설 「칠면조」에 썼던 바대로, 교토에서 외국인 선생들과 만나 주고받았던 말들이 다시금 떠올랐다.

"탄실은 일본 옷이 잘 어울리니 꼭 일본 여자 같군요!"

"저는 독일 옷을 입으면 또 독일 여자처럼 어울릴 거예요."

그녀의 농담에 그들은 웃음을 터뜨렸다. 잘난 척한다고 비꼬거나 비웃지 않고 재치에 탄복하며 유쾌하게 웃었다. 피부색과 눈동자 빛깔은 다르지만 같은 인간으로, 동등한 존재로 존중받았다. 그들과 어울려 가모가와[鴨川] 강변을 산책할 때마다 라인 강과 센 강을 상상했다. 신선한 물비린내와 함께 문학, 철학, 역사, 음악, 미술……. 끊임없이 화제가 이어지는 청량한 대화를 떠올리면 행복감으로 가슴이 부풀어 올랐다.

"탄실, 일본에서 배운 연수로 독일에 가서 배웠다면 당신의 삶은 전혀 달라졌을 거예요."

"정말, 그럴까요?"

농담처럼 주고받았던 말이 어느 불면의 밤 문득 떠올랐다. 그녀는 벌떡 일어나 앉아 중얼거렸다.

─정말, 그럴까?

어여쁘고 건강하고 무엇이라도 할 수 있었던 그 나이에 왜 그것을 믿지 못했는지 모른다. 새로운 세계가 두려웠는지 모른다. 낡은 세계일지라도 미련을 버리지 못했는지 모른다. 후회한다. 용기를 내어 모험하지 못했음을. 후회한다. 악습의 차꼬를 차고 해감 속에서 허우적대던 나날을.

─전혀 다른 삶을 살 수 있을까? 지금이라도?

그녀의 나이는 이미 삼십 대 중반으로 치닫고 있었지만 가진 것이 없기에 잃을 것도 없었다. 두려움은 아직 남아 있을지언정 미련이라곤 눈곱만큼도 없었다. 그녀는 이것이 자기 삶의 마지막 도전이 되리라는 것을 알았다. 그래도 떠나기로 했다. 떠나야 했다. 이곳이 아닌 어디라도, 이 삶이 아니라면 무엇이라도.

"소문 들었어? 김명순이 매를 맞았대!"

"김명순이라니, 누구?"

"탄실이 말이야. 시도 쓰고 소설도 쓰고 기자 노릇도 했던……."

"아, 그 소문도 많고 곡절도 많던 여류 문사? 그런데 매를 맞다니, 무슨 소리야?"

"그이가 동경에 가 있는데, 거기서 땅콩을 팔러 다니다가 일본 사람한테 죽도록 매를 맞았다지 뭐야!"

그녀가 조선에서 모습을 감춘 지 3년 후, 《별건곤》과 《삼천리》 9월호에 느닷없는 기사가 실렸다. 묘연했던 그녀의 행적이 엉뚱한 일로 불거져 드러난 것이었다.

8월 8일 오후 9시경 간다구[神田區] 어떤 바(bar)에서 양복 신사가 양장한 젊은 여자를 잡아 끌어내어 울고 부르짖는 것을 난폭하게도 게다짝으로 무수히 난타하여 전치 일주일의 타박상을 입히었다. 응급 치료를 하여 그 여자는 자기 집으로 돌려보내었으며 그 남자는 경찰에 유치하였다 한다. 취조한 결과 가해자는 우시코메구[牛込區] 모처에 사는 와가와 타케오[羽川武夫]라는 자로 방호단 분단장이란 외에 그러한 유(類)의 직함을 두서넛이나 가진 자요, 그 여자는 마포구(麻布區) 광미정(廣尾町)에 사는 남경두(南京豆, 낙화생) 행상 김명순으로 와가와가 그의 친구 3명과 술을 먹고 있던 중 김은 낙화생을 팔러 들어와 심히 나대임으로 와가와는 분개하여 그리된 것이라한다. 김은 조선 평양에서 여학교를 졸업하고 상경한 후 밤에는 낙화생을 팔러 다니며 낮에는 간다에 있는 '아테네 프란스'에 통학을 하고 있는 인텔리라 한다.*

잡지에서 초록한 일본 신문 기사를 통해 드러난 그녀의 모습은 참담했다. 독일로도 프랑스로도 가지 못한 채 동경의 뒷골목에서 술꾼들에게 땅콩을 팔러 다니다가 게다짝으로 두들겨 맞고 있었다.

조선을 떠나올 때 그녀가 미처 몰랐던 것이 있었다. 두 번째 유학을 떠났던 1910년대 말과 세 번째 유학을 간 1930년대 초의 일본은 사뭇 달랐다. 대만과 조선 등 식민지를 개척하면서 호황을 누리던 일본 경제는 1929년 미국에서 시작된 대공황의 여파로 크게 흔들렸다. 경제 불안은 내수 침체나 경기 위축으로 그치지 않았다. 일자리가 줄어 실업자가 늘면서 사회에 대한 불만이 외국인 노동자나 유학생 들에 대한 적대감으로 드러났다. '대륙 진출을 위한 성스러운 전쟁'이라는 만주 사변 이후로는 애국이란 이름의

* 「이야기꺼리, 여인군상(女人群像)」(《별건곤》 제66호, 1933년 9월 1일) 중에서.

광기마저 창궐했다.

고학은 고역이 되었다. 늦깎이 조선인 여학생에게는 더욱 그랬다. 하지만 그녀는 배수진을 치고 조선을 떠나온 터였다. 다시 돌아갈 곳이 없었다. 필사적으로 발버둥질했다. 낮에는 '아테네 프랑스' 학원에서 어학을 공부하고 밤에는 잿빛 보따리를 둘러메고 행상을 나갔다.

"저 여자, 혹시 김명순 아니야?"

사건이 있기 전에도 몇몇 조선인 유학생들이 그녀를 목격했다.

"소설 쓰는 탄실 김명순 말이야? 그런데 김명순이 어디 있어?"

"저기 저어기, 보따리를 들고 라멘 가게에서 막 나오는……."

"설마 아니겠지. 저 여자는 엿이랑 땅콩을 파는 행상이잖아."

"분명히 김명순인데, 가서 맞는지 확인해 볼까?"

처음에는 조선 사람을 피해 다녔다. 엿과 땅콩과 과자가 든 상자를 들고 여기저기를 기웃거리다가 조선 사람을 만나면 화들짝 놀라 도망쳤다. 그러다 부질없는 체면치레에도 지쳤는지 조선 사람까지 붙잡고 칫솔과 치분과 양말 따위를 팔기 시작했다. 이 집 저 집, 이 사람 저 사람 가리지 않았다.

"이거 조금만 깎아줘. 우린 단골이잖아."

"안 돼요. 이거 팔아봤자 이문이 얼마 남지 않아요. 정말이에요. 거짓말이 아니에요."

물건 값을 깎는 사람들 앞에서 그녀는 울상이 되어 애원했다.

그 모습이 너무 진지해서 차라리 희극적이었다.

"에이, 장사꾼이 밑지고 판다는 말이야 세상이 다 아는 거짓부렁이지. 그러지 말고 깎아달라고."

짓궂은 사람들은 떼를 쓰며 에누리를 요구했다.

"안 된다고 했잖아요! 왜 사람이 하는 말을 못 알아듣는 거예요? 왜?!"

참다못한 그녀가 결국 폭발해 발을 구르면서 화를 냈다. 그런 모습이 재미있다고 사람들이 웃었다. 간다의 술집에서 게다짝을 벗어 두들겨 팬 술꾼처럼 화난 김에 돌부리를 차는 놈도 있었다.

비참했다. 그렇지만 그렇게라도 벌어서 5전, 10전씩 푼돈을 모았다. 떠나야 했다. 벗어나야 했다. 기를 쓰고 조치[上智] 대학 독일문학과를 다니고 호세이[法政] 대학의 불문, 영문, 독문과에서 청강했다. 낭만주의, 자연주의, 데카당스, 상징주의……. 빈 배 속에서 뜨거운 사상들이 꼬르륵거렸다. 보들레르, 랭보, 릴케, 하우프트만……. 가난한 입으로 부를 수 있는 가장 부유한 이름들이 혀끝을 간지럽혔다.

그토록 간절하게 소원했음에도 불구하고 서양 유학은 열정과 노력만으로는 불가능한 일이었다. 1935년 4월《조선문단》의 '문인 주소록'에 실린 그녀의 주소는 '동경시 간다구 니시간다조 기독교회'였다. 4첩 반의 손바닥만 한 다다미방조차 얻을 수 없어 교회의 문간방에 얹혀사는 신세였다. 몸은 어릴 적 신앙이었던 개신교에 의탁하고 있었지만 그 무렵 그녀는 오랜 냉담을 풀고 가톨릭에 귀의했다.

—성모 마리아시여 이 소원 들어주사, 낙망의 구렁에서 이끌어내시옵소서!

오직 '천주를 섬기기에 적당한 천주의 집'을 갈구했다. 지친 몸과 마음으로 널브러진 채 깨달았다. 떠날 수 없다. 탈출할 수 없다. 그렇다면 어디로 갈 것인가? 스스로 강과 바다를 등지고 진을 쳤다지만 그 물에 뛰어들어서라도 돌아가는 수밖에 없다. 고향으로? 그럼에도, 고향으로!

❀

한 여자가 졸고 있었다. 부러질 듯 가늘고 긴 모가지를 휘청거리며 정신을 잃은 모양새로 졸고 있었다. 동경발 시모노세키행 삼등열차, 기차는 고단한 승객들을 싣고 자정을 향해 달려가고 있었다.

"이걸로 차표를 구하세요."

무표정한 얼굴로 무슨 생각인가에 골몰하여 돌아다니던 그녀에게 조선 유학생 몇이 불쑥 돈을 건넸다. 예전 같으면 자존심이 상해서 동정하지 말라고 화를 냈겠지만, 그녀는 말없이 그것을 받았다. 동경에서 6년 동안 땅콩과 엿을 팔아 고학하면서 그녀는 자기도 모르는 낯선 사람이 되어버린 듯했다.

"고마워요."

설핏 입아귀를 실룩거렸다. 누군가에게는 비굴한 미소로 보일지 모르지만 인정에 굶주렸던 그녀의 진심이 담긴 감사의 미소였다.

1936년 8월, 마흔 살이 된 그녀는 덥고 습한 동경을 떠났다. 세 번째 유학 역시 지난 두 번과 마찬가지로 실패였다. 목표했던 공부의 10분의 1도 하지 못했으니 실패라고 할 수밖에 없었다. 6년 동안 남의 나라에서 치이고 채이고 두들겨 맞았지만 영혼과 육신이 완전히 파괴되지 않았다는 것이 유일한 위로였다.

"검표합니다!"

차장이 옆에 다가와 서는 바람에 헤뜨 일어난 그녀는 차가운 차창에 콧등을 누르고 창밖을 내다보았다. 어둠의 먹지 위로 하얗게 빗금을 그으며 밤비가 내리고 있었다. 밤 냄새, 비 냄새, 여름이 가는 냄새가 코를 파고들었다. 식었던 가슴이 불현듯이 데워지며 심장이 쿵쿵 뛰기 시작했다.

—고향으로, 고향으로 가고 있다!

그녀도 몰랐다. 아직 남은 그리움이 있었다. 믿을 수 없었다. 여태 보고픈 얼굴과 삼삼한 이름이 있었다. 어머니, 고향, 그리고 모국어. 그들은 하나였다. 맹렬하게 글을 쓰고 싶었다.

배를 타기 전 시모노세키 역 앞 목욕탕에 들렀다. 야윈 몸에 비누질을 하고 바닷물처럼 파란 탕수에 몸을 뉘었다. 짐이라곤 따로 없었다. 옷도 동경에서 입던 누추한 평상복 그대로였다. 그래도 최대한 깨끗한 몸과 마음으로 돌아가고 싶었다. 마음의 눈에 따라 세상도 달라 보이는지 달 밝은 현해탄은 어머니의 품속같이 고요했다. 미워하며 갈등했던 어머니가 아니라 다정하고 자애로운 어머니였다.

　―어머니의 인생은 얼마나 고단했던가?!

　그제야 찢어지듯 아픈 가슴에 후회가 깃들었다. 기생 딸년, 첩년의 딸 소리가 듣기 싫어서 발광하듯 반항했다. 어머니라고 부르는 일조차 꺼리던 때도 있었다. 무당의 딸년 소리가 싫어서 모질게 어머니를 괴롭혔던 타방네와 쏙 빼닮은 꼴이었다. 타방네는 결국 속병을 앓다 죽은 어머니의 무덤에 개똥참외를 먹으러 간다. 소박맞고 타박당해 정신이 나간 채로 허위허위 무덤을 찾아간다.

　정녕 딸은 어머니의 운명을 닮는 것일까? 어머니는 가해자가 아니라 피해자에 불과했다. 그녀 자신이 한스럽고 원통한 참경에 놓여 옴짝달싹못하고서야 알았다. 어머니는 스스로 선택하지 못한 운명의 족쇄에 매여 상처투성이로 살다 갔을 뿐이다. 그럼에도 불구하고 어머니를 닮아 다행스러운 무엇이 있다. 부르고 싶지 않은 노래는 부르지 않는다. 추고 싶지 않은 춤은 추지 않는다. 살고 싶지 않은 방식으로 살지라도 춤추고 노래하는 일만은 제 마음을 따랐던 어머니처럼, 그녀는 글을 팔지 않는다.

　식민지에서 작가로 산다는 것! 누군가는 싸웠고, 누군가는 싸우기 위해 떠났고, 누군가는 싸우다 타협했고, 누군가는 싸움의 방향을 엉뚱한 곳으로 돌렸다. 싸움의 방식은 모두 달랐고, 다를 수밖에 없었다. 그녀는 '외부적 혁명가'인 주영이 아니라 '내부적 혁명가'인 탄실이었다. 만세를 부르거나 총을 들지는 않았지만 끝끝내 자신의 전선을 벗어나지 않았다. 최소한 글로 부역하거나 복수하지 않았다. 삶을 속이지 않았다. 다만 엄혹한 세월, 나쁜 세상에 어울리지 않는 '개인'이었을 뿐이었다.

기생 산월로 불리기 전, 어머니의 이름은 무엇이었을까? 그녀는 그조차 물어보지 못했다.

— 미안해요! 미안해요!

우련한 달빛 속에서 눈물을 흩뿌리며 외쳤다. 펄럭이는 파도 소리가 울음소리를 지웠다. 어리석은 에피메테우스에게는 화해마저 뒤늦었다.

조선의 여름은 쨍했다. 오전에 명동 성당에서 미사를 마치고 나오면서 문득 학창 시절에 가본 적 있는 혜화동 성당이 떠올랐다. 지금은 그때와 얼마나 달라졌을까, 내친김에 찾아가보기로 마음먹었다.

"혹시 혜화동 성당에 가려면 어디서 내려야 하는지 아세요?"

그런데 잡아탄 버스 안에는 혜화동 성당이 어딘지 아는 사람이 아무도 없었다.

"저어기, 운현궁 앞에 있는 건물이 천주교당 아닌가?"

"에끼, 이 사람아. 그건 천도교당이잖아!"

"거기가 혜화동 아닌감?"

"거기가 경운동이지 어떻게 혜화동이야?"

"아니, 천주교당은 견지동에 있는 거 아닌가요? 정월에 새해 놀이도 하고 동화극도 하는 회당 말이에요."

"그건 시천교당이죠. 천주교랑 시천교는 전혀 다른 거라고요!"

더러는 천도교당을 천주교당이라 하고, 경운동을 혜화동이라하고, 시천교당(侍天教堂)을 천주당이라고 주장했다. 모두가 잘 알지도 못하는 채로 제가 아는 게 정답인 듯 떠들어댔지만 이상스럽게 짜증이 나지 않았다.

유리창으로 실비처럼 가늘고 보드라운 햇살이 쏟아져 들어왔다. 반짝반짝 숨구멍을 파고들었다. 모국어는 햇살 같았다. 호흡 같았다. 낮은 속삭임까지 낱낱이 감각하는 모국어만이 한없이 지루하고도 도저한 일상을 표현할 수 있을 테다. 그녀는 신비로운 감격에 사로잡힌 채 어머니 말을 나눠 쓰는 서로 닮은 못난 얼굴들을 다정하게 바라보았다.

그때였다. 언젠가 예감했던 우연과 맞닥뜨렸다. 차창 밖 정류장에 그가 서 있었다.

"하도, 외로울 터이니까. 또 울지나 않나 하고 찾아온 거요."

자기가 하는 말에 무엇도 더하거나 빼거나 숨기거나 치장할 줄 모르던 정철순이 20여 년 세월을 훌쩍 건너뛰어 눈앞에 있었다.

상업 학교를 졸업하고 귀국한 친구 희순에게서 소식이야 전해 들었다. 제철소의 기사가 되어 조선의 공업을 일으킬 쇠를 만들겠다던 공학도는 중학교 이과 선생이 되었다고 했다. 박봉에 일 많은 이과 선생 노릇을 하느라 고생한다더니 훤칠한 키는 여전한데 뽀얗던 얼굴엔 세월의 흔적이 얼룩덜룩했다.

그가 했던 말을 그대로 들었다면 어땠을까? 옷을 잘 챙겨 입고 따뜻한 차를 자주 마시고 머리를 단정하게 빗고……. 그의 충고를 잔소리나 설교로 받아들이지 않았다면 무엇이 달라졌을까? 그때 알고 있었고 지금도 마찬가지였다. 좋은 남자인 그를 놓쳐버린, 놓아버린 게 아쉬울지언정 그 선택이 자신의 운명일 수는 없다는 것을. 단정하고 지루한, 거의 모든 것이 예측 가능한 삶이란 그녀의 몫이 아닐뿐더러 그녀가 원하는 것도 아니었다. 아무것도 후회하지 않는 여전히 어리고 어리석은 그녀를 그가 보지 못해 다행이었다. 약속 시간이 늦었는지 미간을 찌푸린 채 손목시계를 거푸 들여다보는 철순을 뒤로하고 버스가 부르릉 달려나갔다.

혜화동 입구에 다다르니 먼눈으로 십자가가 보였다. 성호를 긋고 마리아상 앞에 무릎을 꿇었다. 혜화동 성당의 마리아상은 지금까지 보아온 서양 여자 형상의 마리아상이 아니었다. 이목구비며 복식에서 동양미를 풍기는 모습이 마치 고향의 여자들 같았다. 반갑고 고마워, 공연한 눈물이 핑그르르 돌았다.

더 이상 아무도 미워하지 않게 해달라고 기도했다. 싸움은 지겨웠고 갈등은 피로했다. 뒤돌아보면 왜 그토록 값없는 일에 애면글면했는지 허탈했다. 빼어난 글재주를 더러운 가십을 쓰는 데 허비하며 필화 사건까지 일으켰던 방정환은 그녀가 일본으로 떠난 직후 신장염과 고혈압으로 쓰러져 서른세 살의 나이로 요절했다. 순수한 동심으로 아름다운 어린이의 나라를 꿈꾸던 그가 왜 그녀에게는 그토록 잔인했는지는 영영 수수께끼가 되어버렸다. 임노월과의 삼각관계로 그녀를 구토하게 했던 주인공도 세상을 떠났다. 욕망의 화신인 줄로만 알았던 김원주는 욕망의 허망함을 깨닫고 속세를 등진 채 출가해 비구니가 되었다. 순서도 없고 원칙도 없다. 모두가 저마다의 운명을 따를 뿐이다. 미워하고 사랑하는 일이 봄잠에 설핏 꾼 꿈만 같았다.

오랫동안 배를 곯고 마음을 앓았던 탓에 조선에 돌아온 그녀는 자주 아팠다. 얼마간 남은 돈은 약값으로 몽땅 나갔다. 매일 한 움큼씩의 약을 털어 넣으며 그래도 살아보려고 기운을 끌어냈다. 신촌에서 열리는 음악 강습에 다니며 족히 10년 만에 다시 악보를 펼쳤다. 차갑고 매끄러운 피아노 건반의 촉감이 감격적일 만큼 낯설었다. 묵은 원고를 끌어안고 첫 번째 창작집 『생명의 과실』을 펴냈던 한성도서주식회사에도 들렀다. 편집부 직원들의 얼굴이 많이 바뀌어 있었다. 내외의 경기가 좋지 않아 책이 잘 팔리지 않는다는 편집장의 하소연만 잔뜩 듣고 왔다.

그녀는 예전과 달랐다. 덜 까칠하고 더 차분했다. 고통에 단련

된 사람 특유의 우울한 진공(眞空)이 쉿내처럼 풍겨났다. 하지만 그녀가 달라져도 세상은 달라지지 않았다. 의지가지없는 그녀의 빈곤한 생활도 그대로였다. 팔리지 않는 책을 내준다는 데는 없었고 연줄 없는 취직은 언감생심이었다. 이따금 동창과 동인 들, 유학 시절에 만났거나 오다 가다 알게 된 지인들이 푼돈을 보태주어 간신히 하루하루를 견뎠다. 가난은 낙인과 같았다. 떨쳐지지도 지워지지도 않았다.

《폐허》의 동인이었던 이병도를 찾아간 것은 그가 비교적 그녀에게 호의적인 인물이었기 때문이었다. 나이가 동갑인 데다 음악을 좋아하는 취향이 같아서 가끔 모임에서 마주치면 대화가 잘 통하는 편이었다. 이병도는 일본 와세다 대학을 졸업하고 귀국해 중앙고등보통학교 선생을 하던 중에 《폐허》에 참여했는데, 그녀가 찾아갔을 때는 중앙불교전문학교에서 강사로 일하고 있었다. 조선사편수회에 참여했던 경력이 있고 진단학회 이사장으로 역사 연구도 병행하고 있었기에 이병도에게는 항상 일감이 많았다. 세 번째 유학을 떠나기 전에도 종종 일감을 얻어 용돈을 벌던 기억으로 그녀는 이병도의 집으로 찾아갔다.

"이게 누구야? 탄실 씨 아닌가?! 귀국했다는 소식을 듣긴 했는데, 유학 생활은 좀 어떠셨소?"

소문을 들었다면 저간의 사정을 알 만하건만 이병도는 짐짓 아무것도 모르는 체 안부를 물었다.

302

"보시는 대로지요."

그녀가 쓰게 웃었다. 엊그제부터 아무것도 먹지 못했기에 말마따나 입안에 쓴 침이 고였다.

"저런! 성과가 썩 좋지 않았던 모양이구려. 아무래도 국제적인 학문의 장은 장벽이 높지."

이병도가 혀를 차며 동정의 빛을 보일 때 이병도의 아내가 손님 접대를 하기 위해 '트레이'를 받쳐 들고 응접실로 들어왔다.

"이거 좀 드시면서 천천히 말씀 나누세요."

구수한 커피 향기와 소담스런 양과자가 먹음직스러웠다. 그녀는 자기도 모르게 군침을 꿀꺽 삼켰다. 최대한 자제력을 발휘해서 커피 잔부터 들어 마른 입술을 적셨다. 과자를 향해 천천히 손을 뻗치는 순간, 이병도가 잊고 있었다는 듯 무릎을 치며 말했다.

"아, 자네!"

두 여자가 동시에 이병도를 바라보았다. 이병도가 자네라고 부른 사람은 테이블에 다과를 내려놓고 막 돌아서던 자기 아내였다.

"탄실 김명순 씨를 모르겠는가? 자네랑 같은 진명학교를 나왔는데. 아, 그리고 보니 두 사람이 동기 동창일 수도 있겠구먼!"

두 여자가 동시에 고개를 돌리며 눈이 마주쳤다. 먼저 알아본 쪽은 그녀였다.

"아……. 혹시, 남숙이?"

20여 년의 세월이 흘러 소녀는 중년 여인이 되었다. 그래도 변한 외모의 밑바탕에는 퇴화된 꼬리뼈처럼 어릴 적 모습이 남아 있었다. 조남숙, 기억 속의 아이를 떠올리는 순간 그녀의 얼굴에서 핏기가 가셨다.

"그래. 너 탄실이구나."

남숙이 웃었다. 촉망받는 학자의 현숙한 부인답게 고상하고 우아하게 웃었다. 친 사람은 다리를 오그리고 자도 맞은 사람은 다리를 펴고 잔다는 속담은 맞은 사람의 자기 위안에 불과하다. 상처 입지 않은 사람은 기억하지 못한다. 오직 상처 입은 사람만이 기억의 다리를 오그리고 분노와 불안 속에 덕석잠을 잔다.

"한참 전에 무슨 시인인가 소설가인가를 한다고 들었는데…….너는 글을 쓰는 사람이 되었구나. 그때도 그렇게 공부를 열심히 하더니만."

"그래, 그런데 공부고 뭐고 다 소용없구나. 지금까지 집도 절도 없이 이렇게 방랑하는 꼬락서니인걸……."

문학의 신성을 믿었다. 성스러운 신전을 지키고 있다는 우월감과 긍지도 있었다. 그러나 현실에서 한 끼의 밥조차 되지 못하는 문학은 누추하기 그지없었다. 그녀는 낡고 닳은 외투와 기운 양말을 감춰보려고 기를 썼지만, 영양 부족으로 누렇게 뜬 얼굴과 허연 버짐과 튼 손등과 피어오른 손거스러미까지 가릴 수는 없었다.

"우리집 양반은 사학을 연구하지만 청춘 시절에 가졌던 문학에 대한 미련은 버리기 어렵다고 하던데, 넌 참 대단하다."

조남숙이 입을 가리고 호호 웃었다. 뿌옇고 통통한 손가락에 순금 쌍가락지가 빛났다. 조남숙은 남들이 보면 그녀와 같은 연배라고 믿지 않을 게 분명하리만큼 젊고 팽팽했다. 아들 다섯에 딸 둘, 7남매를 낳느라 몸매는 두루뭉술해졌다지만 검고 모났던 얼굴을 떠올리기 어려울 정도로 혈색이 좋았다. 남숙의 아버지 조성근은 김희선과 일본 육사 친구였다. 철저한 친일파로 한길을 걸어온 조성근은 일본 정부를 위해 공훈을 많이 세우고 만천 원이 넘는 거액의 퇴직금을 받고 전역한 터였다. 부자 아버지에 능력 있는 남편에 끌끌한 아들들까지, 조남숙의 너그러운 태도에는 든든한 배경이 있었다.

그때 이병도가 불쑥 물었다.

"탄실 씨는 지금 분명한 거처가 없다는 게요?"

앞섶에 과자 부스러기가 흩어져 흉했다. 과자 하나도 정갈하게 먹지 못하고 칠칠맞게 흘린다. 울컥한 마음에 대답하기 싫었다. 적어도 진명학교 동창 앞에서는. 하지만 어쩔 수 없었다. 이제는 자존심까지도 사치였다.

"동가식서가숙하는 처지지요."

달콤한 과자는 더 이상 없었다. 혀가 아리도록 다디단 감미의 계절은 끝났다.

"그럼 내 일도 도울 겸 문간방 하나를 치워줄 테니 당분간 우리 집에서 머물면 어떻겠소?"

그녀는 순간 남숙의 얼굴을 쳐다보았다. 이병도의 아내 조남숙은 변함없는 표정으로 온화하게 미소 짓고 있었다. 그 미소 때문에 안도감이 들면서도 마음 한구석이 쓰라렸다. 느닷없이 객식구를, 그것도 남편의 지인이라는 여자를 집으로 들이는데 그처럼 웃을 수 있다면 여간 여유 만만한 게 아닐 터였다.

그녀는 꽤 오랫동안 이병도와 조남숙의 집에서 객식구로 묵었다. 그들 부부는 그녀를 여자로도 동창으로도 특별 취급하지 않고 심상하게 대했다. 세상은 그녀를 남편을 다섯이나 갈아치운 처녀 시인 운운하며 연애 선수, 연애 대장으로 몰아댔지만 기실 《폐허》의 동인들 사이에서 그녀의 별명은 '오텐바(おてんば)'였다. 말괄량이에 왈가닥인 남자 같은 여자라는 뜻으로 연애 대상에서 일찌감치 제외되었다. 정작 그녀를 잘 아는 친구들은 '연애를 경험치 못한 소설가'라고 노골적으로 놀리기도 했다. 그러면 그녀는 쓸쓸한 미소를 띤 채 기괴한 희비극을 알쏭달쏭한 말로 풀이했다.

"서울 북악산인지 강서 무한산인지 어릴 때 기억이니까 불분명하지만, 밑에서 산꼭대기를 쳐다보니 그 모습이 꼭 엿장수가 엿 목판을 벌이고 서 있는 듯했습니다. 그런데 정작 그 산마루 위에 올라가보니 순전한 바위뿐 아무것도 없습디다. 나는 무언가를 그처럼 무척 동경하곤 했지만……. 나중에 보면 아무것도 아닙디다."

그녀의 사랑과 연애는 관념적이고 이상적이었다. 하다못해 나혜석처럼 "정조는 취미"라거나 김원주처럼 "정조는 사랑이 있는 동

306

안에만 있는 것"이라고 당차게 주장하지도 않았다. 이혼이나 외도 같은 건 할 겨를이 없었다. 세상이 원하는 화끈하고 질펀한 것 따위는 일절 없었다. 그럼에도 불구하고 세상은 '나쁜 피' 운운하며 그녀의 인격을 모독했고 끝내 썩은 해감 속으로 머리 꼭대기까지 밀어 넣었다. 빠져나오지 못하도록 꾹꾹 밟아 다졌다.

이병도의 집에 머무르는 동안 그녀는 식사 시간이 아니라면 문간방 바깥으로 거의 나오지 않았다. 「조선 유학사」 등 논문의 초고를 받아다가 원고를 정리하는 일 외에는 틀어박혀 책만 읽었다. 헤라클레이토스의 사상부터 앙리 푸앵카레의 수학을 거쳐 괴테의 시까지, 학자인 이병도도 놀랄 정도의 무서운 독서열이었다.

그러나 그녀의 밤은 낮과 달랐다.

"이게 무슨 소리지?"

한밤중에 들려오는 괴이한 소리에 이병도는 눈을 번쩍 떴다.

"이봐, 일어나봐. 무슨 소리 들리지?"

"아이……. 뭔데 그래요?"

"좀 들어봐. 울음소리 같은 게 들리지 않아?"

"뭐, 고양이가 발정이라도 났나 보죠."

한번 잠에 빠져들면 누가 업어가도 모르는 조남숙이 눈도 뜨지 않은 채 대꾸했다.

"아니, 그런 소리랑은 달라. 어느 집 아이가 우나? 혹시 도둑이라도 든 게 아냐?"

한참 동안 귀 기울인 끝에 이병도는 비로소 소리의 정체를 알아챘다. 사람이 울고 있었다. 여자였다. 여자가 소리를 죽여 흐느끼고 있었다. 그녀였다.

"탄실이 우는 모양이군……."

이병도가 딱한 듯 한숨을 쉬자 조남숙이 여전히 눈을 감은 채 잠꼬대처럼 말했다.

"서러운 인생이잖아요……."

설움이 분노가 되었다가 우울로 변했다. 우울은 깊은 우물처럼 어둡고 서늘했다. 한낮은 책과 활자에 의지해 견딜 수 있었지만 아무것에도 의지할 수 없는 밤은 힘겨웠다. 어둠 속에서 슬픔과 고통에 가위눌려 허우적댔다. 더욱 절망적인 것은 이 상태가 좀처럼 끝나지 않으리라는 확신에 가까운 예감이었다.

이병도와 조남숙은 밤마다 울어대는 그녀가 불쌍하면서도 짜증이 났다. 통곡성을 내지 않으려고 이를 물고 끅끅거리는 게 더 거슬렀다. 그래도 교양이 있는 사람들이니 드러내놓고 싫은 내색은 하지 않았다. 숭어와 손님은 사흘만 지나도 냄새가 난다는데, 어지간히 무던한 주인들이었다. 물론 그녀는 미안해서 어쩔 줄 몰랐다. 자기가 제어할 수 없는 울음이었지만 부끄럽고 면목 없었다. 하지만 당장에 이 집을 나가면 갈 곳이 없으니 구차한 처지에 차마 떠날 엄두를 내지 못했다.

"탄실 씨! 밖에 좀 나와보시려오?"

어느 날 일찍 귀가한 이병도가 그녀를 불렀다.

"네? 무슨 시키실 일이라도……?"

"시킬 일은 없고, 오락 삼아 음악을 연주하려는데 도와주시면 고맙겠소."

서재로 나가보니 이병도는 가방에서 바이올린을 꺼내 줄을 맞추고 있었다. 음악에 취미가 있는 그는 집에서 가끔 악기를 연주하곤 했는데, 그녀 앞에서 바이올린을 꺼내 들긴 처음이었다.

"피아노가 없으니 제가 할 게 없네요. 연주하시면 청자가 되어 들어드리겠습니다."

"아니, 그러지 말고 내가 연주할 테니 탄실 씨는 노래를 하면 어떻겠소?"

"노래요?"

"그래요, 오랜만에 조르다니의 〈오, 내 사랑〉 어떻소? 예전에 탄실 씨도 이 노래를 좋아한다고 했던 것 같은데……?"

Caro mio ben, credimi almen, senza di te languisce il cor.

(오 내 사랑, 나를 조금만이라도 믿어주오, 당신 없이 나는 무엇도 아니네.)

Il tuo fedel sospira ognor. Cessa, crudel, tanto rigor!

(언제나 한숨짓는 당신의 참된 나를 멸시하지 말아주오, 벌하지 말아주오!)

이탈리아 고전파 작가 조르다니의 가곡 〈오, 내 사랑〉은 가슴 절절한 사랑 노래이자 참회와 기도의 노래이기도 했다. 이병도가 연주하는 바이올린에 맞추어 노래하는 그녀의 눈에서 어느덧 뜨거운 눈물이 흘러내렸다. 한 번도 진정한 사랑을 해보지 못한 채 사랑의 죄인이 되어버린 자의 소리 없는 통곡이었다.

그때 가볍게 닫혀 있던 서재의 문이 벌컥 열리고 두 사람이 안으로 들어왔다. 이병도를 만나러 온 시인 황석우를 조남숙이 서재로 인도해 온 것이었다. 아무 일도 없었고 아무 일도 아니었지만, 두 사람의 표정을 보고 그녀는 더부살이도 끝났다는 사실을 깨달았다. 호기심과 장난기로 눈이 휘둥그레진 황석우는 언젠가 동료 문인들 앞에서 이병도와 그녀의 관계를 농담거리로 삼아 짓궂게 놀려댈 테다. 순간적이나마 찌푸린 표정을 숨기지 못한 조남숙은 경계할 가치조차 없는 그녀를 불편한 존재로 느낄 테다.

뜻밖의 피난처에서 누렸던 잠시의 평화마저 사라졌다. 그녀는 다시 찬바람 몰아치는 거리에 나섰다.

※

아무것도 없었기에 아무것도 가지고 싶지 않았다. 욕심조차 최소한의 본능이 충족된 상태에서 생기는 것이다. 아무것도 없고 아무것도 갖고 싶지 않은 그녀는 아무것도 아니었다. 먼지이거나 티끌처럼 훅 불면 날아갈 수 있을 것 같았다. 이 땅 위에 머물렀다는 어떤 흔적도 남기지 않은 채.

그런데 이상한 일이었다. 그처럼 완벽한 빈털터리 상태에서 밑도 끝도 없는 기묘한 욕망이 싹텄다.

—아이를 갖고 싶다!

동창 중에는 조남숙처럼 여러 자식을 거느린 어머니가 되었을뿐더러 벌써 할머니가 된 친구들도 있었다. 구습이든 악습이든 어쨌거나 결혼 제도 속에서 자기 자리를 만든 이들이었다.

열아홉 살에 치명적인 상처를 입은 뒤 그녀는 결혼을 포기했다. 원하든 원치 않든 독신주의자의 길을 택했다. 결혼하지 않았으니 당연히 자식을 갖는 건 꿈도 꾸지 않았다. 그런데 왜, 월경이 끊기고 이성에게 외면당하고 제 몸 하나 추스르기 어려운 이때 느닷없이 아이가 갖고 싶은가? 오, 그 이름도 아득한 어머니가 되고 싶은가?

유달리 솔방울을 많이 매단 소나무가 있다. 가지가 휘어져라 감당하기 어려울 만큼의 솔방울을 매달고 고부라져 있다. 번식의 본능이 왕성하다 못해 흘러넘치는 그때, 그러나 소나무는 건강치 않다. 솔잎은 빳빳하게 뻗치지 못해 휘늘어지고 푸른빛이 바랜 듯 누렇게 들뜨며 나무줄기는 말라 벗겨진다. 소나무는 죽어가고 있다. 죽어가는 소나무가 가장 많은 솔방울을 매단다. 일평생을 한 자리에 붙박여 보낸 식물에게조차 번식의 본능은 그다지도 절박하고 처연하다.

비가 내리기 시작했다. 배고픈 사람은 비가 오면 서럽다. 갈 곳 없는 사람은 비 오는 날 외롭다. 점심 약속이 비 때문에 깨졌다. 만나기로 했던 친구는 나막신이 망가져서 나오지 못하겠다고 전해 왔다. 그렇게 하루의 유일한 식사가 날아갔다. 얻어먹지 못하면 빌어먹는 수밖에 없었다.

추적추적 비 내리는 거리로 나섰다. 오라는 데도 갈 곳도 없이 비틀비틀 걸었다. 비 오는 날이면 따뜻한 것을 먹고 싶다. 모락모락 김이 오르는 찐빵 한 개, 뜨끈뜨끈 속을 덥히는 우동 한 그릇이면 영혼이라도 팔아버릴 듯했다. 찢어진 우산은 몸을 가려주지 못했다. 우산을 쓰고도 절반 이상 젖었다. 손가락과 발가락이 시렸다. 당장에 거센 비라도 그어보려고 길갓집 처마 밑으로 뛰어들었다. 부르르 진저리를 치며 점차로 굵어지는 빗줄기를 바라보았다. 빗소리에 귀가 먹먹했다. 시간과 공간이 아득했다. 그 솔은 처마 아래에도 먼저 자리한 손이 있다는 사실을 깨달은 건 한참 후의 일이었다.

"너, 누구니?"

"……."

"언제부터 여기 있었어?"

"……."

아이는 바로 그녀의 발치에 있었다. 작은 몸을 잔뜩 옹송그리고 앉아 있어서 미처 눈에 띄지 않았던 것뿐이었다. 그러고 보니 아이의 공간을 그녀가 허락 없이 침해한 모양새였다. 비록 그곳이 남의 집 처마 밑이었대도.

"나도 여기 잠깐 있어도 될까? 빗줄기가 좀 느려지면 가려고."

그녀가 허락을 구하자 아이는 대답 대신 작은 머리통을 주억거렸다. 그 모습이 꽤나 귀여웠다. 그녀도 아이 옆에 쭈그려 앉았다. 꽤 오랫동안 머물렀던지 아이 앞에는 나뭇가지로 그린 어지러운 낙서가 뒤범벅되어 있었다.

"그림을 잘 그리는구나. 집이 이 근방이야?"

아이가 잠시 망설이는 듯하더니, 이내 고개를 가로저었다.

"그럼 어디 살아?"

"……"

"이름이 뭐야?"

"……"

"걱정하지 마. 나 나쁜 사람 아니야. 우리 친구하자고. 친구끼리 이름은 알아야지."

"……"

"이름 없어?"

다시 한참 만에, 아이가 고개를 끄덕였다. 이름이 없었다. 정말 이름이 없어서 대답하지 못했다. 집이 없었다. 그래서 집이 어디라고 말하지 못했다. 할 말이 있었다면 대답했을 것이다. 그녀와 오

오래 수다를 떨었을 것이다. 누더기 옷, 헐벗은 발, 까치둥지를 지은 머리와 땟국이 흐르는 얼굴. 아이는 그녀보다 더 가난하고 더 가진 것이 없었다.

"너 밥 먹었니?"

아이가 고개를 저었다.

"언제부터 못 먹었니?"

아이가 새카만 손가락 세 개를 들어 보였다. 세 끼를 굶었다는 건지 사흘 전부터 못 먹었다는 건지 알 수 없지만, 그녀의 마음이 이상스레 조급해졌다.

"가자. 뭐라도 먹자. 먹을 걸 구해보자."

그녀가 손을 내밀자 아이가 새카만 손을 뻗어 맞잡았다. 더럽다는 생각은 눈곱만큼도 들지 않았다. 따뜻한 온기, 부드러운 촉감만을 느꼈다.

아이의 손을 끌고 수은동 뒷골목을 빠져나왔다. 찢어진 우산을 나누어 쓰고 먹을거리를 찾아, 허기를 채울 무엇이라도 구하려 달음질쳤다. 그날 그녀는 그동안 해보지 못한 여러 가지 일을 했다. 흐느적흐느적하던 느린 걸음이 불똥을 밟는 듯한 동동걸음이 되었다. 자존심 때문에 끝까지 찾아가지 않고 버텼던 사람들의 대문을 망설임 없이 두드렸다. 그들 앞에서 공연히 뻗대다가 얼굴만 붉히고 돌아서는 대신 간곡한 목소리로 자선을 호소했다. 그럼에도 불구하고 아무런 부끄러움이 없었다. 감정의 찌꺼기는 전혀 남지 않았다.

"다리 아프지 않니? 빨리 집에 가서 밥 먹자."

족히 1리가 넘는 길을 타들타들 따라오면서 아이는 다리 아프다는 소리 한 번 하지 않았다. 나이에 어울리지 않는 인내심과 의젓함에 마음이 쓰렸다. 그녀의 손을 잡은 아이의 손에 점점 힘이 더해졌다. 온기도 더해갔다.

"시몬!"

물을 데워 땟국을 닦고 얻어온 헌옷으로 갈아입혔다. 빌어온 쌀로 밥을 지어 간장과 김치 한 보시기를 찬 삼아 배를 채웠다. 그리고 처음으로 아이의 이름을 불렀다.

"시몬! 어때? 이름이 없대서 내가 네 이름을 지어봤어."

시몬(Simon), 베드로, 응답하셨다는 뜻의 이름이었다. 그녀는 아이와 새로운 가족을 만들었다. 아이를 갖고 싶다는, 어미가 되고 싶다는, 주제넘고 턱없는 바람인 줄만 알았던 소망에 응답을 받았다. 큰 눈에 속눈썹이 긴 시몬은 이름이 마음에 드는지 벙긋 웃었다. 그녀도 아주 오랜만에, 어쩌면 생애 처음 말갛고 투명한 기쁨으로 웃었다.

소설은 욕망과 결핍의 산물이다. 욕망도 에너지다. 어머니가 되고픈 욕망이 삶의 에너지인 동시에 창작의 에너지가 되어 그녀는 연달아 세 편의 소년 소설을 썼다. 「고아원」, 「고아의 결심」, 「고아원의 동무」는 동경 이치가야[市谷] 고아원 원아들의 생활을 소재로 삼았다. 조선인과 일본인이 공동으로 경영하는 이치가야 고아원은 열두 살 이상의 원아들에게 낙화생, 사탕콩, 솔, 수세미, 해산물 등을 행상해 자기의 학용품 값을 벌게 했다. 그녀는 땅콩과 엿을 팔러 다니면서 종종 뒷골목에서 그들과 마주치곤 했다.

시몬을 만나고서야 깨달았다. 아슴아슴하게, 간질간질하게, 그때 가슴 밑바닥에서 반짝이던 것의 정체를. 그것은 바로 잃어버리거나 빼앗긴 줄만 알았던 모성의 빛이었다.

닭장 속의 천국

모랫길 예이는 잔잔한 시냇물아
내 목소리 높이어 네 이름 부르노라
바다로 가는 길을 나 함께 가자꾸나*

1939년 어느 날, 경성부 계동 98번지에 자리한 고졸한 한옥 락고재(樂古齋)에 한 여자가 어린애를 업고 찾아왔다.

"오랜만이군요! 탄실 씨, 그동안 잘 지내셨소?"

이병도의 물음에 그녀가 까딱, 인사치레로 고개를 끄덕였다.

---

* 김명순이 조선에서 마지막으로 발표한 시 「그믐밤」(《삼천리》 1939년 1월 발표) 중에서.

"1월에 《삼천리》에 발표한 시는 잘 읽었소이다. 이제 소설은 안 쓰오?"

"소설은……. 아무래도 되지 않네요."

그녀의 낯빛에 쓸쓸함이 깃들었다. 소설은 육체의 일, 기력과 근기로 버티는 작업이다. 1938년 1월에 발표한 단편 「해 저문 때」 이후 그녀에겐 긴 글을 쓸 힘이 없었고 발표할 지면도 없었다.

"그래도, 써야죠. 써야 작가지요."

이병도의 말이 화살처럼 가슴에 꽂혔다. 그녀는 작가였다. 작가일 수밖에 없었다. 재능을 꽃피워야 할 시기에 된서리를 맞아 오해와 그 오해를 풀어보겠다는 발버둥으로 점철했지만, 작가가 아닌 다른 무엇으로도 살아본 적이 없었다.

"그래야지요. 써야지요."

《삼천리》 신년호에 청탁을 받아 작품을 보내면서 새해에는 힘을 내어 소설을 써보리라고 마음먹었다. 육신의 에너지는 소진되었지만 창작에 대한 열망은 사그라지지 않았다. 어려운 생활 속에서도 읽고 쓰기를 멈추지 않았고, 이야기들은 여전히 그녀의 가슴 깊숙이 똬리를 틀고 있었다. 사십 대 중반, 삶을 쓰는 소설가에게는 가장 좋은 나이였다.

"그런데 그 아이는 누구요?"

그녀가 업고 있던 아이를 응접실에 내려놓았다. 전차를 타고 오는 동안 잠든 아이의 이마에는 땀에 젖은 머리카락이 찰싹 달라붙어 있었다.

"혼자 떠돌아다니기가 쓸쓸해서 고아를 얻었어요."

벙어리는 아닌 것 같았지만 기묘하게 조용한 아이였다. 아주 어리지는 않은 듯한데 몸피가 왜소해 나이를 가늠하기도 어려웠다. 낯선 곳에서 잠깨어 겁에 질린 커다란 눈망울이 그녀와 꼭 닮아 있었다. 이병도는 아이가 정말 고아인지, 혹시 그녀가 낳은 아이가 아닌지 궁금했지만 묻지 않았다.

"그런데 웬일로 우리 집에 다 찾아주셨소? 일거리가 필요하시오?"

"일거리를 얻으러 온 게 아니라, 부탁이 있어서요."

"무슨 부탁?"

가톨릭교회의 구호를 받아가며 겨우겨우 시몬과 함께하는 살림을 이어갔다. 입이 늘어난 만큼 부담은 커지고 몫은 적어졌지만 짧은 다리를 재바르게 놀려 따라오던 시몬의 손을 놓을 수 없었다. 시몬은 잠시도 그녀의 곁을 떠나지 않으려 했고 둘은 친모자지간 이상으로 서로를 의지했다. 좋다고 할 수는 없지만 그녀의 고단한 인생을 통틀어 나쁘지 않은 나날이었다. 적어도 그 일이 터지기 전까지는.

"염치없지만……. 노자를 좀 장만해 주세요."

그녀의 분위기가 얼마나 괴이했던지, 다과를 내오던 조남숙은 주춤 멈춰서 식모아이에게 쟁반을 건네고 돌아섰다. 무표정한 얼굴은 핏기 하나 없이 창백했고 살점 없는 몸은 해골 같았다. 목소리는 우물 바닥에서 소리치는 듯 떨리며 울렸고 눈동자가 흔들려 초점이 잘 맞지 않았다. 조남숙은 그녀가 무서웠다. 살아 있는 사람으로 보이지 않았다.

김동인이 「김연실전」을 발표한 후 그녀는 문단에서 완전히 모습을 감췄다. 그녀가 사랑했던 문학이, 소설이 그녀를 난도질해 매장했다. 그녀가 할 수 있는 마지막 복수, 그녀가 갖출 수 있는 마지막 예의는 더 이상 아무것도 쓰지 않는 것뿐이었다.

"어디를 가려고?"

"……일본에요."

이병도가 흠, 헛기침을 했다. 아무리 모국이라도 그처럼 지독한 모욕과 폄훼를 거듭해 당하고 정이 떨어지지 않는 게 도리어 이상했다. 하지만 앞서 세 번이나 상처를 받고 돌아온 일본으로 다시 간다면, 그녀는 행복해질 수 있을까?

"알았소."

아무것도 묻지 않고 아무 다짐도 하지 않는 것이 한때의 친구가, 음악과 문학을 사랑했던 동료가 해줄 수 있는 일의 전부였다.

"고마워요."

그제야 비로소 안심이 되는지 그녀가 테이블에 놓인 과자에 손을 뻗었다. 시몬이 그녀가 건네준 과자를 허겁지겁 빨았다. 꼭 어린 그녀가 그랬던 것처럼, 혀가 아리도록 달콤한 그것이 무슨 의미인지 까맣게 모르는 채.

그로부터 조선 땅에서 그녀의 모습을 본 사람은 다시 없었다.

✿

그 또한 우연이었다. 《창조》의 동인이자 동창 전유덕의 오빠였던 소설가 전영택은 30년 만에 뜻밖의 곳에서 김명순과 조우했다. 전영택은 미주 패시픽 신학교를 마치고 목사가 되었는데, 한국전쟁 직후 재일 교포들이 발행하는 《복음회보》 편집에 관여하기 위해 동경을 방문한 터였다. 만만찮은 시간의 경과를 뛰어넘어 전영택은 깜짝 놀랐다. 그의 기억 속에 남아 있는 예쁘고 가냘픈 여인은 온데간데없었다. 주변 사람들이 일러주지 않았다면 흰머리가 무성한 주름살투성이 노파가 김명순이라고는 꿈에도 생각지 못했을 것이다. 놀라운 것은 외양만이 아니었다.

하루는 Y가 이층 자기 방에서 좀 느지막하게 내려와서 아래층 사무실로 들어가려는 즈음에 마침 현관 한편 담에 걸린 거울에 어떤 이성의 얼굴이 비치고 그리고 무슨 이상한 노래를 부르고 싱긋싱긋 웃으면서 머리를 어루만지고, 두 팔을 벌리고 앞뒤로 옷 모양을 보고 있는 것이 눈에 띈다. 아무리 보아도 보통 성한 여자는 아니다.*

* 전영택 소설 「김탄실과 그 아들」(《현대문학》 1955년 4월호 발표) 중에서.

탄실 김명순, 평생을 고통과 비탄과 저주 속에 살았던 그녀가 마침내 미쳐버렸다. 전영택에게 정신이 이상한 그 여자가 김명순이라고 일러준 K는 문학에 관심이 많은 작가 지망생이었다. K가 전한 김명순이 지난 세월 일본에서 겪은 일들은 비참함 그 자체였다.

일본은 대동아전쟁이라 자칭한 태평양전쟁에 참가해 침략 야욕을 세계로 뻗치다가 결국 패전해 쑥대밭이 되었다. 전쟁은 인간의 삶에서 가장 강력하고 끈질긴 일상을 파괴했다. 개인의 삶은 대리석 위에 떨어진 유리잔처럼 깨지다 못해 바스라졌다. 전쟁은 약자들의 무덤이었다. 약한 것들부터 죽어나가고 약자들끼리 서로를 짓밟았다. 식민지 조선 출신의 늙은 여자와 고아에게 그것은 살아서 겪는 지옥이었다.

혼자라면 길거리에서 죽었을 것이다. 하지만 그녀는 가물가물 흐려져가는 정신의 끈을 움켜쥐고 시몬을 살리기 위해, 시몬과 함께 살기 위해 피난처를 찾았다. 하나님의 존재와 섭리가 모든 피조물 속에 고루 미치는 성스러운 곳, 젊은 화가가 그녀를 위해 화롯불을 지펴주고 음악을 전공하던 그녀가 크리스마스 예배에 피아노를 쳤던 곳, 땅콩과 엿을 팔며 고학하던 시절에 오갈 데 없는 몸을 의탁했던 곳, 간다구 니시간다조 조선인 기독교회에 있는 청년 회관이었다.

전쟁으로 쑥대밭이 된 동경에서 청년 회관은 용케 폭격과 화재를 피했다. 만사가 새옹지마일지니, 한국 전쟁의 특수로 경제를 회복하고 고층 빌딩이 들어서기 시작한 도심에서 외따로 컴컴하고 칙칙한 벽돌집으로 남은 연유도 그것이었다. 김명순은 '미쓰 김'이라는 놀림조의 별명으로 불리며 아들인 '쇼이찌'와 함께 청년 회관 내의 '문화주택'에 살고 있다고 했다. 회관 뒷마당에 돼지우리 같기도 하고 닭장 같기도 한 판잣집이 바로 그 특별한 '문화주택'이었다.

그녀는 닭을 길렀다. 닭이 낳은 달걀을 회관을 찾아오는 신도들에게 팔았다. 시몬은 제본소에 다녔다. 하지만 온전치 않은 그녀에게 의지하며 변변한 교육을 받지 못한 시몬은 스무 살의 청년이 되어서도 회관의 골칫거리였다. 그녀는 병아리를 '아기'라고 불렀다. 때때로 누군가 '아기'를 때려서 다리를 절게 했다며 허공을 향해 욕설을 퍼붓기도 했다.

전영택은 비참하게 변한 김명순의 모습을 보면서도 굳이 그녀에게 자신이 누구라고 밝히지 않았다. 얼마간 온도는 달랐을지언정 김명순의 과거 행적에 대한 전영택의 관점은 김기진이나 김동인의 것과 크게 다르지 않았다. 일말의 동정심을 품은 사람들조차 거리를 두고 방관할 정도로 그녀는 철저히 고립된 지 오래였다.

다만 전영택은 30여 년 전의 그녀, 《창조》의 동인으로 원고를 청하러 갔을 때 만난 작가 김명순을 떠올렸다. 첨단을 걷던 그녀는 아담하고도 아름다운 집에서 피아노며 기타며 갖은 악기를 갖춰놓고 살고 있었다. 벽에는 목가적인 명화가 걸려 있었고 축음기에서는 클래식 음악이 흘러나왔다.

"커피 좀 드세요. 아, 조금 이른 시각이긴 하지만 삐루 한잔하실래요?"

함께 커피와 맥주를 나눠 마시며 주고받았던 음악과 미술과 영화와 문학 이야기가 꿈만 같았다. 구수한 커피 향기, 경쾌한 맥주 거품은 당장이라도 코끝에 눈앞에 피어오를 듯한데…….

"아이구 왜애 내가 어쨌다고 나를 어디로 가자는 거야."

미쓰 김은 자동차를 두 손으로 떼밀고 안 타려고 버둥거린다.

"오바상(아주머니)! 이런 집에서 늘 사시겠어요? 아들이 좋은 집 얻어놓고 모셔 간다는데, 어서 가세요, 그러지 말고…….'"

제본하는 집 일본 마누라가 이렇게 달랜다.

"아니야 거짓말이야 거짓말, 나를 미치광이라고 병원에 데려가는 거지. 뭐야 망할 것들 내가 왜 미쳐 미치긴, 저희들이 미쳤지. 성한 사람을 미쳤대. 호호호호."

"어머니 어서 가세요. 그런 게 아니고 무슨 병이고 다 고치는 큰 병원이랍니다. 어머니 늘 가슴 아파서 그러지요. 그리고 또 심장병이 있지 않아요? 심장병을 고치고, 자 어서 타세요."

(……) 아들이 어머니의 팔을 붙들고 차에 올라타기를 권한다.

"그럼 그렇지. 그래도 우리 아들이 바른대로 말한다. 병원이지 병원이야. 이사는 무슨 이사, 집은 집이고, 이사라면 짐도 안 싣고 그냥가? 정일아! 그래도 웬 돈 있어? 돈 내라면 어쩔 테냐."

제법 병원에 입원하면 입원비 낼 걱정을 하는 것이다.*

그것이 전영택이 본 그녀의 마지막 모습이었다. 사람들은 김명순을 동경 시에서 운영하는 청산 뇌병원에 강제로 입원시켰다. 시몬, 정일, 쇼이찌, 그녀만큼이나 여러 개의 이름을 가진 아들은 어머니와 같이 살던 닭장을 헐어 고물상에게 넘겼다. 그리고 그녀가 '아기'라고 부르던 닭들을 몇 마리는 팔아먹고 몇 마리는 회관에 그동안 신세를 졌다며 선물했다.

탄실 김명순이 세상을 떠났다는 사실은 1957년 제29차 세계작가회의에 참석하기 위해 다시 동경을 찾은 전영택에 의해 확인되었다. 김명순은 시몬이 병원으로 면회를 가면 닭이 잘 있느냐, 그새 더 불었냐고 묻곤 했다 하였다. 닭들의 집이 사라지고 닭이 사라져도 그녀는 끝까지 '아기'를 걱정했다. 그러나 시몬, 그녀가 가슴으로 낳은, 그녀만큼이나 외로운 아기는 어머니마저 사라진 비정한 세상을 견디지 못했다. 한 번은 쥐약을 먹고 소동을 부렸고 이후로도 다시 한 번⋯⋯. 거듭된 시몬의 자살 시도가 마침내 성공해 그녀의 뒤를 타들타들 따라갔는지는 아무도 확인하지 못한 일이었다.

* 전영택 소설 「김탄실과 그 아들」 중에서.

"고운 얼굴을 가진 이리."

작가의 분신(分身)인, 소설 「손님」(1926년)의 주인공 삼순에게
학우들이 붙인 별명이다. 꽃처럼 환한 얼굴을 한 채로 가슴속에
맹수를 키우는 소녀가 서늘하게 떠오른다. 수필 「계통 없는 소식
의 일절」(1925년)에 묘사된 대로 "머리는 검고 숱하고 키는 날씬
하고 얼굴은 둥글고 몹시 통통하든 눈 껍질 얇고 콧날 섰든", 사
진을 들여다본다. 그녀는 아름다웠고, 자신이 아름답다는 사실을
알았다. 하지만 그 아름다움은 자부심인 동시에 공격의 표적이기
에 위태로울 수밖에 없었다.

탄실 김명순.

누군가에게는 낯선 이름일 테다. 교과서로 배운 한국 근대 문학은 시간과 위계를 선점한 이들이 명망을 다투는 장이었다. 최초의 자유시는 주요한의 「불놀이」, 최초의 서사시는 김동환의 「국경의 밤」, 최초의 신소설은 이인직의 「혈의 누」, 최초의 장편소설은 이광수의 『무정』…… 그 화려한 무대 뒤켠에 최초의 여성 소설가 김명순이 유폐되어 있었다.

최초의 '남성' 소설가를 따지지 않는 마당에 최초의 '여성' 소설가 운운하는 것 자체가 취약성에 대한 자백이거나 여성을 타자화시키는 일일 수 있다. 하지만 그런 혐의를 무릅쓰고라도 김명순에게 '최초의 여성 소설가'라는 이름을 되찾아주어야 마땅한 것은 그녀가 생전에, 그리고 사후에까지 최초의 '여성' 소설가였기에 남성 중심 사회와 문단에서 받았던 비정한 처우 때문이다. 그녀는 정당한 문학적 평가를 받을 짬조차 없이 출신 성분과 사생활을 빌미로 난도질당했고, 그리하여 그녀의 작품들은 영혼의 확장을 통해 고유의 세계를 축조할 요량도 없이 '고통과 비탄과 저주의 여름(열매)'이 될 수밖에 없었다.

탄실 김명순은 오해라는 허울의 폭력 속에서 허우적대며 생의 가장 빛나는 계절을 흘려보냈다. 학문을 통해 스스로를 드높이려는 명예심은 어머니가 기생이었다는 사실만으로 조롱당했고, 잔인한 성폭행의 피해자이면서도 방종한 여자로 취급되었다. 인간으로서 마땅히 사랑하고 사랑받고자 하는 열망조차 백안시 되었기에 당대에는 스캔들 메이커로, 후대에는 자유연애주의자이거나 연애지상주의자로 낙인찍혔다. 그리하여 나의 작업은 김명순에게 내리찍힌 불도장을 지우고 오롯한 작가이자 인간으로서의 그녀를 회복하려는 의도로부터 시작되었다.

　근대 문학사에서 김명순은 여전히 미완의 작가다. 자료를 찾고 톺아보는 과정에서 몇 가지 지금까지 알려진 사실과 충돌하는 내용들을 발견하기도 했다. 일단 1896년생이라는 사실을 기준으로 했을 때, 1915년 《매일신보》에 보도된 성폭행 사건에서 김명순은 17세가 아니라 만 19세이다. 이처럼 학계에서 정리한 연보 자체에도 불분명한 측면이 있어, 소설에서는 만 나이로 계산해 통일했다.

　그리고 진명학교 학적부에는 퇴학 시까지 양친 부모 생존으로 기록되어 있으나 수필 「생활의 기억」(1936년)에 "어머니께서 일찍 세상을 떠나신 후 나는 집을 떠났다. (……) 내가 어머니 안 계신 가정을 탈출한 것은 청춘을 무위히 망송(望送)치 않고 고학 일망정 계속하려는 의식적 활동이었다"라는 대목으로 미루어보아 그녀가 14세일 때 아버지가 사망한 데 이어 16세에 어머니가 사망한 직후 첫 번째 일본 유학을 떠났다는 사실이 확인된다. 또 일설에는 김명순이 영화배우로 활약했다지만, "여배우 김명순(金

明淳)과 여류 문인 김명순(金明淳) 씨가 성명이 꼭 같은 까닭에 한참 동안은 여류 문인이 여배우가 되었다고 오해한 일도 있었다"는 《별건곤》 제36호(1931년 1월 1일) 「경성(京城) 오십팔쌍동록(五十八雙童錄)」의 대목을 통해 김명순이 1927년 영화감독 이경손의 신작 〈광랑〉에 출연하기로 했다가 무산된 일 외에 영화계에서 활동한 적은 없음을 확인했다.

그렇다면 오그라진 상흔 너머의 본모습은 어떻게 사실할 것인가?

작가는 작품 안에서, 작품으로 산다. 이 소설에는 김명순이 남긴 시와 소설과 희곡과 수필이 다양한 조각으로 해체되었다 재조립되어 있다. 그 문장과 표현의 중첩과 교차를 '문자적 유사성'이라는 괴이한 조어 따위로 부르진 않겠다. 프롤로그에서 각주를 덧붙여 인용한 표현 외에도 '의식적'이고 '의도적'으로 김명순의 소설 구절을 문장 속에 배치했으며, 그 과정에서 특히 작가의 모습이 가장 많이 투영된 자전 소설에 주목했다.

「어머니의 환영」부터 「은적(隱跡), 숨겨진 발자취까지」의 어린 시절과 성장 과정은 미완의 소설 「탄실이와 주영이」에서 작가의 육성을 대신하는 주인공 '주영이'의 진술에 의지했고, 「타방네의 노래」의 '철순'은 소설 「외로운 사람들」의 '순철'을 현실로 끌어내어 형상화했으며, 「일곱 개의 얼굴을 가진 새」에서 화가 김찬영과의 스캔들은 희곡 「두 애인」에 등장하는 '김춘영'과의 에피소드를 참고했다. 「악마의 사랑」은 수필 「계통 없는 소식의 일절」을 바탕으로 했으며, 「생명의 과실」의 신문 기자 생활과 자살 에피소드는 수필 「잘 가거라─1927년아」 등에 근거했다. 「아테네 프란스, 갈수 없는 나라」의 세 번째 일본 유학 생활은 《별건곤》,《삼천리》 등 잡지 기사를 토대로 하여 수필 「귀향」을 극화했다.

그리고, 기록에 남아 있지 않은 그녀의 숨결을 상상하기 위해 나 자신을 포함한 작가라는 이름으로 살아가는 이들의 뜨겁고 무거운 숨소리에 귀 기울였다. 그녀를 쓰는 동안 그녀를 닮은 많은 동료들의 얼굴이 먼 별빛처럼 눈앞에 깜박거리곤 했다. 생물학적 동일성을 넘어 경험과 가치의 공유자로서 그녀의 불안과 우울과 절망을 이해하기에, 우리는 여전히 '여성' 작가로 살아 있다. 부족한 후배의 졸고로나마 탄실 김명순의 불우한 삶과 쓸쓸한 죽음을 기억하고 위로할 수 있다면 다행이겠다.

2016년, 다시 여름
김별아

참고 자료

도서

맹문재 편, 『김명순 전집―시, 희곡』, 현대문학, 2009년

박화성 저, 서정자 편, 「아롱다롱한 소녀의 꿈은」, 『눈보라의 운하·기행문―박화성 문학전집 14』, 푸른사상, 2004년

서정자·남은혜 공편저, 『김명순 문학전집』, 푸른사상, 2010년

송명희 편역, 『외로운 사람들』, 한국문화사, 2011년

임종국 저, 「김탄실과 그 아들―비정한 방관의 이야기」, 『한국문학의 민중사』, 실천문학사, 1986년

전영택 저, 오창은 편, 「김탄실과 그 아들」, 『전영택 단편집』, 지식을 만드는 지식, 2012년

전영택 저, 표언복 편, 「내가 아는 김명순」「창조」「창조를 중심한 그 전후」, 『전영택 전집: 시, 희곡, 전기, 문학론』, 목원대출판부, 1994년

논문

김경애, 「근대 최초의 여성작가 김명순의 자아 정체성」, 《한국사상사학》 제39집, 2011년

신혜수, 「김명순 문학 연구: 작가 의식의 변모 양상을 중심으로」, 이화여자대학교, 2009년

_____, 「中西伊之助의 『汝等の背後より』에 대한 1920년대 중반 조선 문학 장의 두 가지 반응」, 《차세대인문사회연구》 제7호, 2011년

이민희, 「일제강점기 제국일본 문학의 번안 양상: 1920년대 《매일신보》 연재소설 「汝等의 背後로서」를 중심으로」, 《일본학보》 제93집, 2012년

신문·잡지

《개벽》, 「사회풍자 은(銀)파리」, 목성, 1921년 3월

_____, 「여기자 군상」, 1935년 3월

《매일신보》, 「동경에 유학하는 여학생의 은적(隱跡)」, 1915년 7월 30일

_____, 「은적(隱跡) 여학생의 후문(後聞)」, 1915년 8월 5일

_____, 「혼인 청구(請求)는 불위(不爲)」, 1915년 8월 13일

_____, 「생활의 기억」, 김명순, 1936년 11월 19일~21일

《별건곤》, 「은파리」, 1927년 2월 1일(제4호)

《삼천리》, 「만혼타개(晩婚打開) 좌담회(座談會)」, 1930년 6월

_____, 「백화난만(百花爛漫)의 기미여인군(己未女人群)」, 1931년 6월

_____, 「세 번 실연한 유전의 여류시인 김명순」, 청노새, 1935년 9월

《신여성》, 「인격(人格) 창조(創造)에 ― 과거 1개년을 회고하여」, 김원주, 1924년 9월

_____, 「김명순 씨에 대한 공개장」 「김원주 씨에 대한 공개장」, 김기진, 1924년 11월

《신태양》, 「폐허(廢墟) 동인(同人) 시절」, 이병도, 1958년 2월

《조광》, 「조선 문단 30년사」, 안석영, 1938년 11월

《창조》, 「문예소식(文藝消息)」, 1920년 7월(제7호)

_____, 「창조잡기(創造雜記)」, 1921년 1월(제8호)

※ 장별 이미지 출처

11쪽 《신여성》 1931년 11월호 표지 | 23쪽 《여성》 1936년 6월호 표지 | 55쪽 《동아일보》 1929년 10월 27일 삽화 | 87쪽 《동아일보》 1926년 5월 6일 삽화 | 107쪽 《매일신보》 1915년 7월 30일, 8월 5일, 8월 13일 기사 | 137쪽 《신여성》 1925년 8월호 표지 | 165쪽 《신여성》 1926년 3월호 표지 | 195쪽 《동아일보》 1922년 4월 14일 삽화 | 229쪽 《여성》 1937년 2월호 삽화 | 259쪽 《매일신보》 1925년 4월 11일 기사 | 285쪽 《동아일보》 1926년 1월 4일 삽화 | 317쪽 《동아일보》 1927년 6월 15일 삽화

※ 자료 제공

11쪽, 23쪽, 137쪽, 165쪽 사진저작권(이윤희)

탄실

초판 1쇄 2016년 8월 30일
초판 4쇄 2017년 8월 5일

지은이 | 김별아
펴낸이 | 송영석

편집장 | 이진숙 · 이혜진
기획편집 | 박신애 · 정다움 · 정다경 · 김단비
디자인 | 박윤정 · 김현철
마케팅 | 이종우 · 김유종 · 한승민
관리 | 송우석 · 황규성 · 전지연 · 황지현 · 채경민

펴낸곳 | (株)해냄출판사
등록번호 | 제10-229호
등록일자 | 1988년 5월 11일(설립일자 | 1983년 6월 24일)

04042 서울시 마포구 잔다리로 30 해냄빌딩 5 · 6층
대표전화 | 326-1600 **팩스** | 326-1624
홈페이지 | www.hainaim.com

ISBN 978-89-6574-555-6

이 도서의 국립중앙도서관 출판예정도서목록(CIP)은 서지정보유통지원시스템 홈페이지 (http://seoji.nl.go.kr)와 국가자료공동목록시스템(http://www.nl.go.kr/kolisnet)에서 이용 하실 수 있습니다.(CIP제어번호: CIP2016013944)